THE QUEEN OF CRIME
繁體中文版
20 週年
紀念珍藏

美索不達米亞驚魂

阿嘉莎・克莉絲蒂——著

陳紹鵬——譯

Agatha Christie®

Murder in Mesopotamia

通俗是一種功力

吳念真（導演、作家）

通俗是一種功力。絕對自覺的通俗更是一種絕對的功力。

這樣的話從我這種俗氣的人的嘴巴說出來，大概很多人要笑破褲底了。不過，笑完之後請容我稍稍申訴。這申訴說得或許會比較長一點，以及，通俗一點。

小時候身材很爛，各種遊戲競爭完全任人宰割，唯一隱遁逃避的方法是躲起來看書或聽大人瞎掰。那年頭窮鄉僻壤的小孩能看的書不多，小學二年級時最喜歡的是超大本的《文壇》，老師借的。看著看著，某天老師發現我的造句竟出現：「捧著：朝陽捧著一臉笑顏為群山剪綵」這樣亂七八糟的文字，就拒絕再讓我看那些超齡的東西了。

老師的書不給看，我開始抓大人的書看。一種是厚得跟磚塊一樣的日文書，對我來說那完全是天書，但插圖好看，經常有限制級的素描。另一種書是比較薄的，通常藏得很嚴密，只是裡面有太多專有名詞、重複的單字和毫無限制的標點，比如「啊啊啊」、「……！！！」

老讓我百思不解。有一天，充滿求知欲地詢問大人竟然換來一巴掌後，那種閱讀的機會和樂趣也隨著消失了。

所幸這些閱讀的失落感，很快從大人的龍門陣中重新得到養分。講到這裡，我似乎先得跟一個村中長輩游條春先生致敬，並願他在天之靈安息。

我所成長的礦區，幾乎全是為著黃金而從四面八方擁至的冒險型人物，每人幾乎都有一段異於常人的傳奇故事。這些故事當事人說來未必精采，但一透過游條春先生的嘴巴重現，有時連當事人都聽得忘我，甚至涕泗縱橫，彷彿聽的是別人的故事。

條春伯沒當過日本兵，可是他可以綜合一堆台籍日本兵的遭遇，一如連續劇般從入伍、受訓、逃亡荒島，面對同鄉同袍的死亡，並取下他們的骨骸寄望帶回故鄉，乃至骨骸過多搞不清哪是誰的等等，讓聽的人完全隨他的敘述或悲或笑，彷彿跟他一起打了一場太平洋戰爭。此外他也可以把新聞事件說得讓一個三、四年級的小孩，到現在仍記得當時腦中被觸動的畫面。例如當年瑠公圳分屍案的凶手做案之後帶著小孩到安東街吃麵（這讓我一直以為台北的安東街是條專門賣麵的街道），還有甘迺迪總統被暗殺、賈桂琳抱住她先生、安全人員跳上飛快的車子保護賈桂琳……當然，這記憶全來自條春伯的嘴巴而不是報紙。我的記憶全是畫面，有畫面，是因為條春伯說得精采，說得有如親臨他至死都還搞不清地理位置的達拉斯命案現場。

於是這小孩長大後無條件地相信：通俗是一種功力，絕對自覺的通俗更是一種絕對的功力。透過那樣自覺的通俗傳播，即使連大字都不識一個的人，都能得到和高階閱讀者一樣的感動、快樂、共鳴，和所謂的知識、文化自然順暢的接軌。也許就是因為這些活生生的例子，俗氣的自己始終相信：講理念容易講故事難，講人人皆懂、皆能入迷的故事更難，而能隨時把這樣的故事講個不停的人，絕對值得立碑立傳。

條春伯嚴格地說是有自覺的轉述者，至於創作者，我的心目中有兩個。一個是日本導演山田洋次，一個是推理小說家阿嘉莎．克莉絲蒂。

山田洋次創造了寅次郎這個集合所有男人優點跟缺點的角色，在以《男人真命苦》為名的系列下，總共完成百部左右的電影。它們的敘述風格、開頭、結尾的方法不變，唯一改變的是故事，是時代，是遍歷日本小鄉小鎮的場景。數十年來，看《男人真命苦》幾已成為日本人每年的一種儀式，一如新春的神社參拜。

數十年前訪問過山田導演，他說，當他發現電影已然有它被期待的性格時，電影已經不是導演自己的。他說：當所有人都感動於美人魚的歌聲時，你願意為了讓她擁有跟你一樣的腳，而讓她失去人間少有的嗓音嗎？

人間少有的嗓音與動人的歌聲，都來自山田導演絕對自覺的通俗創造。

再如阿嘉莎．克莉絲蒂，如果我們光拿出她說過的故事和聽過她故事的人口數字，就足以嚇死你。五十多年的寫作生涯，她總共寫出六十六本長篇推理小說，外加一百多篇短篇小說和劇本。其中有二十六本推理小說被改編，拍了四十多部電影和電視劇集。作品被翻譯成一百零三種文字的版本，銷量超過二十億本。夠了。你還想知道什麼？知道二十億本的意義是什麼嗎？二十億本的意義是全世界平均三個人就有一個人讀過她的書，聽過她說的故事。

說來巧合，她和山田洋次一樣，創造出個性鮮明的固定主角（當然，前前後後她弄出來好幾個），然後由他（或是她）帶引我們走進一個犯罪現場，追尋真正的罪犯。故事就這樣？沒錯，應該說這是通常的架構。那你要我看什麼？不急，真的不急，克莉絲蒂會慢慢冒出一堆足夠讓你疑惑、驚嚇、意外，甚至滿足你的想像力、考驗你的耐心和智商的事件來。

推理小說不都是這樣嗎？你說得沒錯，大部分是這樣，不一樣的是……對了，她像條春伯，像山田洋次，她真會說，而且她用文字說。文字的敘述可以讓全世界幾代的人「聽」得過癮、「聽」個不停，除了聖經，也許就是克莉絲蒂。她不是神，但她真的夠神。

數十年前，台灣剛剛出現她的推理系列中譯本，那時是我結婚前，常有同齡的文藝青年來我租住的地方借宿，瞄到我在看克莉絲蒂，表情詭異地說：「啊？你在看三毛促銷的這個喔？」

我只記得他抓了一本進廁所，清晨四點多，他敲開我的房門說：「幹，我實在很討厭那個白羅……再拿一本來看看，我跟你說真的，要不是你的書，我真的很想把那個矮儸壓到馬桶吃屎！」

我知道他毀了，愛吃又假客氣，撐著尊嚴騙自己。克莉絲蒂再度優雅地撕破一個高貴的知識份子的假面具，她的手法簡單，那手法叫通俗，絕對自覺的通俗，無與倫比、無法招架的功力。

昔日的文藝青年如今跟我一樣，已然老去，但不時還會看到他寫一些充滿理念和使命感極重的文章，在報紙和雜誌上出現。我知道他要說什麼，只是常常疑惑他想跟誰說；同樣，我記得他說過什麼，但轉眼間忘記他說了什麼。但請原諒我，幾十年前那個晚上，他在我家看完的那兩本克莉絲蒂的小說內容，我可還記得清清楚楚。

也許有一天再遇到他的時候，我會問他之後是否還看過克莉絲蒂其他的書，如果沒有，我會跟他說，想讀要趁早，因為你會老、會來不及。至於白羅那個矮儸，大概永遠不會消失。哦，對了，還有一個叫瑪波，你說不定會來不及認識……

老派偵探之必要

冬陽（推理評論人，台灣推理作家協會理事長）

「讀者非常喜歡白羅這個人物，表示『那個開朗的小個子，過氣的比利時名偵探』。顯然白羅是這本小說受歡迎的一個原因，雖然白羅可能不贊同用『過氣』二字來形容他。」知名編輯兼作家經紀人約翰・柯倫（John Curran）在《阿嘉莎・克莉絲蒂的秘密筆記》一書如是說，文中提到的「這本小說」，正是克莉絲蒂初試啼聲、名偵探赫丘勒・白羅優雅登場的《史岱爾莊謀殺案》，一部於一個世紀前出版的偵探推理作品。

百年光陰的淬鍊顯然證明了白羅絕無過氣的疲態，連帶讓我聯想起電影《金牌特務》（*Kingsman*）上映後，大眾熱議西裝如何能帥氣俊挺歷久不衰——或許可以從這個切入角度，在這裡跟老書迷、新讀友探究這個蛋頭翹鬍子偵探（我沒有影射哪款洋芋片食品喔）的魅力所在。

且讓我們話說從頭。

「我敢打賭你寫不出好的推理小說。」一九一六年，阿嘉莎．米勒（克莉絲蒂婚前的舊姓）在媽媽的打字機上敲擊，打算回應姐姐梅姬這挑釁的話語。她努力嘗試，但故事寫得不好，於是改從身旁熟悉的事物著手——比方說毒藥。阿嘉莎在藥房工作過，曾在某個夜裡驚醒，匆匆回到調劑室重新配置，因為她不記得有沒有漏做一個重要步驟，否則病患就要去見閻王了——噢，這似乎是個謀殺好點子。

阿嘉莎還記得姨婆對她的叮嚀：要注意他人覬覦她珍藏的首飾，時時留意是不是有人偷偷拉長了耳朵聽她們的竊竊私語。小阿嘉莎不但執行得徹底，還把這個習慣寫進小說裡。同時她還注意到，因為世界大戰爆發，家鄉托基湧入許多比利時難民，不如讓一個逃難到英國的比利時退休警官擔任偵探？一定很有趣！

啊，偵探小說顧名思義，只要塑造出一個教人印象深刻的偵探，大概就成功一半。這個人物必須要有特色、有個性，甚至是怪癖，而且聰明又自負。好幾個名字浮現在她腦海裡：莫里斯．盧布朗（Maurice Leblanc）筆下的怪盜紳士亞森．羅蘋、卡斯頓．勒胡（Gaston Leroux）創造的新聞記者胡爾達必，當然還有那最最知名的夏洛克．福爾摩斯——連帶創造一個華生型的助手好了。該怎麼安排呢……

於是，一位偵探的樣貌漸漸成形：五呎四吋的小個兒，蛋型臉上蓄著保養得宜、梳理有型的鬍子，衣著一塵不染，漆皮鞋擦得錚亮。他有嚴重的潔癖，說話不時夾雜法語，喜歡成雙成對的東西，喜歡方的不喜歡圓的（雞蛋為什麼不是方的呢？），口頭禪是「動動灰色的腦細胞」。阿嘉莎心想，他應該要有個像福爾摩斯一樣響亮的名字，取名「赫丘勒斯」怎麼樣？希臘神話中的大力士。姓氏叫白羅，不過搭赫丘勒斯這個名字好像不配……改一下，赫丘勒．白羅好像不錯？就這麼定了吧！

白羅很聰明，懂得觀察入微沒錯，但這並不表示他就得是台獨尊腦袋、缺乏情感的冰冷思考機器，尤其要在人物關係錯綜複雜的莊園宅邸查案追凶，交際手腕得高明些才行。他不是在謀殺發生、屍體出現後才開始像頭獵犬四處嗅聞，而是憑藉旺盛的好奇心與強烈的同理心接觸各種人事物，進而探入被害者、犯罪者、各個看似無辜但多少都和事件沾上邊的關係者的心靈深處，佐以現今稱作鑑識、法醫等等科學鐵證（哎，證據人人知道，可是要怎麼跟真相合理地連結到一塊，這就是名偵探的功力啦），讓原本叫人束手無策的事件得以畫下完美句點。也因此，白羅偶爾能預測進而制止罪案的發生，甚至對殘酷但值得憐憫的罪行網開一面，這樣才合乎人性不是嗎？

婚後以阿嘉莎．克莉絲蒂為名，推出《史岱爾莊謀殺案》後深獲好評，相隔六年的《羅傑艾克洛命案》更是引發街談巷議，而克莉絲蒂全球暢銷前十大作品中，還包括《東方快車謀殺案》、《尼羅河謀殺案》、《ＡＢＣ謀殺案》、《藍色列車之謎》、《底牌》、《五隻小豬之歌》，合計八部皆由白羅擔綱演出。讀者不只喜愛這個聰明角色，還臣服於平實流暢的文筆及相對顯得衝突的複雜劇情，冷酷的謀殺動機隱藏在細膩的人際關係裡，穿透看似單純、帶點童話氣息的表象後，端賴名偵探明察秋毫、撥亂反正。尤其讓一個比利時人在英國土地上辦案，是克莉絲蒂的小心思，因為「英國人總是不信任外國人，也不相信睿智」（語出英國偵探俱樂部主席馬丁・愛德華茲〔Martin Edwards〕），讀者同凶手一樣輕忽不設防，卻也得到了參與鬥智競賽的意外驚奇和美好滿足。

這樣的閱讀感受，我稱之為「老派偵探之必要」，因為它純粹簡約，經得起反覆咀嚼，猶如前述的西裝革履，在潮流更迭的時間長河裡維持恆久的優雅風範——呼應吳念真先生寫在「策畫者的話」中的一段文字，那不是惺惺作態的高傲睥睨，而是「絕對自覺的通俗，無與倫比、無法招架的功力」所致。

不信？往下讀去就知道。而且我敢打賭，你有很高的比例會將整個白羅系列嗑完，然後是瑪波小姐系列以及其他系列，當然也不可能錯過像名列暢銷首位的《一個都不留》這類獨立之作……

註　克莉絲蒂推理全集一至三十八冊為「神探白羅系列」，三十九至五十二冊為「神探瑪波系列」，五十三至八十冊包含鬼豔先生、湯米與陶品絲、雷斯上校、巴鬥主任等名探故事。

獻詞

阿嘉莎．克莉絲蒂是世界讀者最眾，也最廣受喜愛的女作家。
身為克莉絲蒂的孫兒，我相信奶奶會非常樂見這次出版，
因為她極以自己作品中的趣味與娛樂為豪。
歡迎所有喜歡本系列的台灣新讀者參與這場饗宴！

——馬修．培察（Mathew Prichard）

喬司・瑞利醫師的話

本書記載的是大約四年前發生的事。本人認為情況已發展到必須將實情公諸於世的階段。曾經有一些最狂妄、最可笑的謠傳，都說重要的證據已經讓人扣留或諸如此類很無聊的話。那些曲解的報導在美國報紙上出現得最多。

當然，實際情況的記述最好不是出自考古團團員的手筆。理由顯而易見：大家都會有充足的理由批評他的記述持有偏見。

因此，我便建議艾蜜・雷休蘭小姐擔起這項任務。她顯然是負責此事的最適當人選。對於這份工作，她具有最好的資格。她和皮茲坦大學伊拉克考古團事前沒有任何關係，所以不會有偏見。並且，她是一個觀察力敏銳、極有頭腦的目擊者。

說服雷休蘭小姐擔任這項工作並不是很容易……其實，幾乎可以說是我行醫以來最困難的事，甚至在她脫稿之後，她不知為何不太願意讓我閱讀原稿。我發現這是由於她說過一些批評我女兒雪拉的話。我不久就消除了她的顧慮。我叫她放心，我說，社會既然容許子女任意發表文章批評父母，所以子女挨罵，做父母的高興都來不及了。她另外一個顧慮的理由是，她對自己的文章抱持極謙虛的態度。她希望我會「校正她的文法錯誤」等等。但是，我連一個字也不願意改。我認為雷休蘭小姐的文筆有力、極具個性，而且拿捏得當。像是她在一段文字中稱赫丘勒・白羅為「白羅」，卻在下一段文字中稱他「白羅先生」，這樣的變化既有趣，又具暗示……可以說，在某些時候，她「仍記得應有的禮貌」（醫院裡的護士是墨守禮節的），可是，一轉眼，她又會像一個普通人那樣沉迷於自己陳述的故事中，完全忘掉自己是個護士了。

我做的唯一一件事，就是擅自撰寫開頭的第一章。這是得力於雷休蘭小姐的一個朋友所提供的一封信。我希望把它當作一種類似楔子來看待，也就是為敘述者勾畫出粗略的面目。

01 楔子

在巴格達底格里斯皇宮大旅館的大廳裡，一個受過醫院訓練的護士正在完成一封信。她的鋼筆輕快的在信箋上掠過。

……啊，親愛的，我想，這就是我報告給你的全部新聞。我得說，能夠看到世界的一鱗半爪，總是好的。不過，我最熱愛的地方還是英國！巴格達的髒亂，說出來你一定不敢相信，一點兒也不羅曼蒂克，不像你想像中的《一千零一夜》。當然，在河面上，風景是美的，但是那個城市本身簡直糟透了，根本沒有像樣的商店。寇西少校帶我逛過市場，而當然啦，我也不能否認，那些地方是饒富奇趣，但有很多的垃圾和敲打銅盤的聲音，把人震得頭都痛了。而且那種東西，除非我有把握它已清洗乾淨，不然我可不想用。用那些銅盤子時，你得非常當心上面的銅鏽。

瑞利醫師提到的那個工作要是有什麼消息，我會寫信告訴你。他說這位美國先生就在巴格達，也許今天下午會來找我。他是為了他太太的病而來……她有「妄想症」，這是瑞利醫師說的。除此之外，他沒說別的。當然啦，親愛的，大家都知道那種病是什麼情形（希望不要是「抖顫性酒瘋」）。當然，瑞利醫師並未說「什麼」，但他的那種表情……你明白我的意思。這位連納博士是位考古學家，正為一個美國的博物館在沙漠地帶挖掘一座遺址。

好了，親愛的，我現在要停筆了。你告訴我的那件小斯塔賓的事，真是笑死人了。護士長究竟怎麼說呢？不多寫了。

艾蜜・雷休蘭上

她把信放到信封裡，然後在上面註明：「倫敦，聖克里斯多佛醫院，柯爾修女收」。

當她套上筆套時，一個本地的侍者來到她跟前。

「有一位先生來看你……連納博士。」

雷休蘭護士轉過身來。她看到一位中等身材、肩膀微微下垂的人。那人有褐色的鬍鬚和一雙溫和卻很疲乏的眼睛。

連納博士看到的則是一個三十二歲的女人，身材挺拔，態度充滿信心，有一副和善的面孔、稍稍突出的藍眼睛，和富含光澤的褐髮，他覺得，她正具備精神病護士所應有的樣子：愉快、健壯、精明，而且實事求是。

02 引薦艾蜜・雷休蘭

我並不想冒充作家，佯稱懂得如何寫作。我這樣做只是出於瑞利醫師的要求，而且，不知為什麼，瑞利醫師要求你做一件事的時候，你是不會拒絕的。

「啊，可是，醫生，」我說，「我是不懂文學的，一點兒也不懂。」

「胡說！」他說，「你就把它當病歷紀錄來寫好了。」

哈，當然啦，你大可以這樣看。

瑞利醫師繼續說下去。他說現在我們亟需對雅瑞米亞遺址事件有個直率明白的敘述。

「如果是與那件事有利害關係的人來寫，就不具說服力，他們會說它難免帶有偏見。」

當然，那也是真的。我始終都在事件發生地點，但可以說是一個局外人。

「醫生，為什麼你不自己寫呢？」我問。

「我不在當地，而你是在的。況且，」他嘆口氣，接著說：「我的女兒不讓我寫。」

他對他那個黃毛丫頭竟會讓步到這種程度，實在非常丟臉。我有點想這樣說，可是這時候我看到他在眨眼。那是瑞利醫師最令人頭痛的地方。你永遠不會知道他是在開玩笑還是說真的。他總是以緩慢、憂鬱的方式說話，但是多半又會看到他微微地眨了個眼。

「好吧，」我不敢肯定地說，「我想我可以。」

「你當然可以。」

「只是我不知道如何開始。」

「有一個很好的方法。由起始處開始，直接敘述到事件結束，然後就停手。」

「我甚至不曉得那件事是從何處或如何開始的。」我猶豫地說。

「護士，相信我。和最後如何收尾比起來，開頭的困難根本不算什麼。至少，我演講的時候就是這樣。必須背後有人用力拉著我的後襬，才能把我拉下來。」

「啊，你是在開玩笑，醫生。」

「我是非常認真的。好了，怎麼樣？」

還有另外一件事令我很煩惱。猶豫了片刻，我說：「醫生，你知道，我擔心……嗯，有時會露出個人的感覺。」

「哎呀，小姐，愈表現個人的感覺愈好！這是一個人的故事……不是木偶的故事！你就是要表現個人的感覺，你可以有偏見，你可以表示不滿，你可以想怎樣就怎樣！照你自己的方式寫。如果有一星半點中傷人的地方，我們可以在事後加以剪裁，儘管放手去寫，你是個聰明的人，你可以把那個事件合情合理、實事求是地寫出來。」

所以，事情就這樣決定了。我答應他盡力而為。

因此我就開始寫了。不過，就像我對醫生說的，很難知道應該從什麼地方開始。

我想我應該提一兩句自己的事。我叫艾蜜・雷休蘭，三十二歲。我在聖克里斯多佛醫院受過訓練，做了兩年婦產科護理工作，還做過一些私人看護，也曾在德文夏鎮本狄克小姐的療養院任職四年。後來我隨同一位寇西太太到伊拉克。之前她的小孩誕生時，是我照顧她的。而她準備和先生到巴格達。那裡有個保母，在她一個朋友家做了幾年。現在她已經和那個保母約定好——朋友的孩子將要回國就學——那保母同意等孩子們離開時到寇西太太這裡來。寇西太太身體纖弱，這次帶著一個這麼小的嬰兒旅行，覺得很緊張。因此，寇西少校就安排好，讓我陪她一起去，照顧她和小孩。而日後如果沒有找到一個需要在回國途中雇請護士的人，他們會負責我回國的旅費。

我想沒有必要描述寇西夫婦和他們的小孩了。那小孩很可愛，寇西太太人也很好，不過是屬於有些急躁型的女人。我很喜歡這次航行，我從未在海上航行如此之久。

瑞利醫師也在船上，他是一個黑髮、長臉的人，常常以低沉、悲傷的聲調講述各種各樣奇聞異事。我想他喜歡開我的玩笑，常常對我說一些荒誕不經的事，看我是否相信。他在一個叫作哈沙尼的地方當醫師。哈沙尼位於離巴格達一天半旅程的地方。

我是在巴格達住了大約一星期後再次遇見他。他問我什麼時候離開寇西家。我說他這樣問我挺巧的，因為，賴特一家（就是我上面提到的另外一家人）準備提早回國，他們的保母馬上就可以來了。

他說他已經聽說這件事了，又說，那就是他問我的原因。

「護士小姐，我這裡有一個你可能適合的工作。」

「照顧一個病人嗎？」

他皺起面孔，彷彿在考慮。

「很難稱之為病人，只是一位太太，她有……這樣說吧，妄想症。」

「啊！」我說。

（我們通常都知道那是指什麼……——酗酒或嗑藥！）

瑞利醫師沒有進一步說明。他很謹慎。

「是的，」他說，「是一位連納太太，丈夫是美國人……更正確地說，應該說是美瑞混血，他是美國一個大規模考古團的主持人。」

於是，他就說明，這個考古團正在挖掘一座巨大的亞述古城所在地，一個像尼尼微那樣的地方。考古團住的營地離哈沙尼並不很遠，但是很荒涼。連納博士擔心他太太的健康有好一陣子了。

「他沒有講得很清楚，但是，她似乎有循環性的緊張恐懼現象。」

「他們是不是白天都把她撇在家裡，讓她和當地人在一起？」我問。

「啊，不會的，那裡有不少人呢，大約七、八個。我想，她不會獨自一人在家。但是，有件事似乎是毫無疑問：她整個人變得怪裡怪氣。連納的工作很繁重，而他深愛妻子，知道她有這種情形，非常擔憂。如果有個負責又具備專業知識的人幫忙照顧她，他會放心許多。」

「連納太太本人對這件事有何看法？」

瑞利先生嚴肅地答道：「連納太太是個很可愛的人，可是她的想法往往兩天就變一次。不過，大體說來，她接受這個建議。」他又說，「她是一個古怪的人，很有魄力，但我猜她也是個一流的撒謊高手。只是連納真心相信她的病是被嚇出來的。」

「她自己對你說過什麼嗎？」

「哦，她沒找我看過病，因為某些原因，她不喜歡我。是連納來向我提出這個想法。怎麼樣，護士小姐，你考慮得怎麼樣？在回國前，希望你能遊覽遊覽這個國家。他們在這兒還有兩個月的工作期。考古挺有趣的。」

我遲疑了一會，考慮了一下。

「好吧，」我說，我真的這麼想。「也許可以試試。」

「好極了，」瑞利醫生說著，聲音高昂了起來。「連納現在人就在巴格達，我這就去告訴他，要他來一趟，看他要不要自己和你討論一下事情。」

那天下午，連納博士來到旅館。他是一個舉止神經質且猶疑的中年人，帶著斯文、親切又十分無助的神情。

他似乎深愛妻子，然而對妻子到底患有什麼病症卻茫無頭緒。

「你知道，」他用一種困惑已極的神情捻著鬍鬚……後來我漸漸了解這是他的一個小習慣。「我的妻子處在一種精神不安的狀態中。我感到很擔憂。」

「她的身體健康嗎？」我問。

「是的……是，健康，我想是的。我想她的身體沒什麼毛病。但是，她……嗯，常常出現幻想，你知道。」

「什麼幻想？」我問。

然而他避開這一點，只是困惑地低聲說：「她常常莫名其妙地情緒激動。事實上，我覺得她這些恐懼毫無根據。」

「她恐懼什麼，連納博士？」

他空洞地說：「啊，只是……緊張恐懼，你知道。」

我想，十之八九是染上毒癮。他沒有發現，很多男人都不會發現，他們只是不懂妻子為何如此神經過敏，為何心情有這樣不尋常的變化。

我問他，連納太太是否贊成我來。他的臉上露出笑容。

「贊成，我很驚訝，又驚訝又高興。她說這是個好主意。她說，這樣她會覺得安全許多。」

我覺得這話很奇怪。「安全許多」。用這種字眼很奇怪。我開始揣測，連納太太也許是個精神病患。

他帶著一種孩子似的熱誠繼續說下去。

「我相信你會和她相處得非常融洽，她是個很可愛的人。」他的笑容令人消除一切疑慮。「她覺得你來會使她感到非常安心。我一看到你，也有同樣的感覺，不知道你是否容許我這樣說：你看起來非常健康、常識豐富，我相信你就是陪伴露易絲最適當的人。」

「那麼，我只好試試了，連納博士。」我高興地說，「希望我對你太太能有些幫助。也許她是對土著和有色人種感到緊張吧？」

「啊，天啊，不是的，」他搖搖頭，對我這樣的想法覺得很有趣。「我太太很喜歡阿拉伯人，她很欣賞他們的純樸和幽默。她來這裡才六個月——我們結婚還不到兩年——但是她已經會說相當多阿拉伯話了。」

我沉默了片刻，然後，我再試一次。

「你能告訴我，你太太到底害怕些什麼嗎，連納博士？」

他猶豫了一下，然後慢慢地說：「我希望……我想，她會親自告訴你。」

我由他那裡可以問出來的，只有這些。

03 傳言

一切都安排妥當，我預定下星期到雅瑞米亞遺址。寇西太太正忙著安頓阿爾維亞的房子。我很高興能幫她減輕一些工作負擔。

在那段期間，有一兩次我聽到人家提起連納考古團。寇西太太的一個朋友、年輕的空軍中隊長驚訝地噘起嘴巴說：「美麗的露易絲！原來這就是她最近的情形呀！」他轉過身來對著我：「護士小姐，那是我們替她起的外號，她向來以『美麗的露易絲』聞名！」

「那麼說，她非常漂亮囉？」我問。

「那是依照她自己的標準。她自以為很漂亮！」

「約翰，嘴巴不要這麼壞，」寇西太太說，「你知道，不是只有她自己這麼認為！許多人都為她神魂顛倒呢。」

「也許你說得對，她年紀是有點大了，但是，依然風韻猶存。」

「你自己也拜倒在她的石榴裙下呢！」寇西太太笑說。

那位空軍中隊長滿臉通紅，他有些難為情地說：「啊，她是很有一套。至於連納本人，她走過的地方，他都要焚香膜拜呢！全考古團的人也都崇拜她！這不難了解！」

「那裡一共有多少人？」我問。

「各種人都有，哪一國人都有，護士小姐。」中隊長愉快地說，「有個英國建築師，一個法國神父，從迦太基來的，他負責辨認碑文、石碑或什麼東西上的文字，你知道。還有詹森小姐，她也是英國人，總管一切雜務。還有一個矮胖子，擔任攝影，他是美國人。然後是麥加多夫婦，天曉得他們是哪一國人，南歐那裡的人吧。麥加多太太很年輕——像蛇一樣狡猾——啊，她多恨美麗的露易絲呀！還有兩個年輕小夥子，這就是全班人馬。其中有幾個很難搞定，但是大致都很好……你同意我的說法嗎，潘尼曼？」

他是對一個上了年紀的人講話，那人正坐在那裡，若有所思地轉動著一副夾鼻眼鏡。後者吃了一驚，抬頭一望。

「是的，是的，的確很好。這是說，個別來看的話。當然，麥加多是個怪傢伙……」

「他留個那麼奇怪的鬍子，」寇西太太插嘴說，「垮得很怪。」

潘尼曼少校繼續說下去，沒注意她插進的話。

「兩個年輕小夥子都很好，那個美國人相當沉靜，那個英國人話就多了一點。奇怪，通常都是剛好相反。連納很討人喜歡，很謙虛，一點也不擺架子。是的，私下相處，他們都是很友善的人。但不知道為什麼，也許是我多想了，上一次我去看他們的時候，我有一個奇怪的印象，覺得有點不對勁，我不知道，就是有一種很奇怪的緊張氣氛……這麼說應該最能解釋我的意思：他們在餐桌上傳遞牛油的時候，都太客氣了。」

我有點不好意思地說……因為我不喜歡妄出意見。

「大家被綁在一個地方太久的時候，都會變得心煩意亂，我在醫院有過經驗，很了解這種情形。」

「你說得對，」寇西少校說，「但是，現在還只是初期，那種心煩的現象還不會有。」

「一個考古活動也許就是我們日常生活的縮影，」潘尼曼少校說，「有派系，有敵手，有嫉妒。」

「聽說他們今年有很多新成員加入。」寇西少校說。

「讓我算算看，」中隊長屈指算了起來。「克爾曼是新來的。賴特也是。奧莫特去年就來了，麥加多夫婦也一樣。賴維尼神父是新來的，他是代替拜德博士，因為拜德博士今年病了，不能來。蓋瑞當然是老團員了，他從五年前一開始就參與了。詹森小姐和蓋瑞待的時間幾乎一樣久。」

「我一直以為他們在雅瑞米亞遺址相處得很融洽。」寇西少校說，「他們看起來像是個和樂的大家庭……想到人性是什麼樣子，就覺得這實在是令人驚奇。我相信雷休蘭護士同意我的話。」

「這個……」我說，「我想你說得對。我在醫院見到的爭端，往往是從一壺茶開始。」

「是的，一個人在密閉的團體中，很容易變得非常小氣，」潘尼曼少校說，「但我仍然覺得事情沒那麼簡單。連納是個十分溫和、毫不擺架子的人，他機智圓融，可以讓團裡的人很快樂，彼此相處融洽，但那天我的確感到一種緊張的氣氛。」

寇西太太笑道：「你當真看不出其中的原因？噢，這是顯而易見的！」

「你的意思是……」

「當然是連納太太呀！」

「噢，別亂說，瑪麗！」她的丈夫說，「她是個可愛的女人！根本不是愛吵架的人。」

「我沒說她愛吵架，是她會讓別人吵架！」

「怎樣讓別人吵架？她何必如此？」

「何必如此？何必如此？因為她感覺無聊。她不是考古學家，只是一個考古學家的太太。她和外界一切新奇刺激的事物完全隔絕，所以無聊至極。因此，她就為自己安排一些戲碼。她故意使別人不和，引以為樂。」

「瑪麗，你一點兒也不曉得實情，你只是在想像。」

「當然我是在想像！但是你會發覺我想得對。美麗的露易絲可不像蒙娜・麗莎那樣平靜無波！也許她並無惡意，但她想看看會發生什麼後果。」

「她對連納一往情深。」

「啊，也許是。我並不是說她有什麼卑鄙的陰謀，但是那個女人，她是個 allumeuse[1]！」

「女人真夠相親相愛啊。」寇西少校說。

「我知道，小心眼，小心眼，小心眼，那就是你們男人會說的。但是，女人對女人的判斷通常都很正確。」

潘尼曼若有所思地說：「就算寇西太太那些苛刻的揣測是真的，我想那仍不能解釋那種奇怪的緊張感……有點風雨欲來的味道。我有一種很強烈的感覺，暴風雨可能一觸即發。」

「不要嚇唬我們護士小姐了，」寇西太太說，「三天後她就要到那裡去，你的話會使她躊躇不前。」

「啊，你們不會嚇倒我的。」我笑著說。

不過，我對於那些話仍然想得很多。連納博士那句「安全許多」，用得很奇怪，並且一再出現在我的腦海。是不是他太太那種祕密的恐懼（也許她不肯承認，或者沒有表示）也感染了其他人？或者是那種緊張感（是造成這種感覺的不知名原因）影響了她的情緒？

我把寇西太太用的那個「allumeuse」在字典裡查出來，可是也想不出有什麼意義。

好吧，我暗想，我就等著瞧了。

1　法語，意思是「燃火點」。

04 抵達哈沙尼

三天後，我離開巴格達。

離開寇西太太和她的小寶寶，我覺得很難過。那個小寶寶是個很可愛的小孩，養得白白胖胖，每週都會正常的增加幾盎司體重。寇西少校送我到車站，等開車後才回去。我預定第二天早晨會到達科庫克。那裡會有人接我。

我睡得不好，我在火車上總是睡不好，老是作夢，頗以為苦。

雖然如此，第二天早晨，我醒來時往窗外一望，天朗氣清，於是，不禁對於即將見到的人感到興趣與好奇。

我站在月台上猶豫不決、四下張望的時候，忽然看見一個年輕人朝我走過來。他有一張紅紅的圓面孔。在我有生之年，從未見到有人如此神似伍德霍斯先生筆下的小說人物。

「哈囉，哈囉，哈囉，」他說，「是雷休蘭護士嗎？啊，我是說，你必定是的……我可以看得出來。哈，哈！我的名字是克爾曼。連納博士派我來的。你好嗎？一路辛苦吧？我很了解這段車程的情形！啊，對了，你吃過早餐了嗎？這是你的行李嗎？你很樸素，對吧？連納太太有四個手提箱、一個大衣箱，裡面裝了一個帽盒、一個上等的枕頭，其他林林總總的物件更不在話下。我說的話太多嗎？到我那輛老巴士上來坐吧！」

有一輛車子等在那裡，後來我聽說有人把那種車子稱為旅行車。那車子有點像四輪遊覽馬車、有點像長形四輪車，也有點像汽車。克爾曼先生扶我上車，一面對我說明最好坐在駕駛旁邊的位子上，震動會比較少些。

震動！真不知道這個價值可疑的新玩意會不會崩潰成碎片。而且，這馬路一點也不像是馬路……只是一種路，上面都是車轍和破洞。這真是輝煌燦爛的東方嗎？當我想到我們英國那些漂亮的公路幹線時，忽然充滿了鄉愁。

克爾曼由後面座位上向前探過身子，在我耳畔大聲講了許多話。

「路的狀況很好。」就在車子把我們大家幾乎顛到車頂以後，他對我這樣喊。

顯然他是認真的。

「這樣對人很好，可以刺激肝臟。」他說，「護士小姐，這你應該懂。」

「如果腦袋都震裂了，有個興奮的肝臟對我也沒什麼好處。」我尖酸地說。

「那你應該在雨後到這裡來走走，超級適合滑行。我們大半時間都得橫著走。」

對這個我沒回應。

不久，我們就得渡河了。我們乘的是一艘狂顛到可以的渡船。我覺得全靠主的慈悲，才能渡過，但其他人似乎都視為平常。

我們費了四小時才到達哈沙尼。出乎我意料之外，那是一個很大的地方。還在河的另一邊時，那地方看起來很美！白色的屋宇矗立在那裡，還有伊斯蘭教的尖塔，像仙境一般。雖然如此，當我們過了橋來到那地方，感覺就有一些不同了。它充塞著難聞的氣味，房子都搖搖欲傾，破毀不堪，到處都是泥濘，一片髒亂。

克爾曼把我帶到瑞利醫生的家裡。他說，瑞利醫生就在家等著我一起吃午餐。

瑞利醫生像以前一樣親切，他的房子也很舒適，有浴室，樣樣東西都是嶄新的。我舒舒服服地洗了一個澡。等到我穿上制服，走上樓時，心情很愉快。

午餐剛剛準備好，於是，我們便走進飯廳。醫生替他的女兒道歉，他說她總是遲到。

就在我們剛剛吃完那道美味的醬燒蛋，他女兒走了進來。瑞利醫生說：「護士小姐，這是小女雪拉。」

她和我握手，問我一路可好，同時把帽子扔到一邊，對克爾曼先生冷冷的點點頭，便坐下來。

「啊，比爾，」她說，「近來怎麼樣？」

他開始和她談起俱樂部即將舉行的宴會。趁此機會，我對她打量了一番。

我不能說很喜歡她。她的態度稍嫌冷淡，不是我喜歡的類型。她雖然容貌好看，卻是那種隨隨便便型的女孩。黑髮，碧眼，面孔有點蒼白，嘴唇習慣塗上唇彩。她講起話來冷冷的，總帶著諷刺，很令人生氣。我以前底下有個見習護士很像她……我承認那女孩工作表現很好，但是她的態度始終令人生氣。

我覺得克爾曼先生似乎為她神魂顛倒。他說起話來有點口吃，所說的話比以前更形愚蠢。他這模樣使我想起那種直搖尾巴的笨狗，拚命要討人歡喜。

午餐後，瑞利醫生到醫院去了。克爾曼先生要進城去取一些東西。雪拉小姐問我，是想到城裡逛逛呢，或是留在家裡。她說，克爾曼先生一小時之後會回來接我。

「有什麼可以看看的地方嗎？」我問。

「有一些很別致的地方，」雪拉小姐說，「但我不知道你是否喜歡。那裡非常髒。」

她這樣說使我有點發火。我始終不能了解，為什麼說一個地方別致就得強調它的髒亂？

末了，她帶我到俱樂部。那地方面對著河，倒很宜人，還備有英文報紙和雜誌。

我們回來的時候，克爾曼先生尚未到達。於是我們坐下來聊聊，只是聊得並不投機。

她問我是否見過連納太太。

「沒有，」我說，「只見過她的先生。」

「啊，」她說，「不知道你對她會有何想法。」

對這個，我沒說什麼。於是，她接著說下去。

「我很喜歡連納博士，人人都喜歡他。」

我想，那就等於說：你不喜歡他太太。

我仍然沒說什麼，不久，她突然問：「她怎麼了？連納博士對你說過嗎？」

我不打算在尚未見到病人之前就說她的閒話，所以，便含糊其詞地說：「聽說她的身體不大好，需要人照顧。」

她哈哈大笑，是一種惡意的笑聲，刺耳而且粗魯。

「天哪，」她說，「有九個人照顧她，難道還不夠嗎？」

「我想，他們都有自己的工作要做。」我說。

「有工作要做？當然他們有工作要做。但是，照顧露易絲第一啊……她一定要這樣，一點都不能含糊。」

沒錯，我對自己說，你不喜歡她。

「我仍然不明白，」瑞利小姐繼續說，「她請一個醫院來的專門護士要做什麼。我倒認為找個外行人照顧她更適合。我覺得她不需要一個經常把體溫計塞到她口裡、按她的脈搏、把樣樣事都確確實實辦好的人來照顧她。」

啊，我得承認我很好奇。

「你認為她沒什麼毛病嗎？」我問。

「當然，她什麼毛病都沒有！那個女人像牛一樣健壯。『親愛的露易絲一夜沒睡』，『她的眼睛下面有黑圈』，當然，用藍色鉛筆塗塗就有了！反正只要引人注意就行，好讓每個人都在她身邊團團轉，大驚小怪地照顧她！」

當然，她的話有點道理。我看過一些罹患憂鬱症的病人（哪個護士沒見過？），他們最喜歡舉家上下都圍著他們團團轉，伺候他們。假若醫生或護士對他們說：「你實在一點毛病都沒有！」那麼他們先是不相信，然後就會勃然大怒，憤慨到極點。

當然啦，連納太太很可能就是這種病人。很自然的，做丈夫的通常就是首先受騙的人。我發現只要牽涉到疾病，做丈夫的是最容易輕信的人。但是，這仍然不符合我所聽到的話，例如，這與「安全許多」這幾個字就不符合。

奇怪，那幾個字我怎麼總忘不了？

我想到這個，便說：「連納太太是個神經過敏的人嗎？譬如說，如此遠離塵囂，她會覺得緊張嗎？」

「那有什麼好緊張的？老天，他們那裡有十個人哪！而且他們還有守衛，因為要保護古物。啊，不會！她不會神經緊張，至少……」

她似乎想起一件什麼事，忽然住了嘴；過了一兩分鐘，才又慢慢繼續說下去。

「很奇怪你會那樣說。」

「為什麼？」

「我和賈維斯空軍上尉前幾天駕車到他們那裡去。那是在上午。他們大部分都到挖掘場工作了。她正坐在那裡寫信，我想她沒聽見我們進來。平常帶客人進來的那個僕人當時不在。我們一直走到走廊裡，然後顯然是看到牆上賈維斯上尉的影子，當下她便嚇得尖叫起來！後來，她當然向我們道歉。她說她以為是個陌生男人。那也有些奇怪。我是說，即使是個陌生男人，那又有什麼好害怕呢？」

我若有所思地點點頭。

瑞利小姐沉默片刻，這才突然說：「我不知道他們今年有什麼不對勁，大家都顯得心神不寧。詹森總是悶悶不樂，不愛開口。大衛能不說話就不說話。比爾當然永不停嘴。不過，他的喋喋不休讓別人更加不安。蓋瑞彷彿隨時在擔心什麼東西會忽然折斷似的。他們彼此防備著，彷彿……彷彿……噢，我不知道，很奇怪就是了。」

是很奇怪，我想，像瑞利小姐和潘尼曼少校那樣迥異的兩個人，竟會有同樣的感覺。

就在這個時候，克爾曼先生慌慌忙忙的走進來。正是「慌慌忙忙」這幾個字。假若看到他的舌頭伸出來，又忽然秀出尾巴搖個不停，也不用太過吃驚。

「哈……囉！」他說，「全世界最會採購的人……那就是我！你帶護士小姐去參觀本城的美景了嗎？」

「她沒有特別的感覺。」瑞利小姐冷冷地說。

「這也難怪，」克爾曼先生親切地說，「這是個瘡痍滿目的窮鄉僻壤。」

「你不是一個愛好別致事物或者古董的人，對不對，比爾？我搞不懂你為什麼要當考古學者。」

「這不能怪我，要怪我的監護人。他是個飽學之士，大學的研究教授，就算穿著臥鞋的時候也不忘讀書，他就是那種人。有一個像我這樣的人得監護，他多少受到些驚嚇。」

「被迫從事自己不喜歡的職業，我看你也夠笨了。」那位小姐尖刻地說。

「不是被迫，雪拉，好小姐，不是被迫。老先生問我想要從事什麼特別的職業，我說我沒什麼特別的願望，因此，他就安排讓我在這裡服務一季。」

「但是，難道你不知道你真正喜歡做什麼嗎？你必須要知道呀。」

「我當然知道呀。我的想法是完全不用工作。我希望我能有很多錢，可以去參加賽車。」

「你真荒唐！」瑞利小姐說。

她看起來很生氣。

「啊，我知道這是不可能的事，」克爾曼興致勃勃地說，「所以，假若我必須做點事，只要不是在辦公室裡埋頭苦幹，做什麼我都不在乎。我很願意到世界各處遊歷一下。『瞧我的！』我說，於是，我就來了。」

「那你一定是沒用到家了。」

「這你就錯了。我能像任何人一樣站在挖掘工地大喊『阿拉』，而且我在繪畫方面挺不錯。我在學校的時候還以模仿別人的筆跡見長呢。我很有潛力成為一流的偽造專家。啊，我也許會去幹那一行。假若有一天你在等候公共汽車的時候，被我的勞斯萊斯濺了一身泥，你就會知道我已經踏入犯罪界了。」

瑞利小姐冷冷地說：「你不覺得你該少說點話以便動身了嗎？」

「我們這裡的人很好客，對吧，護士小姐？」

「我確信雷休蘭護士很想安頓下來。」

「你樣樣事都很確信。」克爾曼先生咧著嘴笑笑，反擊過去。

這倒是真的，我心裡想。自信過強的調皮姑娘。

我冷冷地說：「我們還是動身吧，克爾曼先生。」

「你說得對，護士小姐。」

我和瑞利小姐握手，向她道謝，然後我們就出發。

「雪拉是個十分漂亮的女孩子，」克爾曼先生說，「但就是愛挑剔人。」

我們的車子開出城外，不久來到綠色麥田中的一條道路。這條路崎嶇不平，很多坑洞。

大約半小時後，克爾曼先生指指我們前面河岸邊的一個大土丘說：「雅瑞米亞遺址。」

我可以看到一些黑黑的小人像螞蟻似的走動著。

我正在眺望時，他們突然一起由小丘的邊緣跑下來。

「費多斯，」克爾曼先生說，「是收工的時候了。我們在日落以前一小時收工。」

考古團的營地在河那邊不遠的地方。

司機將車子轉了一個彎，顛顛簸簸的駛過一個非常窄小的拱門，我們就到了。

那營地是圍著一個庭院建造的。原來房子只占據了庭院的南邊，東邊是一些不重要的附屬建築物。而後考古團在另外兩邊陸續造了一些房子。因為這房子的平面圖到後來有相當重要的參考價值，我附上了一個粗略的圖樣。

所有的房門都對著庭院開，窗戶大都也是如此……例外的是原來南邊所建的房間。那一邊的房子也有向外面野郊開的窗戶。不過，這些窗戶都由外面裝上鐵條。在西南角上有一個樓梯，通到一個有長欄杆的屋頂，和南邊的建築一樣長，而且比其他三面的建築都高。克爾曼先生領我走過庭院東邊，再繞到一個占據南邊中央的大門廊。他推開門廊一邊的門，於是我們就走進一個房間。那裡有幾個人，圍著一個茶桌坐著。

「嘟嘟[2]，」克爾曼先生說。「這位是『莎蕊・甘普』[3]。」

坐在桌首的那位女士站起來歡迎我。

於是，我初次見到露易絲・連納。

2　模擬汽車喇叭聲，意謂「再見」，有開玩笑之意。

3　莎蕊・甘普（Sairey Gamp），英國小說家狄更斯（Charles Dickens, 1812-1870）作品《馬丁・朱述爾維特》（*Martin Chuzzlewit*）裡一位愛撐布傘的護士。

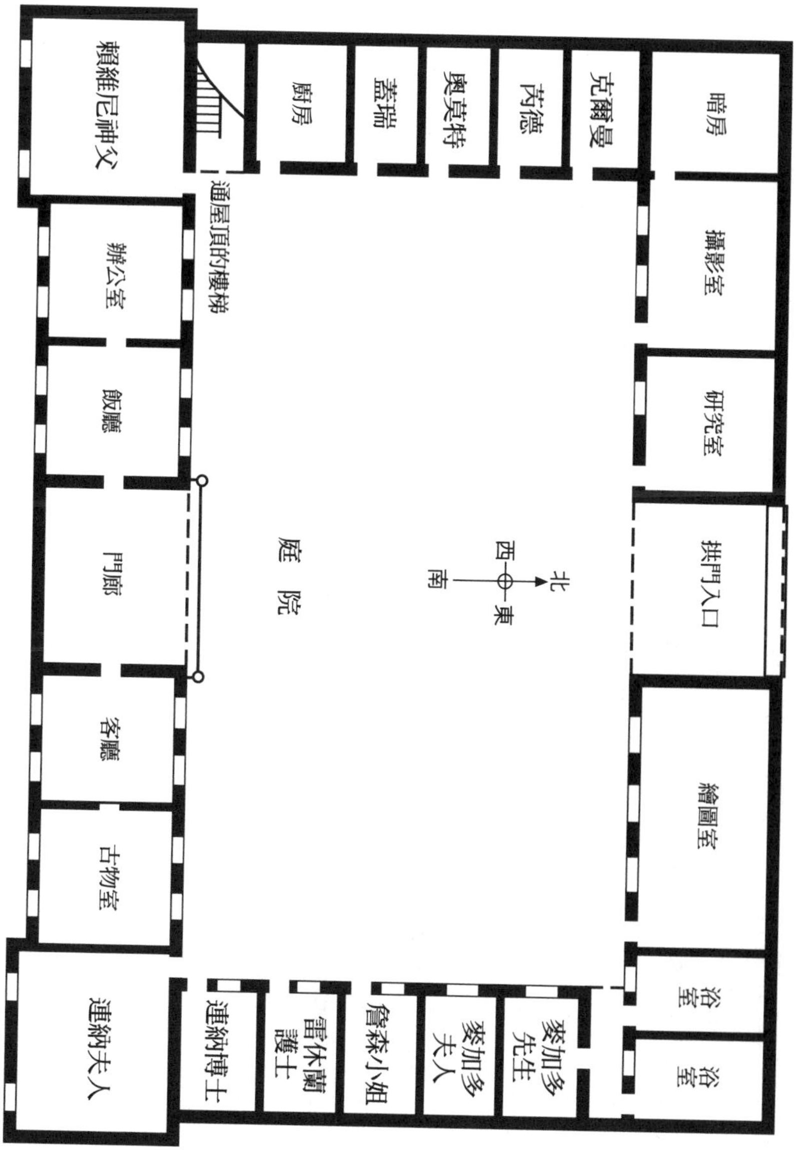
賴維尼神父
通屋頂的樓梯
廚房
蓋瑞
奧莫特
芮德
克爾曼
暗房
攝影室
研究室
拱門入口
繪圖室
浴室
浴室
麥加多先生
麥加多夫人
詹森小姐
雷休蘭護士
連納博士
連納夫人
古物室
客廳
門廊
飯廳
辦公室
庭院
北
東
南
西

考古隊營地平面圖

05
雅瑞米亞遺址

我不得不承認，見到連納太太的第一印象是大吃一驚。當我們聽到別人談及某個人的時候，很容易想像那個人的樣子。我的腦筋裡有一個牢牢的印象，以為連納太太必定是個滿頭褐髮、老是感到不滿足的女人，十分神經質，總是緊張兮兮。還有，我也猜想她的氣質……嗯，坦白說，應該有點庸俗。

但她絲毫不像我所想像的那個樣子！首先，她的頭髮是金色的，皮膚很白。她不像她的丈夫，並不是瑞典人。但她的樣子看來很像。她具有斯堪的那維亞的金髮白膚，相當罕見。我想她已經不年輕了，大概在三十與四十之間。她的面色有些憔悴，金髮中夾雜一些灰髮。不過，她的眼睛非常美麗，那是我所見過真正可以用「紫羅蘭色」來形容的眸子，它的輪廓很大，下面隱約有些暗影。她很瘦，顯得弱不禁風。假若我說她有一種極疲乏的神態，可是同時又充滿活力，這聽起來彷彿是胡說八道……但那就是我的感覺。我還覺得她是個百分之百的端莊淑女。這相當難得……即使在現在而言。

她伸出手來，面露笑容。她的聲音低沉柔和，帶有美國人那種慢吞吞的調子。

「護士小姐，你能來我真高興。喝點茶好不好？或者你要先到你的房間看看？」

我說我要喝茶。然後，她為我介紹在座各人。

「這是詹森小姐和芮德先生，麥加多太太，奧莫特先生，賴維尼神父。我先生馬上來。請坐在賴維尼神父和詹森小姐之間吧。」

我於是照辦。詹森小姐開始和我聊起來，問我一路可好等等的。

我喜歡她。看到她，我就不由想起我做見習護士時的一個護士長。當時我們都很佩服她，齊心努力為她工作。

她快五十了……這是我的判斷，外型有些男子氣概，鐵灰色的頭髮，剪得短短的，說起話來聲音率然悅耳，聲調相當低沉。她有一副醜陋、多皺紋的面孔，還有一個簡直可笑的朝天鼻，遇有苦惱或困惑的時候，習慣急躁的用手揉一揉。她穿一身蘇格蘭粗呢套裝，頗像男人穿的衣服。她馬上就告訴我她是約克郡人。

賴維尼神父讓我感覺嚇一跳。他是一個高個子，留著長鬍鬚，戴一副夾鼻眼鏡。我曾聽寇西太太提起這裡有個法國修道士，而眼前賴維尼神父確是穿一件白色毛料的修道士袍子。我略感驚奇，因為我總以為修道士都在修道院潛修，不會出來。

連納太太大部分都是用法語和他交談，但他與我交談時是用很清楚的英語。他有一雙機靈、敏銳的眼睛，眼光總是很快地由這個人投射到另一個人臉上。

坐在我對面的是另外三個人。芮德先生是個胖胖的年輕人，金髮碧眼，戴著眼鏡。他的頭髮頗長，有一個一個的小鬈，還有很圓的藍眼睛。我想，他小時候一定很可愛，但現在看起來就不怎麼樣了。事實上，他的模樣還有點像豬。另外一個年輕人頭髮剪得非常短，他有一副長長、幽默的面孔，牙齒雪白，笑起來很迷人。不過他的話很少，和人對話時只是點點頭，或用單音字來回答。他和芮德先生一樣是美國人。最後一個是麥加多太太。我沒有很仔細看她是什麼樣子，因為每當我朝她那個方向望去，總會發現她在用一種餓狼撲羊似的眼光注視我。我這樣說毫不誇張。她注視我的那個樣子，會讓人以為護士是一種很奇怪的動物。真是一點禮貌也沒有！

她很年輕，也不過大約二十五歲，皮膚頗黑，有些鬼鬼祟祟……你應該懂得我的意思。從某種角度而言，她很好看，但她彷彿是我母親常說的「有點焦油刷子刷過的痕跡」[4]。她有一副瘦削、小鳥似的急切面孔，眼睛大大的，嘴巴繃得有些緊。

茶很好，那是一種濃郁甘甜的混合品種，不像寇西太太常泡的那種清淡中國茶。喝那種茶，對我而言實在是件苦事。

有果醬吐司和一盤硬甜捲麵包，還有蛋糕。奧莫特先生很客氣的把點心遞給我。他雖然很沉靜，但是當我的盤子空了的時候，他總是會注意到。

不久，克爾曼先生就慌慌張張的進來，坐到詹森小姐那邊的座位上。他的精神狀態應該沒什麼問題，不過是喜歡喋喋不休罷了。

連納太太嘆了一口氣，很厭倦地朝他那個方向望了望，但是毫無效果。他的話大部分都是對麥加多太太講的。但麥加多太太忙著觀察我，所以除了敷衍他一兩句之外，沒工夫和他多談。可是，仍然沒用。

我們剛用完茶點，連納博士和麥加多先生便由挖掘場回來了。

連納博士用他和悅、親切的態度與我打招呼。我看見他很擔心地對他太太迅速瞥了一眼，然後他似乎對自己看到的情形感到安心。於是，他在桌子的另一頭坐下來。麥加多先生坐在連納太太旁邊那個空位子上。他是個高瘦、憂鬱的人，比他太太年紀大得多，有一副蠟黃的面孔，鬍子怪怪軟軟的，亂得不成樣子。我很慶幸他進來了，因為他的太太終於不再注視我，而把注意力轉向他。她用一種擔心又不耐煩的態度望著他，使我覺得相當奇怪。他攪和一下茶，神情如夢似幻，一語不發。他的盤子上有一片蛋糕，但原封未動。

仍有一個空位子。不久，門開了，一個人走了進來。

一看到李察・蓋瑞，我不禁覺得我好久未曾見到這樣英俊的人了。但是，我又不是很確定。說一個人面孔很漂亮，同時又說他看起來像死人的頭骨，這話聽起來極端矛盾，但事實

4　原文是 touch of the tar-brush，比喻有黑人的血統。

正是如此。他的頭皮看似緊繃在骨頭上，而他的頭骨很美。那嘴巴、太陽穴和前額的線條輪廓分明，使我聯想到銅像。那張瘦削的褐色面孔上，有兩隻我平生僅見最亮、最藍的眼睛。他身高大約六呎，年紀嘛，我想是四十不到。

連納博士說：「這是蓋瑞先生，我們的建築師，護士小姐。」

他用一種愉快但幾乎聽不見的英國腔調說了幾句話，然後在麥加多太太旁邊坐下。

連納太太說：「恐怕茶有點冷了，蓋瑞先生。」

他說：「啊，沒關係，連納太太。是我自己晚到了。我想把牆壁的設計圖畫完。」

麥加多太太說：「要果醬嗎，蓋瑞先生？」

芮德先生把吐司推過去。

這時，我想起潘尼曼先生說過的話：「他們傳遞牛油的時候，有點太客氣了。這一件事最能夠表明我的意思。」

是的，感覺是有些奇怪。

他們有點拘謹。

你也許會說，這是個彼此互不熟悉的團體……不是每個人都彼此相識。但其中有幾個其實已經認識好幾年了。

06 第一晚

用完茶點以後，連納太太帶我去看我的房間。

我最好在這裡把房間的分配情形簡短說明一下。非常簡單，如果參考房子的平面圖（參四十一頁圖），就很容易明白。

在那個開放的大門廊兩邊有門通到兩個主要的房間。一邊的門通到飯廳，就是我們吃茶點的地方；另一邊通到一間完全相似的房間（我稱它為客廳），當作客廳和非正式的工作室……那就是說，一部分的圖（不只是建築方面的）會在這裡畫，比較易碎的陶片也是拿到那裡拼合。穿過客廳我們就來到古物室。所有發掘的古物都拿進這間房室裡，儲藏在櫥子和架格子裡，或者擺在大長凳子和桌子上。古物室只能通客廳，沒有其他出口。

古物室再過去，經過一個面向庭院的門，便是連納太太的臥室。這間房間就像那一邊的其他房間，都有兩個裝鐵條的窗戶，可以俯視外面的農野。轉個彎過去，緊接著就是連納博士的房間，它內部與連納太太的房間沒有門可以相通。它是東側房間的第一間。下一間，就是要給我住的。緊接著是詹森小姐的房間。再過去就是麥加多夫婦住的。然後是兩間所謂的「浴室」。（有一次我用「浴室」這個名詞，讓瑞利醫生聽到了，哈哈大笑地說，一間「浴室」可以是一間浴室，也可以不是一間浴室。你要是用慣了有水龍頭和裝設完備的水管，要把兩間各有一個坐沐浴盆的泥屋稱為浴室，似乎很奇怪！）

這一邊的房子都是連納博士就原來的阿拉伯房舍加蓋的。它們的臥室一律都有朝向庭院的門和窗。

北邊的那排房間有繪圖室、研究室和攝影室。

現在再回到那個門廊。另一側的房間布局大致相同。那裡有飯廳，通往辦公室……檔案就保存在那裡，編目和打字工作都是在這裡做的。和連納太太的房間正相對的那一間，是賴維尼神父的房間，他分配到最大的一間臥室。他也用這房間做翻譯（還是怎麼稱呼？）碑文的工作。

西南角有個通到屋頂的樓梯。西側第一間是廚房，然後是四間小臥室，歸那幾個年輕人用——蓋瑞、奧莫特、芮德和克爾曼。

再過去是攝影室和暗房，兩者相通。隔壁是研究室。然後就是宿舍唯一的入口，即我們進來的那個大拱門。外圍則是本地僕人的住處、士兵的警衛室、馬廄等等。繪圖室在拱門的右邊，占據北側其餘的空間。

我在這裡把房間的分配情形講得盡量詳盡，因為我不打算以後再重複了。

我已經說過，連納太太親自帶我到各處走走，最後送我到我的臥室。她說，希望我住得舒服，對房裡的設備還覺得滿意。

那個房間布置得不錯，就是太簡陋了……一張床、一個五斗櫃、一個盥洗台，和一把椅子。

「僕役會在午餐和晚餐之前為你拿熱水來。當然，早上也會。假若你在其他時候需要熱水，你就拍拍手，等僕役來的時候，你就說：『吉布，邁，哈（熱水）。』你記得住嗎？」

我說我可以，然後有些結結巴巴地重複一遍。

「對了，一定要用這種腔調。阿拉伯人不懂得普通的英國腔調。」

「語言是很奇怪的東西，」我說，「世界上竟有這麼多不同的語言，太妙了。」

連納太太笑了。

「巴勒斯坦有個教堂裡面的禱告詞是用各種不同語文寫的……我想大概有九十種。」

「啊，」我說，「我得寫信把這個告訴我的姑婆。她一定很感興趣。」

連納太太用手茫然的撥弄著一個水罐和洗臉盆，並且把肥皂盤移動一兩吋。

「希望你在這裡能很快樂，」她說，「不會覺得太無聊。」

「我這人很少感到無聊，」我說，「人生苦短，沒有時間感到無聊。」

她沒回答，只是繼續玩弄那個洗臉盆，彷彿心不在焉。

突然之間，她那深紫羅蘭色的眼睛死盯著我的面孔。

「護士小姐，我先生究竟告訴你些什麼？」

啊，對於這樣的問話，我們通常都有統一的回答。

「大概是說你身體有些衰弱之類的，連納太太。」我機靈地說，「他說你只是需要一個人來照顧，替你分分憂勞。」

她慢慢地、心事重重地低下頭來。

「對，」她說，「對……這樣就行了。」

她的話有一點不可解，但我不打算多問。我說：「如果家裡有任何事情，一定要讓我幫忙，千萬別讓我閒著。」

她微露笑容道：「謝謝你，護士小姐。」

然後，她突然出乎我意料的坐在床上，開始詳密地盤問我。我說出乎意料，是因為從我第一眼看到她的那刻起，我便確定她是一個端莊的女人。根據我的經驗，一個端莊的女人不容易對別人的私生活感到好奇。

但是，連納太太似乎極想知道我的一切。她問我在哪裡受護士訓練，是在多久以前，我怎麼會到東方來，瑞利醫生怎麼會介紹我來；她甚至於問我到過美國沒有，在美國有沒有親戚；她還問了我其他兩三件事……當時我覺得毫無意義，但後來我才明白那很重要。

這時，突然之間，她的態度變了。她面露微笑……那是一種溫暖、燦爛的笑容，非常甜美地說，她很高興我來了，她相信我一定對她很有幫助。

她由床上站起來說：「你想不想到屋頂上看看日落的景色？這個時候，天色總是很美。」

我很樂意地答應了。

我們走出房間時，她問：「你由巴格達來的時候，火車上還有許多別的乘客嗎？有什麼男性乘客嗎？」

我說我沒特別注意到什麼人。前天晚上餐車上有兩個法國人，還有結伴乘車的三個人。從他們的談話之中，我可以猜想到他們的工作與輸油管有關。

她點點頭，然後禁不住發出一個輕微的聲音，聽起來彷彿是一聲表示寬心的輕微嘆息。

我們一同走上屋頂。

麥加多太太也在那裡，她坐在屋頂邊的矮牆上，連納博士正彎身看著擺在那裡的一堆石塊和碎陶片。那裡有幾個他稱為手磨器的大物件，還有石杵、石鑿和石斧。另外還有許多碎陶片，樣子十分稀奇古怪，我從未見過這麼多。

「到這裡來看，」麥加多太太叫道，「這是不是太美、太美了？」

那確實是一幕美麗的日落景色。遠遠的，可以看見背後有夕陽襯托的哈沙尼城，像是仙境一般。底格里斯河從兩邊寬闊的河岸中間流過，看起來根本不像是真實的，好像是夢中的河流。

「是不是很美，艾里？」連納太太說。

連納博士心不在焉的抬頭望望，低聲敷衍她說：「很美，很美！」然後便繼續將小陶片分門別類排列好。

連納太太笑笑說：「做考古工作的人只看腳底下的東西，對他們來說，天空是不存在的。」

麥加多太太咯咯咯地笑了出來。

「啊，他們是很奇怪，這個你不久就會發現，護士小姐。」她說。然後她停一下，又接著說：「你能來，我們都很高興。我們都為我們的小連納太太非常擔心，對不對，露易絲？」

「是嗎？」她的聲音聽起來不大起勁。

「噢，當然，她近來的情形很壞，護士小姐。有太多騷擾和觀光客了。你知道，要是有人對我談到有誰只是精神緊張，我總會回說：『這還不夠糟嗎？』精神是一個人的精髓，不是嗎？」

小女孩就是小女孩，我心想。

連納太太冷冷地說：「瑪麗，你就不必為我擔心了，護士小姐會照顧我。」

「當然，我會的。」我愉快地說。

「那情況勢必不同了。」麥加多太太說，「我們都覺得她應該去看醫生，或者找些事做。她的精神已經崩潰了。是不是，親愛的露易絲？」

「看來我也害得你們心神不寧了，」連納太太說，「我們談些比我可憐的病狀更有趣的事好嗎？」

我馬上了解到連納太太是那種容易樹敵的人。她說話的腔調冷冷的，很不客氣（我不是在責備她），麥加多太太略嫌憔悴的面頰變紅了。她囁嚅地說了一句話，但是連納太太已經站起來，到屋頂另一邊她丈夫那裡去。不知道他是否聽到她走過去的聲音，總之等到她拍拍他的肩膀，他才迅速的抬頭一看。他的臉上有一種急切、疑問之色。

連納太太輕輕的點點頭。不久，她就挽著他的手臂，一同漫步到遠遠的矮牆那裡，然後走下樓梯。

「他很愛她，不是嗎？」麥加多太太說。

「是的，」我說，「我覺得這是很好的現象。」

她露出一種奇怪、渴望的神氣，由側面望望我。

「護士小姐，你認為她到底有什麼毛病？」

「啊，我想沒什麼大毛病，」我樂觀地說，「我猜，她只是有些疲憊而已。」

她的兩眼仍然像剛才吃下午茶時一樣盯著我，接著突然問我：「你是精神科護士嗎？」

「啊，不是的！」我說，「你怎麼會這樣想呢？」

她沉默片刻，然後說：「你知道她最近有多怪嗎？連納博士沒告訴你嗎？」

我認為我不該聊我病人的閒話。可是根據我的經驗，外人很難由病人親戚的口中探聽到實情，你往往得徒勞無功地暗中摸索好久才能得知。當然，要是有一位醫生負責治療，情況就不同了。醫生會把你必須知道的事告訴你。但是，這個病人並沒有醫生在負責治療，他們並沒有正式請瑞利醫生診治。據我自己揣測，我也不確定連納博士已將能告訴我的事都說了。病人的丈夫往往對太太的病情三緘其口……面子比較掛得住，我得說。不過沒關係，我知道得愈多，就愈曉得該採取什麼途徑。看得出麥加多太太（此人我認為是一個非常小心眼的小野貓）很想說些什麼。坦白說，就人性傾向以及職業所需，我很想聽聽她說些什麼。要說我是出於無聊的好奇心，也無不可啦。

我說：「我猜，連納太太最近不像平常那樣正常吧？」

麥加多太太令人討厭地哈哈大笑。

「正常？我得說，一點都不。把我們都嚇死了。有一晚，她看到有人用手指頭在敲她的窗戶。有一次又看到一隻手，沒有手臂。最後故事發展到一個黃色面孔緊貼在她的窗玻璃上，等到她跑到窗口就不見了……告訴你，我們都被她嚇得毛骨悚然。」

「也許有人在捉弄她。」我提出一個解釋。

「啊，不是的，那都是她幻想出來的。才在三天以前，我們吃飯的時候，有人在村裡射擊，差不多在一哩之外，她竟嚇得跳起來，尖聲大叫，把我們大家都嚇死了。連納博士連忙衝到她那裡，做出最可笑的舉動。『親愛的，不要緊，一點事也沒有，』他連連地說。你知道，護士小姐，男人有時會鼓勵女人產生歇斯底里的幻想。這是一種遺憾，因為這麼做不對，妄想是不能受鼓勵的。」

「若真的是妄想，當然不能。」我冷冷地說。

「不是妄想還會是什麼？」

我沒有回答，因為不知道該說什麼，這是一件奇怪的事，槍聲引發尖叫是很自然的……對一個處於緊張狀態的人來說。但是看到鬼怪的面孔和手，情況就不同了。我以為那不外是兩個原因：一是連納太太捏造出來的（就像一個孩子為了使自己成為眾人注意的焦點，會說一些莫須有的瞎話來誇耀）。再不然就是我方才說的，有人故意在捉弄她。我想，那是像克爾曼先生那種毫無想像力、精神飽滿的年輕人引以為樂的事，我決定要密切注意他。神經過敏的病人是可能被一件無聊、開玩笑的事嚇得幾乎發瘋。

麥加多太太斜著眼望望我說：「她的長相很夢幻，你不覺得嗎，護士小姐？她就是那種會遇到怪事的女人。」

「她遇到很多怪事嗎？」我問。

「這個……她的前夫在她二十歲的時候就陣亡了。我想那是很悲慘、很淒美的事，你說是不是？」

「這是把鵝稱為天鵝的一種說法[5]。」

5　即「溢美」之意。

「噢，護士小姐，多獨特的見解！」

這是很真實的看法，你往往聽到許多女人說：「假若連納——或者亞述，或者不管他叫什麼——還活著就好了。」我有時候會這樣想，假如他仍然活著，也許已經變成一個癡肥、無趣、脾氣暴躁的中年丈夫。

天色漸漸黑了。我建議下去。麥加多太太同意，並且問我要不要去看看研究室。

「我的先生會在那裡……工作。」

我說我很想去看看，於是我們就往那裡走。那裡點著一盞燈，但是沒有人。麥加多太太帶我看幾樣工具和正在處理的銅製飾品，也給我看一些塗上蠟的骨頭。

「約瑟會到哪裡去了？」麥加多太太說。

她到繪圖室去找，蓋瑞先生正在那裡工作。我們走進去的時候，他幾乎不曾抬頭看看；而等他抬頭看到我們，我感到他的臉上露出莫名的緊張神情。我突然覺得，這個人已經到了忍耐的極限。彷彿是一根弦，很快就要突然繃斷了。我想起另外一個人也曾注意到他的緊張狀態。

我們走出來的時候，我再轉回頭看他一下，他正埋頭繪圖。他的嘴唇緊緊地繃著，「死人頭骨」的感覺鮮明醒目。也許是一種幻覺，我感到他就像一個古代的騎士，正奔向沙場，而且深知自己已經無望生還。

我們在客廳找到麥加多先生。他正在向連納太太說明一種處理陶片的新方法。她坐在一個直背的木椅上，在細緞子上繡花。於是，我又被她那詭異、嬌弱、不食人間煙火的外表所震撼。她的樣子像個仙女，而不像是血肉之軀。

麥加多太太的聲音又尖又高地說：「啊，約瑟，你在這裡，我們還以為你在研究室呢。」

他一躍而起，露出吃驚與慌亂的樣子，彷彿她一來便破解了一道魔咒。他結結巴巴地說：「我……我現在得走了。我正在……正在……」

他沒把話說完，就直接向門口轉過身去。

連納太太用她溫柔、拖得長長的聲音說：「改天你得給我說完，非常有趣。」

她抬頭看到我們，甜美的笑了笑，但是態度有點距離，然後又低頭繼續刺繡。過一兩分鐘，她說：「護士小姐，那邊有些書。我們的藏書還不少，挑一本坐下來看吧。」

我走到書架前面。麥加多太太又停留了一兩分鐘，然後瞬間一轉身便走了出去。她由我身邊走過時，我看到她的面孔，我不喜歡她臉上的神氣……她看來氣得發狂。

我不由得想起寇西太太形容連納太太的那幾件事。我不認為那都是真的，因為我喜歡連納太太。雖然如此，我想這背後或許有一點點是真實的。

我不認為全是她的錯，事實上，那個可愛而其貌不揚的詹森小姐，還有庸俗、愛計較的麥加多太太，在容貌和吸引力上，都不能和她相比。而且不管走到哪裡，男人畢竟是男人。從事我這行的人很容易碰到這種事。

麥加多是個可憐的人物，我認為連納太太對於他的愛慕毫不在意……但是他的妻子很在乎。假若我想得沒錯，她其實非常介意，而且，如果有機會，她也很樂於欺負連納太太。

我望望連納太太。她正坐在那裡繡她的漂亮小花，神情茫然，心不在焉，而且氣質超然。我覺得應該想法子警告她。我認為她也許不知道一個女子在心懷怨妒時會變得多愚蠢、多不講理、多凶暴……而且，這種妒火多麼容易燃起！

我對自己說，艾蜜．雷休蘭，你這個大傻瓜！連納太太又不是一個未經世事的少女，她已經快四十歲了，人生該知道的事她都知道了。

但是，我仍然覺得她也許不知道。

她看來總是那樣無動於衷。

我開始想，不知道她以前的生活經歷如何。我知道她在兩年前才嫁給連納博士。照麥加多太太的說法，她的前夫差不多二十年前就去世了。

我拿了一本書，坐在她附近。不久，我就去洗手準備用晚餐了。晚餐的菜很好，有一些相當好吃的咖哩，他們很早就回房休息，這讓我很高興，因為我已經好累了。

連納博士陪我到我的房間，看看我是否還缺什麼。

他熱情地和我握手，並且熱誠地說：「護士小姐，她喜歡你，她一見到你立刻就喜歡上你。我很高興，我覺得一切都會順利起來。」

他熱誠的樣子幾乎像個孩子似的。

我也覺得連納太太喜歡我。我很高興有這種結果。

但是我不像他那樣有信心，不知為什麼，我總覺得他不了解的事情還很多。有點什麼問題……一種我不能了解的問題。但是，我感覺它是存在的。

我的床非常舒服。只是我仍然睡得不安穩，我夢到許多事。

濟慈[6]一首詩裡的句子——那是我兒時不得不讀的一首詩——在我腦海裡不斷出現，我總是記錯，因此很不安心。那是我從前總覺得討厭的一首詩。我想那是因為不管我想不想讀，我一定得讀。但是當我在黑夜裡醒來時，不知為什麼，我第一次發現到那些詩句有一種美感。

「啊，騎士，告訴我，你有何苦惱？（下面是什麼？）……面色蒼白地獨自徘徊……」[7]

我第一次想像出那位騎士的面孔……那是蓋瑞先生的面孔，一種堅強、緊張、青銅色的面孔，好像我少女時代世界大戰時期看到的那些年輕人。想到這裡，我很替他難過。然後我又睡著，在夢中，我看到了那個「冰山美人」——連納太太，她的手裡拿著她的繡花布，斜靠在馬背上……後來馬突然蹣跚倒地，地上到處都是帶蠟皮的骨頭。這下我全都醒了，嚇得渾身雞皮疙瘩，顫抖不已。我告訴自己，那是我不習慣晚上吃咖哩的緣故。

6　濟慈（John Keats, 1795-1821），英國著名詩人，與拜倫（George Gordon Byron, 1788-1824）、雪萊（Percy Bysshe Shelley, 1792-1822）齊名。

7　出自濟慈所做的歌謠〈無情的妖女〉（La Belle Dame Sans Merci）。

07 窗子外的男人

我想我得在這裡聲明，這個故事將不會有地方色彩包含其中。我對於考古學一竅不通，而且我也不覺得我很想了解。我認為與長埋地下的古人、遺址攪和在一起，是毫無意義的。蓋瑞先生說我沒有考古的氣質，毫無疑問，他說得對。

就在我到達的第一天，蓋瑞先生就問我是否想去看看他正在「設計」（我想他是這麼稱呼）的那個宮殿。真的，怎麼設計一件許久許久以前的東西，我的確無法想像。於是，我就說我很想看看。說實話，我感到有點興奮，那個宮殿好像有三千年那麼古老了。不知道在那個時候他們有什麼樣的宮殿，是否有我在圖片中看到的圖坦卡門[8]墓中的家具。但你相不相信，除了泥土之外，根本沒什麼東西好看。我看到一座大約兩呎高的髒泥牆……除此之外，別無他物！蓋瑞先生帶我到各處去看，為我講解……這是那個大廣場，這裡有一些寢宮，還有一層樓，其他的種種房間可以通到中央的廣場。我所想到的只是：他怎麼知道？不過，當然啦，我很客氣，不便這樣說。我可以告訴你，它實在令人失望透頂！在我看來，這個挖掘場只不過是一堆泥土而已，沒有大理石、黃金或者什麼好看的東西……真是的，我姑媽在克里克伍德[9]的那棟房子如果變成廢墟，也會比它像樣得多！還有那些古老的亞述人還是什麼人的，都自稱是「國王」。蓋瑞先生帶我看過他的古宮殿之後，就把我交給賴維尼神父。神父又帶我去看遺址的其餘各處，我有些害怕賴維尼神父，因為他是修道士，又是外國人，而且聲音很低沉。不過他這人很親切……只是有點敷衍罷了。我覺得這個遺址對他和對我一樣，也沒有比較真實。

連納太太後來做了解釋。她說，賴維尼神父只對「寫下來的文件」感興趣——這是她的說法——他們把事情都寫在泥板上。這些人都有奇特的異教徒標記，但是很聰明。甚至還有一些學校用的泥板……老師指定的功課刻在一邊，學生做的答案刻在背後。我承認我對這些倒頗感興趣，感覺很有人情味……如果你明白我的意思。

賴維尼神父和我走過工地各處，指給我看什麼是廟宇、宮殿，什麼是私人住宅，還有一個地方他說是早期的阿卡狄亞墳墓。他講話的方式很怪異，一件事情常常才聊到點皮毛，他

8 圖坦卡門（Tutankahmen，約1341BC-1323BC），古埃及新王國時期第十八王朝的法老王，其陵墓由英國考古學家霍華德·卡特（Howard Carter, 1874-1939）於一九二二年發現。

9 克里克伍德（Cricklewood），位於倫敦西北邊的一個區。

就又轉到其他話題。

他說：「你會到這裡來真不尋常。所以說，連納太太真的病了？」

「也不完全是病了。」我小心翼翼地說。

他說：「她是個很奇怪的女人，我想是個危險人物。」

「你說這話是什麼意思？」我說，「危險？怎麼個危險法？」

他若有所思地搖搖頭。

「我覺得她挺冷酷無情。」他說，「是的，我想必要時她會非常冷酷無情。」

「請原諒我，」我說，「我想你是在胡說八道。」

他搖搖頭。

「你不像我這樣了解女人。」他說。

真好笑，我想，一個修道士竟會說出這樣的話。但是，當然了，我想他也許在聽告解時知道許多關於女人的事，但是，這我也有些不解，因為我不確定是修道士聽告解呢，或者只有牧師才能聽告解。我想他穿那麼長的袍子……長到可以拖地，還有念珠什麼的，那他一定是修道士！

「是的，她可以很冷酷無情，」他思索著說，「這一點我確信無疑，可是她……雖然如此硬心腸，像石頭、大理石一樣硬，然而她也會害怕。她到底在害怕什麼呢？」

我想，那是我們大家都想知道的事。

這事頂多是她的丈夫知道，其他人我想沒一個人會曉得。

他那突然一亮的褐眼忽然盯著我。

「這裡會不會很奇怪？你覺得奇怪嗎？或者滿正常自然的？」

「不很自然，」我考慮一下說，「就設備來說，這裡算是夠舒適，但是它的氣氛令人不太舒服。」

「這裡的情形使我很煩心。我有一種感覺，」他突然變得有些古怪。「我覺得有什事在慢慢地醞釀，連納博士，他也有點失常，有事困擾著他。」

「擔心他妻子的健康嗎？」

「也許吧。但是還不止於此，這裡有一種……我該怎麼說呢？一種不安的感覺。」

正是如此，一種不安的感覺。

我們沒有再多說什麼，因為就在那時候，連納博士朝我們這方向走了過來。他帶我去看一個剛挖出的小孩墳墓。實在可憐……那一塊一塊的小骨頭；還有一兩個罐子，以及一些小粒子，連納博士對我說那是一串珠子項鍊。

使我發笑的是那些工人，我從未見過這樣多衣衫襤褸的人，他們都穿著長裙和破爛的衣服。他們的頭都用布綁著，彷彿有牙痛的毛病。每當他們來回搬運一籃一籃的泥土時，就開始唱歌——我想那是在唱歌——那是一種奇怪、單調、一再重複的曲調。我注意到他們的眼睛大都很可怕……覆滿眼屎，而且有一兩個人差不多都瞎了。我正在想這些人太可憐了，這時候連納博士說：「相當漂亮的一群人，對吧？」

我想道，這是一個多麼奇怪的世界，兩個不同的人對同一件事的看法竟如此南轅北轍。我解釋得不太清楚，但是你們應該可以猜到我的意思。

過了片刻，連納博士說，他要回去了，因為他習慣在上午十點左右喝點茶，所以我和他就一同走回來，一路上他順便為我解說一些事情。經過他的解釋，我的認知就完全不同了。我有點看出端倪了……它過去是何情景，那些街道和房屋是如何等等。他還指給我看他們以前烘焙麵包用的烤箱，並且說阿拉伯人當時用的烤箱和現代人用的是一樣的。

我們回到家，發現連納太太已經起床。她今天的氣色好一些，看來不那麼瘦削、疲倦了。茶立刻就送上來。連納博士告訴她早上在挖掘場挖了些什麼，然後他就回去工作了。連納太太問我想不想看看他們最新發掘出來的東西，我當然說要看，因此她就帶我到古物室。那裡擺了許多東西，在我看來大都是些破罐的碎片，或是完全修好、黏在一起的罐子。我想如果不注意，這一切都很可能被不小心扔掉。

「哎呀！哎呀！」我說，「真可惜，它們都這麼破碎不堪，不是嗎？這些東西真的值得保存嗎？」

連納太太笑了笑說：「你可不要讓艾里聽到你這話，罐子比其他任何東西都吸引他。這裡面有些東西是現存最古老的遺物……也許有七千年那麼老了。」

接著，她就對我說明有些東西如何在快要挖到底的地方發掘出來，以及幾千年前這些東西破碎後再用瀝青修補過的情形。這顯示古人愛惜物品的程度和今人一樣。

「現在，」她說，「再給你看一件更令人興奮的東西。」

她由架上取下一個匣子，給我看一把美麗的金匕首，柄上鑲有深藍色的寶石。

我高興得叫了出來。

連納太太哈哈大笑。

「是的，人人都喜歡金子！除了我先生。」

「連納博士為什麼不喜歡？」

「啊，首先，所費不貲。對那個發現金器皿的工人，你得付給他和那東西一樣重量的金子作為報酬。」

「天哪！」我叫道，「但是為什麼呢？」

「哦，那是這裡的習慣，原因之一就是這樣可以避免他們偷竊。你要明白，假若他們真的偷去了，那不是因為那東西具有考古方面的價值，而是因為金子本身有價值，他們會把它熔化。這樣的報酬可以保證他們誠實無欺。」

她又取下另一個盤子，給我看一個相當美麗的金酒杯，上面有公羊頭的圖樣。

我又高興得叫了出來。

「是的，這個東西很美，對吧？這些古物是從一個王子的墓裡發掘的。我們還發現其他的皇族墳墓，但是十之八九都讓人盜光了。這個杯子是我們最好的發掘物，全世界任何地方發掘出的古物都沒有這東西這麼可愛，這是阿卡狄亞早期的用具，獨一無二的精品！」

連納太太突然皺皺眉，把那杯子拿得離眼睛近些，輕輕用手指甲搔一搔。

「奇怪了！上面竟然有蠟，想必是有人在這裡點了蠟燭。」

她把那層蠟弄掉，然後將杯子放回原處。

她又讓我看幾個很古怪的赤陶製小人兒，但是大都很粗俗。「古人的頭腦怎麼會這樣庸俗啊。」我說。

當我們回到門廊時，麥加多太太正坐在那裡搽手指甲。她將手舉到面前，很欣賞它的成果。我暗想，難以想像還會有比那種橘紅色更加可厭的顏色。

連納太太由古物室帶來一個碎成幾片、很精緻的小茶杯碟子。現在，她著手將那些碎片黏起來。我在一旁看了一兩分鐘，然後就問我是否可以幫忙。

「啊，好的，還有很多呢。」

她去拿了不少碎陶片回來，於是我們就開始工作。我不久就粗通此道，她頗稱讚我的能力。我想，做護士的十之八九都有雙靈巧的手。

「大家都這麼忙，」麥加多太太說，「相對之下，我好像太閒了，當然，我的確是閒著沒事做。」

「你要喜歡閒著，又有什麼不可以呢？」連納太太說。

她的聲音顯得非常厭煩。

十二點，我們用午餐。午餐後，連納博士和麥加多先生清洗一些陶器，在上面倒些鹽酸溶劑。有一個罐子變成可愛的青梅色。另外一個上面現出一個公牛角的圖樣。那實在是非常不可思議。那些用水洗不掉的乾泥巴，倒上鹽酸之後，起一層泡沫，就統統燒掉了。

蓋瑞先生和克爾曼先生出去了，到挖掘場去。芮德先生則去攝影室。

「你要做什麼，露易絲？」連納博士問他太太。「我想你要休息一下吧？」

我推測連納太太每到下午通常都要躺一下。

「我要休息大約一小時，然後也許出去散散步。」

「好。護士小姐會陪你去，好不好？」

「當然好。」我說。

「不，不，」連納太太說，「我想單獨去散步。不要讓護士小姐感覺到她的任務這麼重，以至於一刻也不能看不見我。」

「啊，但我很想去。」我說。

「不用，真的，我想你最好不要去。」她很堅決，幾乎是斷然的。「我偶爾也要獨處一下，這對我是必要的。」

既然這樣，我就不好再堅持了。但是當我離去準備稍事休息時，突然覺得很奇怪，因為連納太太既然有那種神經過敏的恐懼感，她竟然能安心地單獨去散步，不需要任何人保護！

三點半，我由房裡出來的時候，庭院裡冷冷清清，只見一個小男孩在一個大浴盆裡洗陶器，奧莫特先生則分門別類地整理著。當我朝他們那裡走過去的時候，連納太太也由拱門走了進來。她比我先前看到時更加生氣勃勃。她的眼睛發亮，精神抖擻，近乎喜悅。

連納博士由研究室出來迎接她。他給她看一個大盤子，上面有公牛角的圖樣。

「史前那幾層發掘出的東西特別多。」他說，「到現在為止，這可以說是很好的一季。一開始就發現到那座墳墓，實在是運氣太好了。唯一可能會抱怨的就是賴維尼神父。到目前為止，我們幾乎沒發現什麼石碑。」

「我們已經挖出來的那一點碑銘，他研究出來的也不多啊，」連納太太冷冷地說，「也許他是個碑銘專家，卻是一個相當懶的人。下午的時間都給他睡掉了。」

「我們很想念拜德。」連納博士說，「這個人有一點不照正統方法行事……不過，當然，我也沒有能力評斷他。但是他翻譯的一兩個碑銘，少說也是很驚人的。我不相信他翻譯那個磚上的銘文是正確的，但他一定認為自己是正確的。」

午茶過後，連納太太問我要不要陪她到河邊走走。我想也許她擔心方才拒絕我陪她那件事，會使我不痛快。

我想讓她知道，我並不是會為芝麻大的事情就不痛快的人。所以，我就答應了。

那是一個可愛的黃昏。穿過大麥田之間的一個小徑，再穿過一些正在開花的樹。最後，我們來到底格里斯河邊。在我們左邊就是那個發掘場。工人們正唱著那種單調的怪曲子。我們右邊不遠的地方有個大的水車輪發出像呻吟似的怪聲。最初那種聲音讓我聽了五內煩躁；

但是到了末了，我卻變得很喜歡聽，因為那聲音有一種奇怪而鎮定神經的效果。在水車輪的那一邊，就是工人居住的村子。

「這裡相當美，對吧？」連納太太說。

「非常安靜，」我說，「能到這種離什麼地方都很遠的地方，我覺得很有趣。」

「離什麼地方都很遠，」連納太太照我的說法再說一遍。「是的，在這裡，至少可以很安全。」

我突然瞥了她一眼，我想她與其是對我說話，不如說是自言自語。我猜她沒有發現她的話已經透露出一些心思了。

我們開始走回家去。

突然，連納太太用力抓住我的手臂，害我幾乎叫了出來。

「護士小姐，那是什麼？他在做什麼？」

在我們前面不遠處，就是那條小徑快到考古團營地的地方，一個男人正站在那裡。他穿著歐洲人的服飾，似乎在踮著腳，想要往一個窗裡探望。

當我們望過去的時候，他看到我們，然後，馬上順著小路往我們走過來。我感覺到連納太太的手抓得更緊了。

「護士小姐，」她低聲叫，「護士小姐！」

「沒事，親愛的，沒事！」我安撫她說。

那個男人走過來，由我們身旁走過。他是一個伊拉克人。他走近一些後，她安心地嘆了一口氣。

「原來，只是一個伊拉克人。」她說。

我們繼續往前走。我們走過去的時候，我望望上面的那些窗子。那些窗子不但裝有鐵條，而且離地太高，所以任何人都看不到裡面，因為這裡的地面比庭院裡的地面低。

「也許他只是出於好奇。」我說。

連納太太點點頭。

「就是這樣。但是，片刻之間，我還以為是……」她的話突然中斷了。

我暗想，你以為是什麼？那就是我要知道的。你以為是什麼？

但是，我現在已知道一件事，連納太太害怕的是個活生生的人。

08 夜半驚魂

到達雅瑞米亞遺址後那一個星期，要想確切知道該注意什麼事，是有點難的。以我現在的認知回顧當時的情形，事前確實有許多小小跡象可觀察，但我當時一點也不曾看出。

雖然如此，為了要把這個故事講得適當些，我認為應該追憶當時存在的想法……我當時非常困惑、不安，愈來愈覺得有些不妙。

因為有件事是可以確定的，就是那種奇怪的緊張感不是想像出來的，而是真實存在。甚至那個粗線條的比爾．克爾曼，也批評到這一點。

「這個地方真使我火冒三丈，」有一次我聽到他說，「他們老是這麼悶悶不樂嗎？」

那是他對另一個團員大衛．奧莫特說的話。我感覺到他的沉默寡言絕對不是不友善。這裡大家都不確定別人的感覺或想法。在一個充滿不安氣氛的地方，他似有一種很堅定、很能增加別人信心的氣質。

「不是的，」他對克爾曼先生問的話這樣回答。「去年就不是這個樣子。」

但是，他沒有擴大這個話題，也沒再說什麼。

「我搞不懂的是，這一切到底是怎麼回事？」克爾曼先生發怒地說。

奧莫特聳聳肩，可是沒有回答。

有一次我和詹森小姐談話，使我有點領悟。我很喜歡她，她很能幹、很實際，也很聰明。顯而易見，她對連納博士有英雄崇拜的心理。

這一次，她告訴我他以往的生活經歷。她曉得他挖掘的每個地點，以及挖掘的結果。我差不多可以確定，她能引用他每次發表演講時所說的話。她對我說，他是當今最優秀的考古學家。

「而且，他非常單純，全然地天真無邪。他不知道『驕傲』為何物。唯有偉大的人物才會如此單純。」

「你說得很對。」我說，「偉大的人物是不需要仗勢凌人。」

「而且他的個性也相當無憂無慮。我們到這兒工作的頭幾年，生活好有趣……我、李察．蓋瑞和他，真是難以形容。李察．蓋瑞與他在巴勒斯坦一起工作過。他們的交情已經有十年左右。唔，我認識他有七年了。」

「蓋瑞先生十分英俊呀！」我說。

「是的，我想是的。」她簡略地回道。

「不過，他有點沉默寡言，你覺得呢？」

「他以前不是如此，」詹森小姐馬上說，「他是自從……」

突然間，她停下來不說了。

「自從……」我提示她。

「啊，」詹森小姐聳聳肩膀。那是她特有的一個動作。「如今許多情形都改變了。」

我沒說什麼。我希望她會繼續說下去……她也繼續說下去了，不過說話之前先發出輕微的笑聲，彷彿是為轉移目標，使她的話顯得不那麼重要。

「我恐怕是一個頭腦守舊的老頑固。我有時候想，考古學家的妻子如果對考古不感興趣，最好不必陪著一同勘查。這樣做比較聰明。因為跟來之後往往會引起摩擦。」

「你是指麥加多太太吧？」我這樣提示。

「啊，她呀！」詹森小姐不理會我的提示。「我指的是連納太太。她是個很有魄力的人，我們很能了解連納博士當年怎麼會……用一個俗語來形容，『為她神魂顛倒』。但我還是認為她在這裡很不適合，她……會弄得天下大亂。」

所以，詹森小姐和寇西太太都一樣，認為這裡之所以充滿低迷的氣氛，連納太太應該負責。但連納太太自己的不安，又是什麼原因呢？

「這使他非常憂愁，」詹森小姐熱誠地說，「當然，我……唔，我承認自己像是一隻忠實又妒忌的老狗，我不喜歡看到他如此疲憊不堪，憂心忡忡。他應該全神貫注在他的挖掘工作上，而不是終日陪著太太，為她那種無聊的恐懼而操心。假若她到偏僻的地方會神經緊張，那麼她就應該留在美國。對於那種到一個地方什麼事也不做、只是發牢騷的人，我可不能忍受！」然後，她大概怕自己說得過甚其詞，便繼續說：「當然啦，我很喜歡她。她是個很可愛的人。她要是高興的話，是很討人喜歡的。」

於是，那個話題就到此為止。

我暗想，女人要是都關在同一個地方，日子久了，一定會彼此嫉妒。這是永恆不變的道理。詹森小姐顯然不喜歡老闆的太太（那也許是很自然的現象），除非我想得太離譜，麥加多太太則是相當痛恨她。

另外一個不喜歡連納太太的是雪拉．瑞利。她到工地來過一兩次。一次是乘汽車，另一次是和一個年輕小夥子騎馬來的……我是說，當然是騎兩匹馬。我隱隱有一種感覺，她很喜歡那個沉默寡言的美國青年奧莫特。他在挖掘場值班的時候，她往往會停下來和他聊聊，而且我覺得他也愛慕她。

有一天，連納太太在午餐時評論到這件事……她的話我想是有欠考慮。

「瑞利那個女孩子在追大衛，」她咯咯地笑著說，「可憐的大衛，她甚至追到挖掘場來！多傻啊，這些女孩子！」

奧莫特先生沒說什麼，但他那黝黑的面孔有些紅了。他露出一種非常奇怪的表情望著她，那是一種直率、堅定的眼光，其中有些挑戰的意味。

她微微地笑了笑，眼睛望到別處。

我聽到賴維尼神父低聲說了些什麼，但是當我說「什麼？」的時候，他只是搖搖頭，並沒再說一遍。

那天下午，克爾曼先生對我說：「其實，我起初並不太喜歡連納太太，因為每當我講話的時候，她總是申斥我。但是，現在我已經開始有點了解她了。在我認識的女人當中，若論親切待人，她可以說是數一數二。你會不知不覺把你遭遇到的困難統統告訴她，最後，你會發現自己不知道說到哪裡去了。她對雪拉．瑞利沒有好感，我知道，但是雪拉有一次對她也極不客氣。那是雪拉最大的缺點……她絲毫不懂得禮貌，而且脾氣很壞！」

這個我相信。瑞利醫生把她慣壞了。

「當然，她難免會有些自我膨脹，因為她是這裡唯一的年輕女人，但也不能這樣就把連納太太當作自己的老姑婆那般講話。連納太太雖不再年輕，卻是個非常好看的女人，很像神話裡從沼澤亂草堆裡提著燈籠出來的仙女，會把你引誘走。」他又怨恨地接著說：「你就不會覺得雪拉能把人引誘走，她只會罵人。」

我只記得兩件值得注意的事。

頭一件事是，我因為修補陶片，把手指頭弄得黏黏的，便到研究室去拿些丙酮水洗掉它。當我到那裡的時候，我發現麥加多先生坐在一隅，頭伏在手臂上，我想他是睡著了。拿到我要用的那瓶丙酮，我便走了。

那天晚上，麥加多太太出乎意料地抓住我。

「你從研究室拿走了一瓶丙酮嗎？」

「是的，」我說，「我拿了。」

「你明明知道古物室必須有一小瓶丙酮準備著。」她的話說得氣勢洶洶。

「是嗎？我不知道呀。」

「我想你知道。你只是想到各處偵查。我知道醫院裡的護士是什麼樣子。」

我的眼睛瞪得大大的，望著她。

「麥加多太太，我不知道你在說些什麼，」我嚴正地說，「我絕對沒有偵查任何人。」

「啊，沒有，當然沒有。你以為我不知道你到這裡是來幹什麼的嗎？」

真的，有那麼一兩分鐘我以為她必定是喝醉酒了。我沒再說什麼，便走開了。但是，我認為這件事很奇怪。

另外一件也不是什麼了不起的事。有一次，我正用一片麵包誘使一隻小野狗過來。不過那小狗很膽小——阿拉伯狗都是如此——牠一定覺得我不懷好意，便逃走了。我跟著牠跑出拱門，來到屋角。我跑得太猛了，不小心撞到賴維尼神父和另外一個人。他們正站在一塊兒。我馬上發現到，那人就是我那天和連納太太注意到的那個想往窗裡偷窺的人。

我向他們道歉。賴維尼神父笑了笑，向那個人說了一句道別的話，便和我一起回來了。

「你知道，」他說，「我覺得很丟臉。我在學習東方語文，可是在這個工地，沒一個人能聽懂我的東方語言。這很丟臉，你說是吧？剛才，我試著和那個人——他是鎮上的人——用我學的阿拉伯語談話，看看我的話有沒有進步，但是仍然不很成功！連納說我說的阿拉伯語太純粹了。」

原來如此。但是我的腦子裡忽然掠過一個念頭：那個人竟然還逗留在營地周圍，這太奇怪了。

那一夜，我們有一場驚嚇。

那是大約凌晨兩點的時候。我是一個睡眠時非常警醒的人……當護士的人大都如此。當我的門被打開的時候，我正坐在床上。

「護士小姐！護士小姐！」

那是連納太太的聲音，很低、很急。

我劃著一根火柴，點起蠟燭。

她正站在門口，身穿一件藍色的長便袍，一副嚇得不知所措的樣子。

「我隔壁的房間裡有一個人……有一個人，我聽見他在抓牆壁。」

我跳下床來，走到她身邊。

「不要緊，」我說，「有我在這裡。別怕，親愛的。」

她低聲說：「去找艾里來。」

我點點頭，便跑出去敲他的房門。過了片刻，他就來和我們在一起了。連納太太坐在我的床上，喘息的聲音很大。

「我聽見他，」她說，「我聽見他……在抓牆。」

「古物室有什麼人嗎？」連納博士叫道。

他很快地跑出去……在這剎那間，我突然想，這兩個人的反應多麼不同啊！連納太太的恐懼完全是個人方面，而連納博士馬上就想到他那些珍貴的寶藏。

「古物室，」連納太太低聲說，「是啊，我多愚蠢！」

她站起身，拉好便袍，叫我和她一起去。她那驚恐的神氣全部化為烏有了。

我們來到古物室，發現連納博士和賴維尼神父在那裡。賴維尼神父也聽到一個聲響，所以起床查看。他好像看到古物室有燈光，就穿上便鞋，又去抓了一個火把，因此，耽擱了一會兒。等到他走到那裡的時候，發現並沒有什麼人，門也是鎖得好好的，就像平時一般。

就在他確定什麼也沒丟時，連納博士就來了。

其他就一無所知了。外面拱門已經上鎖。守衛的人斷然說，誰也不可能由外面走進來。但是因為他們剛才睡得很酣，所以也不是太確定。總之沒有任何人闖進來的跡象，而且什麼也沒遺失。

剛才賴維尼神父曾從架子上把那些匣子取下來，看看是否一切還安然無恙。很可能是他的聲音驚醒了連納太太。

不過，賴維尼神父本人也肯定地說，一，他曾聽到腳步聲由他窗外經過；二，他看到古物室曾有燈光一閃，可能是火把。

再沒有人聽到什麼，或者看見什麼。

這個偶發事件在我這篇記載中是具有重要價值的。因為，為了這件事，連納太太才在第二天吐露隱衷。

09 連納夫人的故事

我們剛剛吃完午餐。連納太太照例回房休息。我安置她上床，給她好幾個枕頭，還有她要看的書。我剛要離開她的房間時，她把我叫回去。

「護士小姐，別走。我有件事要對你說。」

我又回到房裡。

「把門關上。」

我照她的話做。

她下了床，開始來回踱著。我可以看出她正在下決定，所以不想干擾她。她分明是為一件事猶豫不決。

最後，她似乎已經掙扎到了臨界點。於是，她轉過身來，突然對我說：「坐下來。」

我靜靜的坐在桌旁。她緊張地說：「你也許不明白這一切是怎麼回事吧？」

我沒說什麼，只是點點頭。
「我已經下定決心要告訴你了……把一切都告訴你！我必須告訴一個人，否則，我就要發瘋了。」
「好吧，」我說，「我認為這樣做最好，當一個人處在黑暗中的時候，是不太容易知道怎麼做最好。」
她不再煩躁地踱來踱去，而且面對著我。
「你知道我在害怕什麼嗎？」
「某個男人。」我說。
「是的……但是，我不是指某個人；我指的是某件事。」
我等她說下去。
她說：「我擔心會被人謀殺！」
啊，話已經說出來了。我不能表示出特別的驚駭，因為她已經幾乎變得歇斯底里了。
「啊，」我說，「原來如此，是嗎？」
她開始哈哈大笑，笑呀、笑呀，笑得眼淚都出來了。
「你那樣說法真可笑！」她說，「你那樣說法真可笑！」
「好了，好了，」我說，「這樣是不行的，」我嚴厲地說。
我把她推到一把椅子上坐下，然後到洗臉盆那裡，用冷水浸浸海綿，洗洗她的額頭和手腕。

「不要再亂講了，」我說，「平靜又理智地把一切都告訴我。」

這樣一說，她的笑聲停止了。她坐起來，用平常的自然聲調說話。

「護士小姐，你是個無價之寶。」她說，「你讓我覺得自己彷彿只有六歲。我要開始告訴你了。」

「好。」我說，「不要忙，不急。」

她開始講了，慢慢的、不慌不忙的。

「在我還是二十歲的時候就結婚了，對方是一個在國務院做事的青年，那是在一九一八年。」

「我知道。」我說，「麥加多太太對我說過，他在大戰期間陣亡了。」

但是連納太太搖搖頭。

「那是她的想法，那是大家的想法。事實上，根本不是如此。護士小姐，當時我是一個非常愛國而且熱情的女孩子，一腦子理想主義的思想。當我結婚幾個月後，由於一件預料不到的偶發事件，我發現我丈夫是德國間諜。我後來曉得，就是他供給的情報，才直接引起一艘美國運輸艦的沉沒，有許多人喪生。我不知道別人遇到這種事大都怎麼辦，但我告訴你我怎麼辦吧。我的父親在國防部，我直接到他那裡，把實情告訴他。佛瑞克確實是在大戰期間被打死的……只不過他是在美國以間諜罪被處決的。」

「哦，天啊，天啊！」我叫道，「好可怕！」

「是的。」她說，「是很可怕。他那個人很和善、很溫柔，而且從頭到尾……不過，我未曾猶豫。也許，我錯了。」

「這很難說。」我說，「如果是我，一定不知道該怎麼辦。」

「我告訴你的這些事，國務院對外是不公開的。表面上看，我的丈夫是到前線打仗時陣亡。我是一個陣亡將士的遺孀，受到不少的同情和眷顧。」

她的聲音充滿悲痛，我非常了解地點點頭。

「有不少男人想和我結婚，但我總是拒絕。我受到的打擊太大，已無法再信任任何人。」

「是的，我可以想像那種感覺。」

「後來，我喜歡上一個年輕人，我正在猶豫的時候，發生了一件令人驚異的事！我收到一封令人煩惱的信……是佛瑞克寄來的！信上說，如果我和另外一個男人結婚，他就要索取我的命！」

「佛瑞克寄來的？你的亡夫寄來的？」

「是的。當然，起初我以為自己瘋了，或是在作夢。最後，我去找我父親。他這才把實情告訴我。原來我的丈夫並沒有被槍決，他逃跑了……但是他的逃亡沒有成功。幾個星期後，有一班火車出軌，他就在車上。他們在遇難者中發現了他的屍體。我父親一直將他逃亡的事瞞著我，他認為反正人已經死了，就沒有必要告訴我。所以直到發生這件事，他才道出實情。

「但是，那封信一來，就讓人有一些新的揣測：也許我的丈夫仍活在人間？

「我的父親盡可能的仔細研究這件事。他的結論是，依人之常情而論，我們可以相信，那具被當作佛瑞克埋葬的人就是佛瑞克。但當時那屍體的面貌已經相當難以辨認了，所以他也不能斬釘截鐵地說一定是。然而他一再鄭重地說，他相信佛瑞克是死了，那封信一定是一個殘忍而且惡毒的人在捉弄我。

「同樣的事情發生過不只一次，我如果和任何一個男人關係很親密，就會接到一封恐嚇信。」

「是你前夫的筆跡嗎？」

她慢慢地說：「這很難說。我沒有保存他的信件，只能憑記憶來判斷。」

「信上有沒有提到什麼往事，或者用一些特別的字眼，使你可以確定是他寫的？」

「沒有。我們過去的確有使用過一些……譬如說外號或我們兩人之間常用的字眼。假若來信用到或者引用到那些字眼，我就可以確定了。」

「是的。」我思索著說，「這事很奇怪。不過，看情形這好像不是你丈夫寫的。但這可能是別人寫的嗎？」

「有一個可能，佛瑞克有個弟弟……我們結婚的時候，他還是個十歲或十二歲的孩子，他的名字叫威廉，相當崇拜佛瑞克，佛瑞克也很疼他，那孩子後來怎麼樣，我不得而知。我想，既然他那樣狂熱的崇拜他哥哥，等他長大了，可能會認為他的死亡我應該負責。過去他始終嫉妒我，也許他會想出一個計謀來懲罰我。」

「這是可能的。」我說，「小孩子如果受到打擊，就會記在心裡，這實在是令人驚異的事。」

「我知道，這孩子也許把一生的時間都用到報復上了。」

「請你再說下去。」

「也沒有很多話可說了。我在三年前認識艾里。我本來打算永遠不結婚，可是艾里使我改變主意。到我們結婚的那一天，我一直在等待另一封恐嚇信，可是一封也沒有。於是我判斷，不管寫那種信的人是誰，如今他不是死了，便是他玩膩了那種殘忍的把戲。可是我們婚後的第三天，我又收到了這封信。」

她由桌子上拉過一個小公事包，打開鎖，取出一封信來遞給我。

墨水稍微有些褪色，筆跡相當女性化，字體向前斜。

你沒有聽我的話，現在你逃不掉了，你只可以是佛瑞克·巴斯納的妻子！你一定得死！

「我很害怕……但是，並不像以前那樣害怕，和艾里在一起使我覺得很安全。後來，一個月之後，我又收到另一封：

我並未忘記，我正在計畫。你一定得死。你為何不聽我的話？

「你丈夫知道這件事嗎？」

連納太太回答得很慢。

「他知道我受到恐嚇，第二封信寄來的時候，我把兩封信都拿給他看，他認為這完全是有人在惡作劇。或者，也許是什麼人偽裝我的前夫尚在人間來勒索我。」

她停頓片刻，才接著說下去。

「我收到第二封信之後沒有幾天，我們險些因為瓦斯中毒而送命。我們睡著以後，有人走進我們的公寓，把瓦斯爐打開，幸虧我及時醒過來聞到瓦斯味。後來我失去了勇氣，我對艾里說，我受到這種困擾已經好幾年了。我又告訴他，我相信這個瘋子——不管他是誰——真的打算害死我。我第一次認為那確實是佛瑞克，他那人在溫柔的表面背後始終有一點冷酷的特質。

「我想，艾里不像我這樣驚慌，他想到警察局去報警，我當然不許他那麼做。到最後，我們都認為我應該陪他到這裡來。到了夏天，假若我不回美國，去待在巴黎或者倫敦都會比較好。

「我們實行了計畫，一切都很順利。我覺得如今可以高枕無憂了，畢竟我們和敵人隔開了半個地球呢。

「後來，三星期多以前，我收到一封信……上面有伊拉克的郵票。」

她把另一封信遞給我。

你以為你能逃脫嗎？你錯了。我不許你活著對我不忠，這是我以前一再告訴你的。你的死期就要到了。

「接著，一星期以前，來了這個……就是放在桌上的這封信，它甚至於沒有經過郵局。」

我由她手裡接過那張信紙，上面只有潦潦草草的一句話：

我已經到了。

她目不轉睛地望著我。

「你了解了嗎？你明白了嗎？他準備害死我，也許是佛瑞克，也許是小威廉……總之，他準備害死我呀。」

她的聲音發抖，變得很尖銳，我連忙抓住她的手腕。

「好了，好了。」我警告她說，「你要盡量控制自己的情緒，我們會照顧你，你有揮發鹽嗎？」

她點點頭，朝盥洗台方面望。於是，我給她服下相當重的分量。

「好些了。」

我說，她的兩頰已經恢復了血色。

「是的，我現在覺得好多了。但是，啊，護士小姐，你知道我為何會這樣恐懼嗎？當我看到那個男人向窗內窺探的時候，我想，他來了！甚至於你初來的時候，我也起過疑心。我想你也許是一個男人假扮的……」

「真有想像力！」

「啊，我知道我的話聽起來很好笑。不過也許你是和他串通好的，根本不是從醫院來的護士。」

「你這是在亂講！」

「是的，也許是的。但是，我已經變得失去理智了。」

我突然靈機一動，說：「我想，你認得出你的丈夫吧？」

她慢吞吞地說：「甚至這個我也無法確定，已經是十五年前的事了，我大概也認不出他的面孔了。」然後她嚇得發抖。「有個夜晚，我看到他的面孔……但那是一個死人的面孔。窗玻璃上有敲打的聲音，啪嗒！啪嗒！啪嗒！然後我看到一個面孔，一個死人的面孔，像鬼一樣，咧著嘴笑，緊貼在窗玻璃上，我不住地尖叫，可是他們說那裡根本沒有什麼東西！」

我回想起麥加多太太的話。

「你認為，」我猶豫地說，「你不是在夢裡看到的嗎？」

「我可以確定不是在作夢。」

我卻不那麼確定，在她這種精神狀態下，很可能會產生這樣的噩夢，而且很容易讓當事者以為是醒來時真實發生的事。雖然如此，我向來不和病人抬槓。我盡力安慰她，並且對她指出，假若有個陌生人來到鄰近一帶，一定會有人知道。

我離開她的時候，我想，她感到有些安心了。然後我去找連納博士，告訴他我們的談話情形。

「我很高興她已經告訴你了。」他只是這樣說，「這件事讓我非常擔心。我相信那些面孔呀、窗玻璃上的敲打聲呀，完全是她想像出來的。我始終不知道怎樣才能解決問題，你對這整件事有什麼想法？」

他說話的語氣，我不是太了解，但是我回答得相當快。

「很有可能，」我說，「這些信是有人利用殘忍而且惡毒的手段來捉弄人。」

「是的，這很有可能。但我們怎麼辦才好呢？這些信嚇得她要發瘋了，我不曉得該怎麼做才好。」

我也不曉得，我覺得這件事可能與一個女人有關，那些信上的筆跡有女性氣質，我的內心深處有麥加多太太的影子。

也許她偶然探聽到連納太太第一次婚姻的實情，也許她只是想用恐嚇手段來發洩心中的怨恨。

我不想向連納博士提示這件事，我們很難知道別人對你的話有何感受。

「啊，」我樂觀地說，「我們必須往好的地方想，我想連納太太光是說出來，就已經舒服多了。你知道，說出來總是好的，把事情悶在心裡會使人鬱悶。」

「我很高興她告訴了你。」他重複說，「這是一個好的跡象，由此可見她喜歡你、信任你。我始終不知道怎麼辦才好，已經智窮力竭了。」

我本想問他，是否慎重考慮對當地的警察局提出暗示，但是話都到嘴邊了，臨時又決定不說。事後想想，幸好沒有這麼做，因而私下非常高興。

之後發生的事是這樣的。第二天，克爾曼準備進城去領工人的工錢，把所有的信件帶去趕航空郵班。

這裡的信寫好以後，都丟進飯廳窗台上一個木箱裡。那天夜裡克爾曼先生所做的最後一件事，便是把那些信取出來，分門別類地用橡皮筋一束一束紮好。

突然間，他發出一聲叫喊。

「什麼事？」我問。

「這是我們可愛的露易絲寫的……她好奇怪，真的變得神經不正常了。她在信封上寫的地址是：法國，巴黎，四十二街某人收。我想這樣寫不對吧，你說是不是？你把信拿給她，問她這是什麼意思，好嗎？她剛回房休息。」

我把信拿過來，連忙跑到連納太太房裡，她把地址改好。

我還是第一次看到連納太太的筆跡。我突然想到，這筆跡不知在什麼地方見過，因為看起來十分熟悉。到了半夜，我才突然想起來。這筆跡除了字體較大較凌亂以外，和那些匿名信上的筆跡非常相像。

我忽然靈機一動，有個新想法……那些信也許是連納太太自己寫的吧？連納博士對這件事知情嗎？

10 週末下午

連納太太是星期五告訴我她的故事，星期六上午，氣氛便稍微有些高潮突降。

連納太太個人尤其明顯，她對我很不客氣，而且刻意避免和我面對面交談。啊，這一點，我並不覺得驚奇，我曾經一再遇到同樣的事。女病人往往一時感情衝動，把隱私講給護士聽，事後感覺不自在，會認為要是沒講就好了。這不過是人之常情。

我非常小心，絕對不以任何方式暗示或提醒她想起之前所講的話，我故意盡量說些可有可無的話。

克爾曼早上到城裡去，自己開那輛旅行車，帶著帆布包裝好的信件，並去辦一兩件考古團同事託他的事。這是工人的發薪日，他得到銀行領出小額的硬幣，這一切事務必須花很久的時間，所以要到下午才能回來，我猜他或許會和雪拉・瑞利一塊兒用午餐。

發薪日下午，挖掘場的工作通常都不甚繁忙，因為薪水在三點半就開始發放。

那個小男孩阿布都拉，他的工作是洗罐子。現在已在院子中間照例坐好，並且也照例用鼻音唱出那種奇怪的曲調。連納博士和奧莫特先生趁克爾曼先生回來之前去做點事，蓋瑞先生到工地去挖掘了。

連納太太回房休息，我照例安頓好她，然後回到自己的房裡。因為我還不覺得睏，所以帶一本書去看。當時是十二點四十五分，以後幾個小時很愉快地度過。我看的是《療養院命案》，那實在是一部很刺激的小說，不過我認為作者對於療養院的管理情形完全不了解。總之，我從來沒見過像那樣的療養院，實在很想寫信給作者糾正書中的幾點謬誤。

我把書放下，（凶手原來是那個紅頭髮的女僕！）一看錶，吃了一驚，原來已經兩點四十分了。

我起來，把睡皺的護士裝拉平，走到院子裡。

阿布都拉仍在洗刷陶罐，並且唱著那首沉悶的歌調。大衛．奧莫特站在他旁邊，分門別類的整理，把些破碎的東西放到箱子裡等待以後修補，我朝他們那邊晃過去，連納先生恰巧這時候由屋頂走下樓梯。

「這個午後時光過得真愉快。」他興致勃勃地說，「我把那裡清理一下，露易絲看到一定很高興，她最近抱怨那裡連走動的餘地都沒有，我要去告訴她這個好消息。」

他走到太太的房門口敲敲門，然後便走進去。再次走出來的時候，我想是大約一分半鐘以後。當他出來時，我碰巧在門口張望。那簡直是一場噩夢，他走進去時生氣勃勃、神情雀躍，出來時卻活像個酩酊大醉的人……走起路來腳步蹣跚，一臉恍惚。

「護士小姐……」他用奇怪而沙啞的聲音叫道，「護士小姐……」

我立即看出有什麼地方不對勁，便跑過去。他的樣子很難看，面孔蒼白，不住地抽搐，看樣子隨時都會崩潰。

「我太太……」他說，「我太太……啊，去啊！」

我打他身旁衝進房裡一看，不覺打了一個寒顫。

連納太太躺在床邊，縮作一團。

我俯身看看，她已經完全沒有氣息……可能至少死了一小時之久。死因很明顯，頭的前部受人重重打擊過，正中太陽穴。她想必是由床上爬起時，站在床邊讓人打倒在地。

我盡量避免移動她。

我四下望望，看看是否有什麼東西能給我線索，但屋裡一切都整整齊齊，毫無攪亂的痕跡。窗戶都關著，並且門得好好的。沒有一個可讓兇手藏身的地方，顯然他早已離開了。

我走出來，隨手帶上門。

連納博士已經完全崩潰了，大衛・奧莫特和他在一起，轉過蒼白的面孔望著我，充滿著急於想知道究竟的神情。

我用短短的幾句話告訴他出了什麼事。

我以前始終覺得，遇到困難時，他應該是最可靠的人。果然沒錯，他很鎮定、很冷靜。

他的藍眼睛睜得大大的，但是沒有絲毫特別的表示。

他考慮一下，然後說：「我想我們得盡早通知警察局，比爾隨時會回來。我們該怎麼處理連納？」

「幫我抬他回房去。」

他點點頭。

「我想，最好先鎖上這個房門。」他說。

他把連納太太的房門鑰匙轉出來，遞給我。

「護士小姐，我想，這把鑰匙還是你收著好。那麼，現在抬他進去吧。」

我們合力將連納博士抬起來，抬進他的房裡，放在床上。奧莫特先生去找白蘭地給他喝。他回來的時候，詹森小姐也同來。

她的臉拉得長長的，很擔憂，但是她很鎮定，也一向很能幹，於是我覺得，把連納博士留在這裡給她照顧就好了。

我匆匆來到院子裡，那輛客貨兩用的旅行車剛由拱門進來。我們看到比爾那副紅潤而快活的面孔，又聽到他跳下來時講話的熟悉語調。

「哈囉，哈囉，哈囉！錢來了！」他又快活地接著說，「沒在公路上遇上強盜……」

我想大家都覺得非常厭惡。

他的話突然中斷。

「啊，出了什麼事？你們大夥都怎麼啦？那副樣子彷彿貓把你們的金絲雀咬死了。」

奧莫特先生簡短地說：「連納太太死了……遭人殺死了。」

「什麼？」比爾那個歡天喜地的面孔忽然很滑稽的變了樣。他目不轉睛地望著我們，眼睛瞪得大大的。「連納媽媽死了？你們是在和我開玩笑吧？」

「死了？」那是一聲尖銳的叫喊。我轉過頭來，看到麥加多太太在我背後。「你是說連納太太被人殺死了嗎？」

「是的，」我說，「被人殺死了。」

「不！」她喘息著說，「啊，不會！我不相信。也許她是自殺的。」

「自殺的人不會擊打自己的頭，」我冷冷地說，「這是謀殺，不會錯的，麥加多太太。」

她突然在一個倒過來的包裝箱上坐下來。

她說：「啊，好可怕！太可怕了！」

這自然是很可怕的，我們並不需要她來告訴我們。我想或許是因為她一向對死者懷有敵意，又說過那許多怨恨的話而感到懊悔。

過了一兩分鐘，她有些上氣不接下氣地問：「你們打算怎麼辦？」

奧莫特先生以他慣有的鎮定態度主持一切。

「比爾，你最好盡快再進城去。我不太知道遇到這種事該採取什麼程序，最好找到梅特藍上尉，他是本區警察局的主管，我想還是先找瑞利醫生好些，他知道要怎麼辦。」

克爾曼先生點點頭，他那愛開玩笑的習慣被嚇得連影子都沒有了，只是突然看起來很小而且非常害怕，他一句話都沒說，跳上車子便開走了。

奧莫特先生怯怯地說：「我想我們應該到各處搜索一下。」他提高嗓門叫喊：「愛布拉希姆！」

「有！」

那個僕人跑了過來，奧莫特先生用阿拉伯語向他講話，他們很激動地談了一會，那僕人似乎在竭力否認一件事。

最後，奧莫特先生很困惑地說：「他說今天下午這裡沒半個人，也沒有任何陌生人，我猜想那個人一定是趁他們沒看見的時候溜進來。」

「當然是這樣，」麥加多太太說，「他一定是趁他不注意的時候溜進來。」

「是……的。」奧莫特先生說。

由於他的聲音不太確定，所以我好奇地望著他。

他轉過身去和那個洗罐子的孩子阿布都拉說話，問了他一些事。

那孩子激動地詳細回答他。

奧莫特先生的眉毛皺得更緊，顯得更加困惑。

「我不了解，」他低聲地喃喃自語，「我一點兒也不了解。」

但是，他沒告訴我他不了解什麼。

11 怪事

我現在一定要把這件事與我有關的部分說明白。這以後的兩小時，梅特藍上尉和他的警察人員，以及瑞利醫生來了。詳細情形，我在此不贅述。那不外乎亂糟糟的一片，警察盤問每個人，都是些例行的話。

我想，我們開始談實際的問題，大約是在五點。瑞利醫生要我和他到辦公室。

他關上門，坐在連納博士的椅子上，做了一個手勢要我在他對面坐下，然後輕快地說：

「護士小姐，現在我們來研究研究吧，這裡有件很怪的事。」

我整理一下袖口，好奇地望著他。

他取出一個記事簿。

「這是我自己想知道的。現在告訴我，連納博士發現他太太死亡的確實時間是何時？」

「那時候是兩點四十五分，幾乎是一分也不差。」我說。

「你怎麼知道是那個時候？」

「啊，我起來的時候看過我的錶，那時候是兩點四十分。」

「讓我看看你的錶。」

他把我手腕上的錶脫下來，拿到眼前看一看。

「一分不差，優秀的女人。好，很準確。據你想，她死了多久？」

「啊，醫生，說真的，」我說，「我不想表示意見。」

「不要這麼職業反應，我想知道你的估計和我的是不是一致。」

「那麼，我想她至少已經死了一小時。」

「沒錯。我在四點半的時候檢查屍體，我想她死亡的時間是在一點十五分到一點四十五分之間，我們不妨先猜測是在一點半，差不多那時候。」

我停頓一下，用手指敲著桌子。

「怪極了，這件事。」他說，「你能告訴我當時是什麼情形嗎？你說，那時你在休息？你曾聽見什麼嗎？」

「在一點半嗎？沒有，醫生。我沒在一點半聽到什麼，也沒在其他任何時間聽見什麼。從一點半到兩點四十分，我都躺在床上，除了那阿拉伯男孩發出一串單調而沉悶的歌聲，還有奧莫特先生偶爾對屋頂上的連納博士喊話以外，我沒聽到什麼聲響。」

「那個阿拉伯孩子……是的。」

他皺著眉。

就在那時候，門開了，連納博士和梅特藍上尉走進來。梅特藍上尉是個性急、小個子的人，有一雙很機警的藍眼睛。

瑞利醫生起身，把連納博士推到他的座位上坐下。

「老兄，坐下吧。我很高興你來了，我們需要你的幫忙，這件事有些地方非常奇怪。」

連納博士低著頭。

「我知道。」他望著我。「內人已經把實情透露給雷休蘭護士了。護士小姐，到了這個節骨眼，你就不必隱瞞什麼，所以請你把昨天你和內人談話的經過告訴梅特藍上尉和瑞利醫生吧。」

我把我們的談話盡可能一字不差地告訴他們。

梅特藍上尉偶爾會發出一聲驚嘆。我說完時，他轉身對連納博士說：「這都是真的嗎，連納，啊？」

「雷休蘭護士對你們說的話，句句屬實。」

「多特別的經歷！」瑞利醫生說，「你可以把那些信拿出來嗎？」

「我相信那些信可以在內人的遺物中找到。」

「她把那些信從桌上的一個公事包裡取出來了。」

「那麼，也許還在那裡。」

他轉過身去對梅特藍上尉說話；他那一向溫和的面孔變得冷酷而且嚴厲。

「現在這件事也不必隱瞞了，梅特藍上尉。當務之急就是這個人一定要逮到，並且受到懲處。」

「你以為真是連納太太的前夫幹的？」我問。

「你不這樣認為嗎，護士小姐？」梅特藍上尉問。

「嗯，我以為仍有可疑之處。」我猶豫地說。

「無論怎麼說，」連納博士說，「那個人是個凶手……我想也是個危險的瘋子。梅特藍上尉，這個人一定得找到，一定！這應該不難。」

瑞利醫生慢吞吞地說：「這也許比你想像的難。是嗎，梅特藍？」

梅特藍撚撚他的小鬍子，沒有回答。

我突然想起一件事，驚得一跳。

「抱歉，」我說，「有件事我應該提一提。」

我把我們看到那個伊拉克人想向窗內窺探的事說了一遍。也告訴他們，兩天前還看到他在這附近逗留，而且和賴維尼神父交談。

「好，」梅特藍上尉說，「我們會把這件事記下來，這是警察可以參考的事，那個人與這案子也許有牽連。」

「他也許受敵人收買充當間諜，」我這樣提示。「來調查什麼時候可以方便下手。」

瑞利醫生困擾地摸摸鼻子。

「那就難說了，」他說，「假若是有危險呢，呃？」

我不解地盯著他。

梅特藍上尉轉身對連納醫生說：「我要你非常仔細地聽我說話，連納，算是再檢查一下我們得到的最新證據。午飯是十二點開始，到十二點二十五分的時候已經吃完。飯後，你太太由雷休蘭護士陪著回房休息，護士把她舒舒服服地安頓好。你自己到屋頂上去。你就在那裡消磨了兩小時。對吧？」

「是的。」

「在那段時間之內，你從屋頂上下來過嗎？」

「沒有。」

「有什麼人上去找你嗎？」

「有的。奧莫特常常上來，他總是來來去去，在我和那個孩子之間走動，那孩子在下面洗罐子。」

「你自己朝院子裡望過嗎？」

「有一兩次，通常是有事叫奧莫特的時候。」

「每一次那孩子都坐在院子中央洗罐子嗎？」

「對。」

「奧莫特和你在一起而不在院子裡的時候，最長有多久？」

連納博士考慮一下。

「這就難說了……也許十分鐘吧，我個人的想法大概是兩三分鐘。但是根據我的經驗，當我專心工作、全心投入的時候，我的時間感不大準確。」

梅特藍上尉對瑞利醫生望望，後者點點頭。於是他說：「我們最好先把這個說清楚。」

梅特藍上尉掏出一本記事簿，打開來看。

「連納，請注意。我現在準備把今天下午一點至兩點之間，你們考古團裡每個人究竟在做些什麼唸給你聽。」

「但是，這實在……」

「等等。一分鐘後，你就可以知道我的用意何在了，我們先談談麥加多夫婦，麥加多先生說他在研究室工作。麥加多太太說她在臥房裡洗頭。詹森小姐說她在客廳忙著將亞述人的圓筒石印都印在紙上，芮德先生說他在攝影室沖底片，賴維尼神父說他正在臥室工作。至於考古團其餘的兩個人，蓋瑞和克爾曼，前者在挖掘場，後者在城裡。這是考古隊員的情形。現在看看僕役們在做些什麼。廚子……就是那個印度人，正在拱門外面坐著，一面拔雞毛，一面和那個守衛聊天；愛布拉希姆和曼塞……那兩個家僕，大約一點十五分時也來和他一塊兒聊。他們倆又說又笑地在那裡停留到兩點三十分……那個時候，你的太太已經死了。」

連納博士傾身向前說：「我不明白……你的話令人莫名其妙。你到底在暗示什麼？」

「你太太的房間，除了開向院子的那個門以外，還有什麼辦法可以進去？」

「沒有。那裡有兩個窗子，但都裝了鐵條。而且，我想都是關著的。」

他露出疑問的神情望望我。

「窗子都關著，而且從裡面閂著。」我立刻說。

「無論如何，」梅特藍上尉說，「即使是開著，也沒人能從那裡進去然後再出來。我和我的同事都相信，所有朝農野方向的窗子都一樣，都裝有鐵條，而且毫無損壞。一個陌生人要想走進你太太的臥房，一定得由拱門走進院子。但是，守衛、廚子和家僕都異口同聲地對我說，確實沒人進來過。」

連納博士跳起來。

「你這話是什麼意思？你這話究竟是什麼意思？」

「鎮靜些，老兄，」瑞利醫生鎮定地說，「我知道這是一個很大的打擊，但是，你必須面對打擊，那凶手不可能從外面進來。所以，他必定是人在裡面。看情形，連納太太想必是讓你這個考古團裡的人謀殺的。」

12
「我不相信……」

「不！不可能！」

連納博士跳起身來，很激動地來回踱著。

「瑞利，你所說的都是不可能。絕對不可能，是我們當中的一個人？天哪！我們考古團裡每個人都深愛著露易絲！」

瑞利醫生的嘴角下垂，有一點點奇怪的表情。在這樣的情況下，他很難說什麼。但是，假若一個人的沉默代表意味深長，那麼他在這片刻間的沉默，便是那種意思了。

「這根本是不可能。」連納博士反覆地說，「他們都很愛她，露易絲是那麼可愛，人人都感覺得到。」

瑞利醫生輕咳一聲。

「請見諒，連納，但那畢竟只是你的想法。就算你們團裡有個人不喜歡你太太，他也不可能對你大肆宣揚吧。」

連納博士露出痛苦的樣子。

「確實，確實如此。但是瑞利，我還是認為你說錯了，我相信每個人都喜歡露易絲。」他沉默片刻，才突然說：「你這個想法差勁透了，坦白說……這令人難以相信。」

「你不能逃避……嗯，事實。」梅特藍上尉說。

「事實？事實？那是一個印度廚師和兩個阿拉伯僕人扯的謊。瑞利，對這些傢伙，你像我一樣了解。你也一樣，梅特藍。對他們來說，實話實說是毫無意義的。他們只會說你要他們說的話，那只是禮貌的問題。」

「就這個情形而言，」瑞利醫生冷冷地說，「他們所說的，剛好是我們不要他們說的話。你們這裡的人有什麼習慣，我相當明瞭。就在大門以外，有個類似社交俱樂部的地方。每次我下午到這裡，我總會發現你們的人十之八九都在那兒，那是他們常去的地方。」

「我仍然以為你想過頭了。這個人……這個惡魔，為什麼不可能早一點進來，藏在什麼地方呢？」

「我同意，這實際上並非不可能，」瑞利醫生冷冷地說，「現在讓我們假定，一個陌生人確實趁沒人看見的時候進來了。那麼他就不得不藏起來（他必定不會藏在連納太太房裡，因為那裡沒有東西可以掩蔽），一直等到適當的機會，冒著可能讓人看見的危險，走進她的房間，再走出來……而且在大部分時間，奧莫特與那個孩子都在院子裡。」

「那個孩子。我把那個孩子忘掉了，」連納博士說，「那是個機靈的孩子。但是，梅特藍，那個孩子一定會看見凶手到我太太房裡呀。」

「我們已經弄清楚這點。除了一小段時間，那孩子整個下午都在洗罐子。在一點半左右——奧莫特說不出更接近的時間——他到屋頂上和你在一起十分鐘……我說的對吧？」

「是的，要是叫我說，除了那個時候，我也說不出一個確切的時間。」

「很好，那麼，在那十分鐘之間，那孩子抓到機會偷懶便溜出去，到大門外面和其他幾個人聊天。等奧莫特下來時，他發現那孩子不在，便很生氣的叫他回來，問他為何拋下工作。照我看來，你的太太就是在那十分鐘裡遇害的。」

連納博士哼了一聲坐了下來，以手掩面。

瑞利醫生接下來說，他的聲音沉著而且實際。

「那時間和我的判斷剛好吻合，」他說，「我檢驗屍體時，她已經死去大約三小時。現在唯一的疑問是……那是誰幹的？」

接著是一陣沉默。連納博士筆直的坐在他的椅子上，一隻手掩住前額。

「瑞利，我承認你的推論很有說服力，」他鎮定下來說，「這件事彷彿是一般人稱為『自己人幹的事』，但我覺得推論當中一定有哪裡出了差錯。這番推斷似乎很有道理，可是其中必有瑕疵。首先，你所推測的是一種令人驚異的巧合。」

「奇怪，你會用『巧合』這兩個字。」瑞利醫生說。

連納博士沒注意他的話，繼續說下去。

「我太太接到恐嚇信，她對於某特定人士非常畏懼；後來……她遇害了，而你卻要我相信，她不是那個人害死的，甚且是另外一個迥然不同的人！我認為這太過荒唐。」

「看起來是這樣……是的。」瑞利醫生思索著說。

瑞利醫生看看梅特藍上尉。

「巧合，啊？梅特藍，你覺得如何？你贊成這種想法嗎？我們要提出來嗎？」

梅特藍上尉點點頭。

「說吧。」他簡單地說。

「你聽說一個叫赫丘勒・白羅的人嗎，連納？」

「是的，我聽過這個名字。」他毫無表情地說，「我聽過一位凡・奧丁先生提到他，並且十分推崇他。他是個私家偵探，對吧？」

「正是。」

「但是，他住在倫敦，怎麼能幫助我們呢？」

「他是住在倫敦，沒錯。」瑞利醫生說，「但巧合就在這裡。他現在人不在倫敦，而是在敘利亞。事實上，他明天要路過哈沙尼到巴格達去。」

「誰告訴你的？」

「法國領事桑伯拉，昨晚他和我們一起吃飯時談到他，他好像正在敘利亞清查一件軍事舞弊案，預計明天路過這裡去巴格達，然後再經由敘利亞回倫敦，這不就是巧合嗎？」

連納博士猶豫片刻，然後露出抱歉的神情瞧瞧梅特藍上尉。

「你覺得怎麼樣，梅特藍上尉？」

「歡迎他加入。」梅特藍上尉立刻說，「我的手下對於搜索荒野、調查阿拉伯人血族糾紛的案件，都是好偵探。但是，連納，坦白說，調查你太太這個案子我們實在不拿手。這個案件疑點相當多，我倒非常願意讓這個人來看看。」

「你的意思是，要我去請這個叫白羅的人來幫助我們嗎？」連納博士說，「假若他不答應呢？」

「他不會不答應。」瑞利醫生說。

「你怎麼知道？」

「因為我是專業人士。假若有一個複雜的病例，譬如說，腦脊髓膜炎，有人請我參加會診，我就不能拒絕。這不是一個普通的犯罪行為呀，連納。」

「是的。」連納博士說，他的嘴唇很痛苦地抽動著。

「那麼，瑞利，你代表我去和這個赫丘勒．白羅接洽，好嗎？」

「好的。」

連納博士深表感謝。

「即使到現在，」他慢慢地說，「我還不能相信露易絲真的死了。」

我再也忍不住了。

「啊，連納博士！」我突然說，「我……我實在難以表達我的難過，我太不盡職了，我的責任是照顧連納太太，使她不要受到傷害……」

連納博士嚴肅地搖搖頭。

「不，不，護士小姐。你根本不必自責，」他慢慢地說，「應該責備的人是我……願上帝寬恕我！我以前從不相信，我一直不相信，我片刻都不曾想到她會有真正的危險。」他站起來，面孔不住抽動。「是我讓她走向死路，是我害她走向死路……我始終不相信……」

他蹣跚地走出房門。

瑞利醫生瞧瞧我。

「我也覺得我有過失，」他說，「我以為她只是故意逗他，看他怕不怕。」

「我也沒把那件事看得太嚴重。」我也承認。

「我們三個人都錯了，」瑞利醫生嚴肅地說。

「看來似乎是如此。」梅特藍上尉說。

13 白羅大駕光臨

我想我永遠不會忘記初次看到赫丘勒．白羅的感覺。當然，到後來，他那個樣子我已經看慣了。但一開始我簡直感到驚愕，我想任何人都會有同樣的感覺。

我不知道在這之前，我想像中的他是什麼樣子……也許是有點像福爾摩斯的人物，瘦高個子，一臉絕頂聰明。當然啦，我知道他是外國人，但我沒料到他的外國味那麼重，你一定明白我的意思。

當你看到他的時候，你不由得想哈哈大笑。他就像是一個舞台上或者漫畫中的人物。首先，他是個身高大概不超過五呎五吋，看來怪模怪樣且又矮又胖，年紀很大了，嘴唇上留著很大的八字鬍，腦袋像顆蛋。活像是一齣滑稽戲裡的理髮師！

這就是來調查誰殺死連納太太的人！

我想我對他的厭惡多少已經表現在臉上，因為他的眼睛忽然露出一種奇怪的閃光，而且馬上就對我說：「你不信任我吧，我的護士小姐？要知道，布丁要證明它自己只有在你吃的時候。」

我想，他說的應該是：「布丁的美味要吃了才知道。」

啊，那是一個很有道理的諺語，但我自己不敢說對它有多大信心！

星期日午飯後不久，瑞利醫生就用他的車載他出城到我們這裡來，他的第一步就是要求我們聚集在一起。

我們都集合在飯廳，圍桌而坐。白羅先生坐在首位，連納博士坐在一邊，瑞利醫生坐在另一邊。

我們齊聚的時候，連納博士清清嗓門，用他那溫和、猶豫的腔調說話。

「我想諸位都久仰赫丘勒．白羅先生的大名，他今天途經哈沙尼。現在承蒙他的好意，答應中途在這裡停下來，幫助我們調查。伊拉克警察局及梅特藍上尉，我相信已經盡力了，但這個案子裡有一些情況……」他猶豫地停了一下，瞧瞧瑞利醫生，有求助之意。「似乎有些困難……」

「案情膠著，很不晴朗，嗯？」赫丘勒．白羅說。

怎麼，他連英語都說不好啊！

「啊，一定要抓到他！」麥加多太太叫道，「要是讓他跑掉，我們可受不了！」

我注意到那矮個子的外國人盯著她打量了一番。

「他？他是誰呀，太太？」他問。
「啊？當然是兇手呀！」
「啊，兇手。」赫丘勒．白羅說。
他說話的神氣彷彿兇手是誰根本無關緊要！
我們都目不轉睛地望著他，他面對我們，望望這個，又望望那個。
「我想，」他說，「你們當中可能沒人與兇殺案有過接觸吧？」
大家都低聲地一致承認。
赫丘勒．白羅面露笑容。
「所以，很明顯的，你們對於這種情況並不具備基本知識。這樣的案子很令人不舒服！是的，有很多令人不舒服的事。譬如說，被懷疑。」
「被懷疑？」
說話的是詹森小姐，白羅先生思索著瞧瞧她。我感覺他露出讚許的態度注視她。他彷彿在想：「這是一個敏銳、很有頭腦的人！」
「是的，小姐，」他說，「被懷疑！讓我們說得露骨些吧，你們這個營地裡的人都有嫌疑。廚師、僕人、廚房的幫手、洗罐子的孩子……對，還有考古團的全體同仁。」
麥加多太太跳起來，她的臉氣得不住抽搐。
「你怎麼敢……你怎麼敢說這樣的話？這實在是可惡，讓人無法忍受！連納博士，你不能坐在那兒，讓這個人……讓這個人……」

連納博士疲憊不堪地說：「瑪麗，請你鎮靜些。」

麥加多先生也站起來，他的手發抖，眼睛充血。

「我同意，這實在是惡意中傷……是一種侮辱！」

「不，不，」白羅先生說，「我不是侮辱你們，我只是請求你們面對現實，在一個有凶殺案的房子裡，住在裡面的人，每個人都勢必有嫌疑。我問你們，有什麼證據證明凶手是由外面進來的？」

麥加多太太叫道：「他當然是從外面進來的！這樣才合情合理！啊……」她停了一下，然後說得更慢些：「任何別的推測都很難讓人相信。」

「毫無疑問，你說得對，太太，」白羅深深一鞠躬說。「我只是在向你們說明，這件事應該由何處著手調查。首先，我讓自己相信這房裡的每個人都是清白的。接著，我就向別處尋找凶手。」

「這樣做是不是有點晚了？」賴維尼神父客氣地說。

「烏龜還追得上兔子呢，神父。」

賴維尼神父聳聳肩。

「我們悉聽尊便，」他無可奈何地說，「希望你能夠盡快相信我們在這可怕的事件中是無辜的。」

「我會盡快。把情勢說明給你們聽是我的責任。這樣如果我問得太過冒昧，你們就不會起反感。神父，擔任聖職的人要樹立一個榜樣吧？」

「你高興問什麼就問吧。」賴維尼神父嚴肅地說。

「這是你第一次到這裡參加考古活動吧？」

「是的。」

「那麼，你到此地……是什麼時候？」

「三星期以前，幾乎一天也不差，那就是二月二十七日。」

「從什麼地方來？」

「迦太基布朗克神父修道團。」

「謝謝你，神父，你在到此之前認識連納太太嗎？」

「不認識，在我到此地和她認識之前，從未見過她。」

「你可以告訴我悲劇發生時你正在做什麼嗎？」

「我在自己房裡翻譯一個石碑上的楔形文字。」

我注意到白羅的肘邊有一張營地的粗略平面圖。

「就是在西南角落，亦即面對連納太太臥房的那一間嗎？」

「是的。」

「你是什麼時候回到房裡？」

「午飯之後馬上就回去，那是大約十二點四十分。」

「你在房裡待到……什麼時候？」

「三點之前。我聽到那個旅行車回來，又聽到車開走了，我不知道是什麼緣故，便走出來瞧瞧。」

「之前你從你的房裡出來過嗎？」

「你沒有聽到或是看到與那件悲劇有關的事嗎？」

「沒有，一次也沒有。」

「沒有。」

「你的房間沒有面對庭院的窗子嗎？」

「沒有，兩個窗戶都對著農野。」

「你可以聽見院子裡發生些什麼事嗎？」

「不太容易，我聽見奧莫特先生經過我的房間外面到屋頂上去，他上去過一兩次。」

「你記得那是在什麼時候嗎？」

「不記得，恐怕記不得，你知道，我正全神貫注在我的工作上。」

停頓一下後，白羅說：「你能說出或提示任何事情，好幫助我們了解案情嗎？」

賴維尼神父微露不安之色，他迅速而狐疑地瞧瞧連納博士。

「這是一個有些難答覆的問題。」他嚴肅地說，「你要是問我，我就得坦白說，我認為連納太太很怕一個人，或是一件事。毫無疑問，她對於陌生人都感到緊張。她這種情緒過敏的現象，我想是有理由的……但是什麼理由，我毫不知情，她不信任我。」

白羅清清嗓門，查看手中的筆記。

「聽說兩天前，這裡有小偷，引起一場驚嚇。」

賴維尼神父說是的，然後又將他看到古物室裡有燈光，以及之後搜查毫無結果的事再說一遍。

「你認為是不是在那個時候，有人未經許可來到營地這一帶？」

「我不知道該怎麼說，」賴維尼神父坦白說，「沒有東西丟掉，也沒有弄亂。也許是這裡的一個僕人……」

「或者是考古團的一位同仁？」

「或者是考古團的一位同仁。但要是那樣，那個人沒有理由不承認那件事呀。」

「所以，也可能是一個由外面來的陌生人？」

「我想是吧。」

「假定有個陌生人到過營地一帶，到第二天白天或第三天下午，他能夠安全地藏匿起來嗎？」

他一半是問賴維尼神父，一半是問連納博士，他們兩人把他問的話仔細考慮一下。

「我想這幾乎是不可能的。」連納博士勉強說道，「我想不出他可能藏在什麼地方。你想可能嗎，賴維尼神父？」

「不，不，我想不可能。」

他們兩人很不情願地否認了那種想法。

白羅轉過身來對詹森小姐說：「那麼，你呢，小姐？你認為這個假設可能嗎？」

詹森小姐思索片刻，搖搖頭。

「不可能，」她說，「我認為不可能，能藏在什麼地方呢？臥房都有人，而且，裡面的家具都很少。在第二天，暗房、客廳、繪圖室和研究室統統有人。沒有櫥子或者角落可以隱藏。當然，假若僕人串通起來……」

「那是可能的，但是未必。」白羅說。

他再轉過來對賴維尼神父說：「還有另外一點。幾天前，這裡的雷休蘭護士注意到你在外面和一個人談話。在那以前，她曾經看到同一個人想由外面窺探窗戶裡的情形，看起來那個人是故意來這裡走動的。」

「這當然是可能的。」賴維尼神父思索著說。

「你先和那個人說話，或是他先和你說話？」

賴維尼神父思索片刻。

「我想……對了，我可以確定，他先和我說話。」

「他說什麼？」

賴維尼神父竭力回想一下。

「他說的話，我想，大意是：這就是美國考古隊的營地嗎？然後又說一些美國人雇用很多工人挖掘的話。我不太聽得懂他的話，但是我努力和他交談，為的是增進我運用阿拉伯文的能力。我想因為他是城裡人，他會比那些挖掘工人更能聽得懂我的話。」

「你們有談到別的事嗎？」

「就我記得的來說，我說哈沙尼是一個大城——但是，後來我們都同意巴格達更大——他還問我是美國天主教徒或敘利亞天主教徒什麼的。」

白羅點點頭。

「你能形容形容他的樣子嗎？」

賴維尼神父又皺著眉思忖。

「他是一個相當矮的人，」他最後說，「體格很結實，很明顯有斜眼，面孔白皙。」

白羅先生轉而面對著我。

「要是讓你形容，這和你的說法一致嗎？」

「不完全一致，」我猶豫地說，「要是我來形容，我會說他不矮，而且很高，皮膚深褐。我記得他身材修長，而且我注意到他有斜眼。」

白羅先生失望地聳聳肩。

「總是這樣！你們如果是警察，就會很熟悉這種情形。兩個人對同一個人的形容方式永遠不一致，每個細節都互相矛盾。」

「他有斜眼，我絕對可以確定，」賴維尼神父叫道，「至於其他各點，護士小姐說的也許是對的。順便一提，我說他的皮膚白，意思是說就阿拉伯人而言算是白的，我想護士小姐會稱為褐色。」

「深褐，」我固執地說，「一種髒兮兮的黃褐色。」

我看見瑞利醫生咬著嘴唇，笑了笑。白羅兩手向上一攤。

「這個陌生人，」他說，「這個盪來盪去的陌生人也許很重要，也許不重要，無論如何，我們得找到他，現在我們繼續問下去。」

他猶豫片刻，對桌子四周望向他的面孔端詳一下，然後迅速地點點頭，把芮德先生挑出來。

「啊，我的朋友，」他說，「我們來聽你說說那天下午的情形吧。」

芮德那個胖胖的面孔變成深紅色。

「我？」

「對了，你。首先，請問尊姓大名，你今年幾歲？」

「卡爾．芮德，二十八歲。」

「美國人，是嗎？」

「是的，我是芝加哥人。」

「這是你第一次參加挖掘工作嗎？」

「是的，我負責攝影。」

「啊，是。那麼，昨天下午，你在做什麼？」

「唔……我大部分時間都在暗房。」

「大部分時間，啊？」

「是的。我先沖洗一些底片，然後把一些東西安置好拍照。」

「在外面嗎？」

「啊，不是的，在攝影室。」

「暗房有門通往外面的攝影室嗎？」

「是的。」

「那麼，你沒有走出攝影室過？」

「沒有。」

「你有注意到院子裡發生的事嗎？」

那年輕人搖搖頭。

「我沒注意。」他加以說明。「我很忙。我有聽到車子回來的聲音。等我可以離開工作，我便出來看看有沒有郵件。就在那個時候，我聽到……」

「那麼，你在攝影室開始工作是什麼時候？」

「十二點五十分。」

「你參加考古隊工作以前認識連納太太嗎？」

那年輕人搖搖頭。

「不認識，先生，我到這裡以前沒見過她。」

「你能想到任何事情……任何偶發的事情，不管多麼小，幫助我們了解案情嗎？」

卡爾．芮德搖搖頭，無助地說：「我什麼都不知道，先生。」

「奧莫特先生？」

大衛．奧莫特用他那輕柔的美國腔調，很明白簡要地說：「我在十二點四十五分到兩點四十五分之間都在整理陶器，督導那個叫阿布都拉的孩子做分類，偶爾到屋頂去幫助連納博士。」

「你到屋頂幾次？」

「我想是四次。」

「都有多久？」

「通常是兩分鐘，不會更多。但是有一次，當我工作半個多小時之後，我在屋頂停留了十分鐘之久。我們討論該保存什麼，該扔掉什麼。」

「我聽說你下來的時候發現那個孩子離開了工作崗位，對吧？」

「是的，我很生氣地叫他回來，後來他就由拱門外面回來了，他剛才出去和其他幾個人聊天。」

「那是他唯一離開工作崗位的時候嗎？」

「有一兩次我派他把陶器送上去。」

白羅嚴肅地說：「奧莫特先生，我簡直沒必要問你了……在那段時間，你是否看見什麼人走進或走出連納太太的房間？」

奧莫特先生立刻回答：「什麼人都沒看見。甚至於在我工作的兩個小時中，都沒人由房裡走到院子來。」

「據你所想，當你和那個孩子都不在院中、院中空無一人的時候，是一點半嗎？」

「離那時間不可能多久。當然，我不能確切地說。」

白羅轉身對著瑞利醫生說：「醫生，那和你估計的死亡時間是一致的。」

「是的。」瑞利醫生說。

白羅摸摸他的大捲鬍。

「我想我們可以斷定，」他神色凝重地說，「連納太太就是在那十分鐘之內遇害。」

14 是自己人？

房中一片沉默。在這段時間，室內掀起一陣恐怖的高潮。

我想就是在那一剎那，我才第一次想到瑞利醫生的看法是正確的。

我感覺到那個凶手就在這個房間。他和我們坐在一起，聽別人講話。凶手是我們當中的一個。

也許麥加多太太也有此感覺。因為，她突然發出短而尖銳的叫喊。

「我受不了，」她啜泣著。「我……這太可怕了。」

「勇敢些，瑪麗。」她的丈夫說。

他抱歉地望著我們。

「她非常敏感，感情很豐富。」

「我……我是這麼喜歡露易絲。」麥加多太太啜泣著說。

我不知道我心裡的感覺是否表現在臉上了，因為我突然發現到白羅先生正在望著我……我的唇邊微露譏笑。

我冷冷地瞧瞧他，於是他馬上繼續問話。

「告訴我，太太，」他說。「告訴我你是如何消磨昨天下午的時間？」

「我在洗頭，」麥加多太太啜泣著說，「我當時完全不知道發生那樣的事，現在想起來實在很可怕。我平時很快活、很忙碌。」

「你是在你的房裡嗎？」

「是的。」

「你沒離開過？」

「沒有。我聽見汽車聲才走出來，後來便知道發生了什麼事。啊，多可怕！」

「你覺得奇怪嗎？」

麥加多太太不哭了。她充滿反感地張大眼睛。

「你這是什麼意思，白羅先生？你是說……」

「你問我是什麼意思嗎，太太？剛才你對我們說你很喜歡連納太太。那麼，也許，她把她的心事都對你說了。」

「啊，我明白了。沒有，沒有，親愛的露易絲從未對我講過什麼，我是說，沒有對我明確說過什麼事。當然，我可以看得出她很害怕、很緊張。還有那些奇怪的事……在窗玻璃上敲擊的手等等。」

「全是憑空幻想，我記得你這麼說過。」我再也不能緘默了。

我很高興看到她在剎那之間顯得倉皇失措。

我又覺得白羅先生饒富興致地朝我這個方向瞧瞧。

他簡單明瞭地總結說：「總之，太太，你正在洗頭，什麼也沒聽到，什麼也沒看到。你有想到什麼事情可以幫助我們了解嗎？」

麥加多太太並未思索就說：「沒有，實在沒有。這是一件最不可思議的事！但是，我可以說，毫無疑問，那凶手是由外面進來的。這樣想才合理。」

白羅轉身對著她的丈夫。

「那麼，你呢，先生？你覺得呢？」

麥加多先生吃了一驚，有些不安。他無意識的撚撚鬍子。

「想必是的，想必是的。」他說，「可是，誰會想傷害她呢？她是那麼溫柔、那麼厚道……」他搖搖頭。「害死她的人必定是個惡魔，對，惡魔！」

「那你自己呢，先生？你那天下午怎麼過的？」

「我？」他茫然地注視著他。

「你在研究室呀，約瑟。」他的太太提醒他。

「啊，是的，我是在那裡，是在那裡，做我平常的工作。」

「你是什麼時候到那裡去的？」

他又瞧著麥加多太太，露出猶疑、詢問的樣子。

「十二點五十分，約瑟。」

「啊，是的，十二點五十分。」

「你有到院子裡去過嗎？」

「沒有……我想沒有，」他考慮一下。「沒有，我記得確實沒有。」

「你什麼時候聽到發生悲劇的？」

「內人出來告訴我的。那很可怕，令人震驚。我幾乎不敢相信是真的。就是現在，我也不相信那是真的。」突然間，他開始發抖。「那真嚇人，太嚇人了！」

麥加多太太馬上走到他那邊。

「是的，是的，約瑟，我們都有同感。但我們不能喪失勇氣，這樣會使可憐的連納博士更為難。」

我看見連納博士的臉上起了一陣痙攣。我想這種感傷的氣氛，對他而言，是種折磨。他對白羅略微望了一下，彷彿是求援。白羅立刻有了反應。

「詹森小姐？」他說。

「恐怕我能告訴你的很少。」詹森小姐說。大家聽到麥加多太太那樣尖銳的聲音之後，都覺得她這樣有教養的聲音令人聽了很舒服。她接著說：「我正在客廳工作……把圓筒印印在黏土板上。」

「那麼你沒看見、也沒注意到什麼嗎？」

「是的。」

白羅很快地瞧瞧她。他聽到——像我一樣——她的聲音當中有一種隱隱約約、不敢肯定的調子。

「你很確定嗎，小姐？你模模糊糊的想到什麼嗎？」

「沒有，真的沒有……」

「你看到什麼……我們不妨說，無意中由側面看到些什麼，或許連你自己也不知道你看見了？」

詹森小姐發出短短的、著急的笑聲。

「你逼問得太緊了，白羅先生。你是在鼓勵我告訴你一些我在想像的事。」

「那麼，事實上確有一些……不妨說，是你想像的事了？」

詹森小姐說得很慢，以超然的態度字斟句酌。

「我曾經想像……那天下午聽到一聲微弱的叫喊。我的意思是，我是聽到一聲叫喊。客廳的窗戶都是敞開的。我們可以聽得見在大麥田裡做工的人發出的各種聲響。但是你知道，我認為聽到的是連納太太的聲音，這使我非常難過。因為當時我如果跳起來跑到她房裡……啊，誰曉得，我也許還來得及……」

瑞利醫生命令式地插話。

「你不要有那樣的想法。」他說，「我可以確實地說，連納太太（連納，請原諒我）幾乎是在那個人一進去時就讓他給擊斃了。就是那一下把她打死的，沒有第二下。否則，她就會有時間呼吸、發出叫喊。」

「我仍然覺得我或許會捉到凶手。」詹森小姐說。

「那是什麼時候，小姐？」白羅問，「一點半左右嗎？」

「想必是那個時候……對。」她思索片刻說。

「那就吻合了。」白羅思索著說，「別的你都沒聽到？譬如說開門或關門聲？」

詹森小姐搖搖頭。

「沒有，我不記得聽到那樣的聲音。」

「我想，你在桌子前面坐著。你是朝哪邊坐的？院子？古物室？走廊？或者是那片農野？」

「我是朝著院子坐的。」

「由坐的地方可以看見那個叫阿布都拉的孩子洗罐子嗎？」

「啊，看得見。不過，當然我得要抬起頭來向外看才行，但我當時很專心，全神貫注地工作。」

「不過，如果有人從院子方向的窗口經過，你會注意到。」

「啊，是的。這點我可以肯定。」

「沒有人經過嗎？」

「沒有。」

「但是，如果有人……比方說，由院子中間走過，你會注意到嗎？」

「我想……也許不會。除非像我方才所說，除非我偶然抬頭往窗外看。」

「你沒看見阿布都拉離開他的工作，出去和另外幾個僕人聊天嗎？」

「沒有。」

「十分鐘，」白羅沉思地說，「要命的十分鐘。」

接著是片刻的沉默。

詹森小姐突然抬起頭來說：「你知道，白羅先生，我想，我已經無意中害得你往錯誤的方向想了。如今我再回想一遍，我想我不可能由我那裡聽到連納太太傳出叫喊。我的房間與她的房間中間隔了一個古物室，而且，後來聽說她的窗戶都是關著的。」

「不要自責，小姐。」白羅親切地說，「那並不是很重要。」

「是的，當然不很重要，我了解這一點。但是你要知道，這對我很重要，因為我一直覺得我或許可以做點事。」

「不要自尋煩惱了，親愛的安娜。」連納博士憐惜地說，「你必須實際些。你聽到的，也許是一個阿拉伯人由麥田裡遠遠的向另一個人喊話。」

他溫柔的語調讓詹森小姐臉色緋紅，我甚至看到她眼裡冒出淚水。她的臉轉過去，比方才更嚴格地說：「也許是吧。在一個悲劇發生之後，通常都會如此……開始想像一些根本沒有的事。」

白羅再查查他的記事簿。

「我想，你大概沒有更多的事要告訴我吧，蓋瑞先生？」

李察・蓋瑞慢慢地說，說得呆板而機械。

「我恐怕無法加添上有用的資料。我當時在挖掘場工作。那消息還是別人告訴我的。」

「那麼，你不知道或者想不出來在命案發生之前有什麼事情發生，可以幫助我們了解嗎？」

「什麼也沒有。」

「克爾曼先生呢？」

「這件事發生的時候，我人不在這裡。」克爾曼先生的聲音帶著……一種惋惜的調子吧。「昨天上午我進城去領錢，準備發放工資。回來的時候，奧莫特告訴我出事了，後來我又開著旅行車去找警察和瑞利醫生。」

「以前呢？」

「啊，先生，有點令人緊張，但是你已經知道了，古物室有過一場虛驚。在那之前一兩天，窗玻璃上有手在敲，有人臉貼著向裡瞧……這些你都記得吧，先生。」他詢問似地對著連納博士說。連納博士點點頭，表示承認。「我想，你會發現是有個傢伙由外面進來了。想必是個狡猾的乞丐。」

白羅默默地打量他一兩分鐘。

「你是英國人吧，克爾曼先生？」最後他問。

「對，先生。百分之百的大不列顛人。你看看商標，貨真價實。」

「這是你第一次參加考古工作嗎？」

「沒錯。」

「那麼你非常愛好考古囉？」

克爾曼先生每次聽到人家這樣形容他，便感到相當困窘。他的臉有點紅，像個犯錯的小學生似的，偷偷瞧瞧連納博士。

「當然……這十分有趣，」他結結巴巴地說，「我的意思是說……我並不完全是個有天分的人……」

他的話就這樣不了了之中斷了。白羅並未堅持要他再說下去。

他若有所思地用鉛筆頭在桌子上輕輕敲著，然後又將擺在前面的一個墨水瓶擺正。

「看情形，」他說，「我們目前可以得到的資料大概就是這麼多了。你們如果有人想起一時忘記了的事，不要猶豫，馬上來告訴我。現在，我想，我最好單獨和連納博士和瑞利醫生談談。」

這是一個散會的暗示。我們都站起來，魚貫而出。不過我走到一半時，聽到後面有叫我的聲音。

「也許，」白羅先生說，「請雷休蘭小姐還是留下來。我想她的協助對我們很有價值。」

於是我回來，再坐到我的座位上。

15 白羅的建議

瑞利醫生站起身，等每個人都走出去以後，小心地關上門。然後他露出徵求的樣子瞧瞧白羅，便過去把朝院子的窗戶關好。最後，他也在桌子前面的座位上坐下。

「好！」白羅說，「我們現在沒人干擾，可以自由談話了。我們已經聽到考古團同仁告訴我們的話……護士小姐，你想到什麼了？」

我的臉變得有點紅。不容否認，這個奇怪小老頭的眼光實在敏銳，他已經看出方才我突然想起的事……我想我把心中所想的事都表現在臉上了。

「啊，沒什麼……」我說，有些猶豫。

「說吧，護士小姐，」瑞利醫生說，「別叫這位專家等了。」

「那實在是沒什麼。」我急忙說，「可以說，我的心中突然掠過一個念頭。我認為，就算有人真的知道或者懷疑什麼事，也不方便在別人面前……更別說在連納博士面前說出來。」

白羅先生點點頭，竭力表示同意。這倒頗使我感到驚訝。

「沒錯，一點兒也沒錯。你說的話很中肯。但是我要說明一下，我們方才那個小小的聚會並沒有白費。在英國，在馬賽開始以前，你們都會有馬隊遊行，對吧？那些賽馬由大看台前面走過時，你們有機會看看，並且評判一下。那就是我那個小聚會的目的。用一個賽馬術語說，我要看看哪些馬有資格參加比賽。」

連納博士猛烈地叫出來。

「我絕對不相信，同仁當中有誰會與這個凶殺案有牽連！」

然後他轉身對著我，命令式地說：「護士小姐，你如果能在此時此刻，確切地把你在兩天前和我太太所說的話告訴白羅先生，我會很感激不盡。」

經他這樣一催促，我便立刻把那次談話的經過敘述一遍，盡可能使用到連納太太所用的確切字眼。

我說完後，白羅先生說：「很好，很好。你相當聰慧而且腦子有條有理。你在這裡對我很有幫助。」他轉身對連納博士說：「這些信你都有嗎？」

「這些信都在這裡。我想你會想先看看。」

白羅由他手中接過那些信，仔細地審閱。我有些失望，因為他沒有在信紙上撒粉末，或者用放大鏡之類的東西檢查……我知道他並不是一個很年輕的人了，所以他的方法也許不是很新。他看信的方式和任何一個普通人一樣。

他看過信以後，把信放下來，清一下嗓門。

「現在，」他說，「我們來著手把這些事實搞清楚，並按照次序檢討一下。這些信當中的第一封，是你太太和你在美國結婚後不久接到的。之前還有另外一些信，但都被你太太毀掉了。之後又收到另外一封。收到第二封信以後不久，你們倆險些瓦斯中毒。以後你們就到國外，差不多有兩年沒再收到信。今年你們的挖掘工作開始的時候，又有信寄到……也就是說，在最近三星期內。這樣說，對嗎？」

「完全正確。」

「你的太太顯得非常驚慌。你和瑞利醫生商量過後，便請雷休蘭護士來陪伴她，以便減輕她的恐懼，對吧？」

「對。」

「後來發生了一些事……她看到有一隻手在敲窗子，一個像鬼一樣可怕的面孔，還聽到古物室有聲響。你自己沒看過這些景象嗎？」

「沒有。」

「其實，除了連納太太之外，誰都沒有。」

「賴維尼神父看見古物室有燈光。」

「是，這個我沒忘記。」

他沉默片刻，然後說：「你太太有立遺囑嗎？」

「我想沒有。」

「為什麼？」

「由她的觀點來說，沒必要。」

「她不是個很富有的人嗎？」

「不，她的父親遺留給她相當大的一筆財產，但是交給銀行保管，她不能動用本金，如果她有子女，她死後，那財產就轉給他們；如果沒子女，就轉給皮茲坦博物館。」

白羅思忖著，一面不斷輕敲桌子。

「那麼，我想，」他說，「我們就可以把這個殺人動機排除了。你知道，這是我先要找的動機。誰會從死者的死亡獲得利益？現在獲益的是博物館。如果是其他情況，如果她沒立遺囑，但是有一筆相當大的財產，那麼究竟是誰應該繼承那筆財產……你？或是她的前夫？我想這就成為一個很有趣的問題了。但是有這個前提……那個前夫必須復活，才能領那筆錢。如果這樣，我想他就有被捕的危險。不過，戰爭都過了這麼久，我想他會被處死。雖然如此，現在已不需要做這種猜測了。就像我所說的，我照例先解決錢的問題。第二步，我總是懷疑死者的丈夫或妻子。就這個案子來說，現在已經證明昨天下午你不曾走近你太太的臥房。其次，你太太死後，你不會得到財產，反而會有損失。至於第三點……」

他停頓一下。

「怎麼？」連納博士說。

「第三，」白羅慢慢地說，「一個人是否深愛另一個人，我看了就會知道。我相信，連納博士，你對你太太的愛是你生命中最重要的事，對吧？」

連納博士很簡單地回答：「對。」

白羅點點頭。

「所以，」他說，「我們就可以繼續分析了。」

「好！好！我們靜下心繼續研究吧。」瑞利醫生有些不耐煩地說。

白羅露出譴責的神情瞧瞧他。

「我的朋友，別不耐煩。像這樣的案子，必須有條理、有方法的著手調查。事實上，這是我調查每個案子的慣例。現在我們已經排除了一些可能的猜測，所以可以著手研究非常重要的一點。就像你們常說的，最重要的就是把所有的牌都攤在桌面上，不許有半點隱瞞。」

「沒錯。」瑞利醫生說。

「那就是我要知道全部的實情。」白羅繼續說。

連納博士驚奇地瞧著他。

「我可以向你保證，白羅先生，我沒有隱瞞任何事。我把我知道的統統對你說了，毫無保留。」

「恕我堅持，你沒有『統統』都告訴我。」

「統統告訴你了，真的。我想不出還有漏掉什麼細節。」

他顯得很苦惱。

白羅輕輕地搖搖頭。

「沒有，」他說，「譬如說，你沒告訴我為什麼你把雷休蘭護士安置在營地裡。」

「這點我已經說明了，原因很明顯，因為我太太神經過敏，因為她畏懼……」

白羅的身子前屈，慢慢地、強調地搖著一根手指頭。

「不，不，不！這裡有件事很奇怪。你太太處於危險的情況，沒錯；有人威脅要害死她，是的；但你沒去找警察，甚至沒請私家偵探，反而請一個護士……這相當令人不解！就是這點！」

「我……我……」連納博士停下來。他的臉慢慢變紅了。「我本來以為……」

他停在這裡，說不下去。

「現在我們必須弄清楚這一點，」白羅鼓勵他說下去。「你本來以為什麼？」

連納博士仍然沒講話，他露出煩惱、勉強的樣子。

「你知道，」白羅的腔調變得非常動人。「你告訴我的話，除了那點，聽起來都是真實的。為什麼你要請一個護士呢？有個答案……是的，事實上，只可能有一個答案：你並不相信你太太有危險。」

連納博士叫了一聲就崩潰了。

「願主幫助我！」他呢喃說，「我是不相信，不相信。」

白羅像隻貓全神貫注地盯著鼠洞似的望著他……準備等老鼠一露面，便一躍而上。

「那麼，你本來想的是什麼？」他問。

「我不知道，不知道。」

「事實上你是知道的，你完全知道。也許我可以猜一猜，幫幫你的忙。連納博士，你是不是懷疑這些信是你太太自己寫的？」

這話他不需要回答。白羅猜對了，這太明顯了。連納博士抬起來的那隻手不住地顫抖，彷彿在懇求寬恕。這已經說明了一切。

我深深地抽了一口氣。原來我心中幾乎已經形成的猜疑是對的！我回想起連納博士問我對那件事有何想法時，那種奇怪的腔調。我思索著，慢慢點頭。這時我突然發現白羅的眼睛正望著我。

「護士小姐，當時你也有同樣的想法嗎？」

「我的確偶然這樣想過。」我實實在在地說。

「為什麼？」

我對他說明克爾曼先生給我看的那封信，筆跡和這些信上的很相似。

白羅轉而對著連納博士。

「你也注意到相似之處嗎？」

連納博士點點頭。

「是的，我注意到了。信上的筆跡字很小，很難認……不像露易絲的字寫得那樣大，而且大方，但有幾個字母的形狀是一樣的。我拿給你看。」

他由上衣裡面貼胸的衣袋裡掏出幾封信，最後挑出一張遞給白羅。那是他太太寫給他的信。白羅仔細拿來和那些匿名信對照。

「是的，」他低聲說，「是的，有好幾個相似的地方……S這個字母的樣子很奇怪。e這個字母寫得很清楚。我不是筆跡專家，我不能斷定（關於這一點，我從未發現兩個筆跡專家對某一點有相同意見），但我們至少可以這樣說，這兩個筆跡有顯著的相似之處。很可能這些信都是同一人寫的。但這並不是絕對，我們必須考慮到所有可能的意外因素。」他往後靠到椅背上，思忖著說：「有三個可能性。第一，這種筆跡相似的現象純屬巧合。第二，這些恐嚇信是連納太太基於某種不明原因自己寫的。第三，這些信是有人故意模仿她的筆跡寫的……但為什麼？這樣做似乎是毫無道理。這三種可能，其中必定有一個是正確的。」

他考慮片刻，然後轉身面向連納博士，又恢復了他那種輕快的態度。

「當你想到可能是連納太太自己寫的時候，你有什麼想法？」

連納博士搖搖頭。

「我盡量排除那個念頭。我覺得那很畸形。」

「你曾經找個理由來解釋嗎？」

「這個……」他猶豫一下。「我想，她老是想到往事，老是擔心。我想這或許稍微影響到她的腦筋。我想她或許是自己寫了這些信，卻不知道自己那樣做過。這是可能的，對吧？」他轉過身對著瑞利醫生說。

瑞利醫生噘著嘴。

「人類的頭腦什麼事都可能發生。」他敷衍地回答。

但是，他的眼睛像電光似的一閃，很快地瞧瞧白羅。白羅彷彿是遵照他的意思，放棄了那個話題。

「這些信很有問題。」他說，「但是，我們必須集中精神通盤研究這個案件。據我的看法，有三個解答。」

「三個……」

「對。第一個解答，連納太太想必為了某種原因（這種原因也許一個醫師比一個外行人更容易了解）給自己寫恐嚇信。那件瓦斯中毒的事是她自導自演的（記住，把你喚醒、對你說聞到瓦斯味的是她）。但假如是連納太太自己寫那些信，那麼，她就不可能有讓那個假想寄信人害死的危險。所以，我們得向別處尋找凶手。其實，我們必須在你的工作人員當中去找。真的。」這是回答連納博士一聲輕輕地抗議。「這是唯一合理的結論。他們之中有個人為了了結私人恩怨將她害死。那個人，我想，或許知道那些信的事……或者，知道連納太太害怕某個人，或者假裝害怕他。在那凶手看來，那件事會使他很安全……別人不會想到是他害死的，一定認為是個神祕的外來者幹的，也就是寫恐嚇信的那個人。

「這個解答有另外一個不同的說法，那就是那個凶手真的自己寫過那些信，因為他知道連納太太過去的歷史。但如果是那樣，我們就不大明白那個凶手為什麼要模仿連納太太的筆跡，因為照我們所想，那些信如果看上去是個外來者寫的，會對他或者她更有利。

「我覺得第三個解答最有趣。我推想那些信是真的。那是連納太太的前夫（或是他的弟弟）寫的，而且他也是考古團當中的一個成員。」

16 嫌疑人等

連納博士跳了起來。

「不可能！絕對不可能！這樣的想法荒謬極了！」

白羅先生非常鎮靜的瞧瞧他，但是沒作聲。

「你是假定，我太太的前夫是我們的工作成員，而且她沒認出他嗎？」

「沒錯。你只要稍微想想實際情況就好了。差不多二十年前，你太太和這個人住在一起只有幾個月。經過這麼久，她如果偶然碰見他，會認得他嗎？我想不會。他的面孔已經變了，體格也變了……他的聲音或許不會變很多，但這是一件小事，他可以解決。而且記住，她不會想到他就在自己身邊。她以為他是在外面的地方，已成為一個陌生人。是的，我認為她不會認出他。而且還有另外一個可能。那個弟弟……當年那個小孩子，那個熱愛哥哥的孩子。他現在是大人了。你看到一個快三十歲的人，會認出他就是十年前或者十二年前那個小孩嗎？是的，現在我們要認真對付的是年輕的威廉．巴斯納。記住，在他心裡，他的哥哥不是一個賣國者的幽微形象，他是一個愛國者，一個為他自己的國家（德國）捐軀的烈士。在他眼中，連納太太才是賣國賊……是這個窮凶惡極的女人害他摯愛的兄長慘死的！一個敏感的孩子很容易有英雄崇拜的心理。一個孩子的腦子如果擺脫不了某種觀念，那種觀念就會伴隨他到長大成人的時候。」

「沒錯，」瑞利醫生說，「一般人都以為孩子很容易忘記事情，那是不正確的。很多人長大後仍然固守著小時候深印在心裡的觀念。」

「好，有這兩個可能：佛瑞克．巴斯納，現在大概已經是五十來歲的人，還有他弟弟威廉．巴斯納，他的年紀大約三十歲不到。現在，就讓我們由這兩個觀點來檢討一下你的工作人員。」

「這實在是異想天開，」連納博士喃喃地說，「我的工作人員！我自己考古團裡的人？」

「所以就能認為是沒有嫌疑？」白羅冷冷地說，「好個有用的想法。現在開始吧！誰一定不會是佛瑞克或威廉呢？」

「那些女人。」

「自然啦，我們可以把詹森小姐和麥加多太太的名字刪掉。還有誰？」

「蓋瑞。在我認識露易絲以前，我和他一同工作已經有好幾年了……」

「而且他的年紀也不對。我可以判斷，他現在是三十八、九歲，當佛瑞克，太年輕；當威廉，太老。現在再想其餘的人。賴維尼神父和麥加多先生。他們都可能是佛瑞克。」

「但是，我的老先生，」連納博士叫了出來，聲音當中混雜著哭笑不得的意味。「賴維尼神父是世界聞名的碑銘專家。麥加多在紐約一個著名的博物館工作有年。他們不可能是你所想的那個人！」

白羅輕快地一揮手。

「『不可能』，『不可能』，我絕不會考慮到這三個字！我永遠會非常仔細地檢討那種不可能的事。但是，目前我可以略過不談。你們還有其他什麼人？卡爾．芮德，一個有德國名字的年輕人，大衛．奧莫特……」

「記住，他已經和我一起工作兩期了。」

「他是一個天生有耐性的年輕人。他要是犯罪，絕不會倉卒行事，一切都會準備妥當。」

連納博士一臉失望。

「最後，比爾．克爾曼。」白羅繼續說。

「他是英國人哪。」

「那又如何？連納太太不是說，那孩子離開美國，就再也沒有蹤影了嗎？他很可能是在英國長大。」

「你樣樣事都有答案。」連納博士說。

我拚命地思考。

一開始我就感覺，克爾曼先生的態度與其說是個精力充沛的年輕人，倒不如說是伍德霍斯幽默小說裡的人物。難道他在這個命案中也扮演一個角色？

白羅正在一個小筆記簿上寫字。

「讓我們有條有理的繼續研討下去吧，」他說，「第一批要考慮的人是賴維尼神父和麥加多先生。第二批是克爾曼、奧莫特和芮德。現在，我們轉到另一面的問題：方法和機會。在這個考古團裡，誰有犯罪的方法和機會？蓋瑞在挖掘場，克爾曼在哈沙尼，你自己在屋頂上，那麼就剩下賴維尼神父、麥加多先生、麥加多太太、大衛．奧莫特、卡爾．芮德、詹森小姐和雷休蘭護士。」

「噢！」

我叫道，身子在椅子上彈動了一下。

白羅的眼睛一閃一閃地望望我。

「是的，護士小姐，恐怕也要把你算在內。你可以輕而易舉地趁院裡空無一人的時候，走過去把連納太太害死。你健壯有力，而且在你重重一擊將她擊斃之前，她是不會懷疑你的。」

我難過得說不出一句話。這時候，我注意到瑞利醫生又頑皮地眨了眨眼。

「好個護士，把她的病人一個個都害死，有趣，有趣！」他低聲地說。

我狠狠地瞪了他一眼。

連納博士的心裡卻想到不同的事情。

「不會是奧莫特，白羅先生，」他反對說，「你不能把他包含在內。記住，在那十分鐘當中，他在屋頂，和我在一起。」

「我們不能將他排除在外。他很可能下來之後，走到連納太太的房裡，把她打死，然後再把那個孩子叫回來。或者，他也可能趁他派那孩子到屋頂的時候將她害死。」

連納博士搖搖頭，嘟囔著。

「多麼可怕的一場噩夢！這一切……實在是意想不到。」

很奇怪，白羅也那麼說：「是呀，真的。這是一個意想不到的命案。我們並不常碰到這樣的案子。凶殺案通常都是用卑鄙的手段，非常單純。但這是一個很不尋常的凶殺案。連納博士，我猜你太太是個很特別的女人。」

他的話一針見血，猜得很準。我不禁驚得一跳。

「真是那樣嗎，護士小姐？」他問。

連納博士鎮定地說：「護士小姐，告訴他露易絲是什麼樣的人。你是沒有偏見的。」

我很坦白地據實以告。

「她很可愛，」我說，「你不得不讚賞她，並且想為她做些事情。我以前從未碰過像她那樣的人。」

「謝謝你。」

連納博士對我笑笑。

「那是來自一個外人的寶貴見證。」白羅很有禮貌地說，「那麼，我們還是繼續吧。在『方法』與『機會』的選項下，我們有七個名字：雷休蘭護士、詹森小姐、麥加多太太、麥加多先生、芮德先生、奧莫特先生和賴維尼神父。」

他再清清嗓門。我總覺得外國人常發出很怪的聲音。

「我們現在姑且假定我們的第三個想法是正確的，那就是凶手是佛瑞克或威廉・巴斯納，而且佛瑞克或威廉・巴斯納就是你們的工作人員。在這點上，我們一比照這兩個名單，就可以把我們的嫌疑人選縮小到四個人。賴維尼神父、麥加多先生、卡爾・芮德，大衛・奧莫特。」

「賴維尼神父絕對不會是凶手，」連納博士說，「他是迦太基布朗克修道團的修道士。」

「而且，他的鬍子是真的。」我插嘴道。

「護士小姐，」白羅說，「第一流的凶手從來不裝假鬍子！」

「你怎麼知道那凶手是第一流的？」我頑強地問。

「因為假若他不是，此時此刻真相如何，我早就可以查得水落石出了。」

我暗暗地想，那純粹是夜郎自大的說法。

「無論怎麼說，」我又回到鬍子的話題。「那要很久時間才能留得那樣長呀。」

「那是一種很實際的觀察。」白羅說。

連納博士急躁地說：「但是這很可笑，非常可笑。他和麥加多都是很知名的人物，他們已經揚名多年了。」

白羅面對他說：「你真沒有想像力，你看不出要點。假若佛瑞克沒死，那麼，這些年來他在做些什麼？他想必已經採用另外一個不同的名字，或許已經事業有成了。」

「也就是去當一個布朗克的修道士嗎？」瑞利醫生懷疑地問。

「是有些異想天開，是的，」白羅承認。「但是，不能認為不值得考慮。此外，還有其他可能。」

「那幾個年輕人嗎？」瑞利說，「如果要我發表意見，我得說，表面上看，你所懷疑的人，只有一個人推論起來合理。」

「那就是……」

「年輕的卡爾．芮德。實際上並沒有對他不利的證據，但我們如果靜下來想想，有幾個事實就不得不承認……他的年紀符合，他有一個德國名字，他是今年新來的，而且他有機會下毒手。他只要由攝影室出來，穿過院子就行了。事後，他可以趁院裡沒人時再趕回來。當他不在攝影室的時候，萬一有人走進來，他可以說，他在暗房裡。我並不是說他就是你要找的凶手，我只是認為，假若你要懷疑什麼人，和其他幾個人一比，他的可能性最大。」

白羅先生似乎並不十分接納他的意見。他嚴肅的點點頭，但表示懷疑。

「是的，」他說，「他似乎是最可能這樣做的。但是，事實也許沒那樣簡單。」然後他說：「我們不要再多說了，如果可以，我想去命案現場查看一下。」

「當然可以。」

連納博士摸索著他的衣袋，然後瞧瞧瑞利醫生。

「梅特藍上尉拿去了。」他說。

「梅特藍早就把它交給我了，」瑞利醫生說，「他必須離開這裡，去辦那個庫德人的案子。」

他把鑰匙拿出來。

連納博士猶豫地說：「假若我不……你會介意嗎？也許，護士小姐……」

「當然，當然，」白羅說，「我很了解。我不會讓你增加不必要的痛苦。護士小姐，勞駕，請你陪我去吧。」

「當然。」

17 盥洗台上的汙跡

連納太太的屍體已經送到哈沙尼去驗屍了。此外，她的房間一切原封不動。裡面的東西很少，所以警察沒費多大工夫就檢查完了。

當你走進去的時候，可以看見門的右邊就是床。正對著房門有兩個裝有鐵條的窗戶，正對農野。兩窗之間有個單色附兩個抽屜的桌子。連納太太就拿它當梳妝台用。靠東邊的牆上有一排鉤子，掛著一些衣服，都有布袋保護著，還有一個松木五斗櫃。門的左邊是個盥洗台，房子中央擺著一個相當寬大質樸的橡木桌，上面有吸墨紙、墨水瓶，和一個小公事包。連納太太那幾封匿名信就是保存在那個公事包裡。窗簾是用本地材料做的，很短的布片，上面有橘紅的條子。石板地上面鋪著羊皮地毯。三塊窄長形的白條紋褐色毯子鋪在窗戶和盥洗台前面。還有一塊比較大、質料比較好的白底褐色條紋的地毯鋪在床和寫字檯之間。

房裡沒有衣櫥、壁凹或長窗簾……事實上，沒有任何可藏身的地方。床是樸素的鐵床，上面鋪著有印花布的被單。這房裡唯一奢華的東西就是三個枕頭，都是最上等柔軟的波紋鴨絨質料。除了連納太太以外，沒人有那樣的枕頭。

瑞利醫生簡短漠然地說明連納太太的屍體在什麼地方發現……在床邊的地毯上，縮成一團。

為了要舉例說明他的話，他招招手，叫我走過去。

「你如果不介意的話，護士小姐……」他說。

我並不是神經質的人，所以，我就蹲在地上，盡量擺成連納太太屍首被發現時的姿態。

連納博士發現她的時候，把她的頭抬起來過。但我仔細地問過他。他顯然沒有改變過她的姿態。

「看起來好像非常容易了解，」白羅說，「她在床上躺著，睡著了，或者正在休息；有人開了門，她抬頭一望，起來……」

「於是他就將她打倒，」醫師將他的話說完。「那一擊會導致知覺喪失，不久就會致死。你知道……」

他用專業的字眼說明傷害的情形。

「那麼，沒流多少血了？」白羅說。

「不，血在體內滲進腦子。」

「啊！」白羅說，「那似乎是無可懷疑了……除了一件事。假若進來的是個陌生人，連納太太為什麼不立刻喊救命呢？她如果叫喊，說不定就獲救了。雷休蘭護士或許就會聽見她的喊叫聲，還有奧莫特和那個孩子也是。」

「那是很容易解答的，」瑞利醫生冷冷地說，「因為那不是一個陌生人。」

白羅點點頭。

「是的，」他思索著說，「她看見那個人的時候也許吃了一驚……但是她並不害怕。後來，他打她的時候，也許她發出一聲不完全的叫喊，只是太遲了。」

「就是詹森小姐聽到的叫聲嗎？」

「是的……假若她真的聽見了。但是，大體上說，我很懷疑。這種泥牆很厚，窗子又是關著的。」

他走到床邊。

「你離開她的時候，她確實是躺著的嗎？」他問我。

於是，我就把我做的事確確實實告訴了他。

「她是打算睡覺了呢，或是要看看書？」

「我給她兩本書，一本輕鬆的，還有一本回憶錄，她通常是看一會書，然後也許不知不覺睡著一會兒。」

「那麼，她……我該怎麼說呢，和平常一樣嗎？」

我考慮一下。

「是的，她似乎很正常，興致也很好。」我說，「只是稍微有些不穩定。但是我認為，那種現象是由於她前一天把心事告訴我的緣故。有時候那會使人不太自在。」

白羅的眼睛發出閃亮。

「啊，啊，的確，哎呀，我很了解那種心理。」

他打量房子各處的情形。

「命案發生後，你進來的時候，這裡的一切都和以前一樣嗎？」

我也四處打量一下。

「是的，我想是的。我不記得有什麼地方不同。」

「沒有找到擊斃她的那個武器嗎？」

「沒有。」

白羅瞧瞧瑞利醫生。

「你覺得怎麼樣？」

那位醫師立刻回答：「是被一種相當大、很重的東西擊斃的，沒有稜角。譬如說，一個雕像的圓座，像那樣的東西。提醒你，我並不認為就是那個東西，而是指那類的東西。那一擊用了很大的力量。」

「是一個強而有力的手臂施打的嗎？男人的手臂？」

「是的，除非……」

「除非什麼？」

瑞利醫生很慢地說：「我想，連納太太很可能曾經跪下來……若是那種情形，從上面用沉重的器具打下來，就不需要那麼大的力氣。」

「跪下來，」白羅沉思一下說，「這是一個想法，是的。」

「注意，這只是一個想法，」那位醫師趕快指出，「絕對沒有什麼證據可以顯示就是這樣。」

「不過這是可能的。」

「是的。由各種情形看來，這不是空想。當她本能地想到要喊叫時已經太晚了……她知道沒人能及時趕來救她，由於恐懼，她沒喊叫，卻跪下哀求饒命。」

「是的，」白羅思索著說，「這是一個想法。」

我暗想道，這是一個理由毫不充分的想法。我絕對無法想像連納太太會對任何人下跪。

白羅慢慢走到房間各處看看，他開開窗戶，試試那些鐵條，將頭鑽出去，確定了肩膀不可能跟著頭一同鑽出鐵欄杆。

「你發現她的屍體時，窗戶緊閉，」他說，「當你在十二點四十五分離開她的時候，是不是也關著？」

「是的，在下午都是關著。這些窗戶不像客廳和飯廳，外面沒釘鐵紗窗。窗戶關著可以防止蒼蠅飛進來。」

「而且，無論如何，誰也無法由那裡鑽進來，」白羅沉思著說，「這些牆壁是用最結實的材料——泥磚——建造的，而且沒有活門，沒有天窗。要走進這個房間只有一個辦法，由房門進來。進入房門也只有一個辦法，經過院子。而且這院子只有一個入口，那就是拱門，在拱門外面有五個人，他們的說法都一樣。啊，我想他們沒有撒謊。對，他們沒有撒謊，他們不是因受賄而三緘其口。那個凶手當時就在這裡。」

我沒說什麼。我們先前圍桌而坐的時候，我不是也有同樣的感覺嗎？

白羅在房間四處搜查。他由五斗櫃上拿起一張相片，上面是個留著白山羊鬍鬚的老人。他好奇地望望我。

「那是連納太太的父親。」我說，「是她告訴我的。」

他把相片放下，然後瞧瞧梳妝台上的東西，都是些簡樸的龜甲製品，簡單，但是完好。他瞧瞧書架上的書，大聲唸出書名。

「《希臘人概論》、《相對論入門》、《斯坦侯普夫人傳》、《克魯號》、《返回麥修撒拉》、《林達．康頓傳》。是的，由這些書籍我們可以看出，你們這位連納太太不是一個傻瓜。她很有頭腦。」

「啊，她是一個相當聰明的人，」我熱切地說，「讀過很多書，樣樣精通。她絕非平庸之輩。」

他瞧瞧我，笑了笑。

「對，」他說，「這點我已經了解了。」

他過去繼續查看，走到盥洗台前面站了一會兒，只見上面擺著許多瓶子和面霜。

然後，突然之間，他跪下來，檢查那塊地毯。

我和瑞利醫生馬上過去和他一起檢查。他在查看一塊深褐色的小小汙點，在地毯的褐色部分幾乎是看不見。事實上，那塊汙痕是因為蔓延到一個白條紋上才被看見。

「你覺得怎麼樣，醫生？」他說，「這是血跡嗎？」

瑞利醫生跪下來看。

「也許是，」他說，「你若想讓我確定一下，我可以檢查。」

「那麼，勞駕。」

白羅先生又查看那個水瓶和洗臉盆。那水瓶擺在盥洗台的一邊，洗臉盆是空的，但是盥洗台旁邊有個舊煤油桶，是盛髒水用的。

他轉身對我說：「你記得嗎，護士小姐，你在十二點四十五分離開連納太太的時候，這水瓶是在洗臉盆外面，或是在裡面？」

「我不能肯定，」過了一兩分鐘，我說：「我倒覺得是擺在洗臉盆裡面。」

「啊？」

「不過，你要知道，」我連忙說，「這只是猜測，因為通常都是那樣。僕人午餐後都是把它像那樣放著。我只是覺得，如果不在臉盆裡，我會注意到。」

他很欣賞地點點頭。

「是的，我了解這一點。這是由於你受過醫院的訓練。如果病房裡的東西沒在原來的地方，你就會把它擺對，而且不會意識到自己這樣做。那麼命案之後呢？是不是和現在的情形一樣？」

我搖搖頭。

「當時我沒注意，」我說，「我當時亟欲知道的，只是這裡是否有可以隱藏的地方，或者凶手是否遺留下什麼東西。」

「這是血跡，沒錯。」瑞利醫生爬起來說，「這個很重要嗎？」

白羅困惑地直皺眉頭，很急躁地將兩手一甩。

「我不知道，我怎麼會知道？這也許毫不重要。要我推測，我可以說是那個凶手碰到她，手上沾了血……很少的血，但仍然是血，所以他就過來洗手。是的，情形可能是像這樣。但是我不能驟下結論說一定是如此。那塊血跡也許一點都不重要。」

「只有很少量的血，」瑞利醫生猶豫地說，「若是噴出來的血，不會像這樣。也許是由傷口滲出的血。當然啦，假若他用手摸摸看有沒有血……」

我打了一個寒顫，彷彿看到一個可憎的畫面：我看到一個人……也許就是那個豬臉的、負責攝影的青年，把那個可愛的女人打倒，然後彎下身，用手指摸摸看傷口是否有血，專心的凝視著，樣子很可怕，他變了臉，露出凶狠、瘋狂的樣子。

瑞利醫生注意到我在打寒顫。

「怎麼啦，護士小姐？」他說。

「沒什麼，只是渾身起雞皮疙瘩，」我說，「一隻雞由我的墓上走過。」

白羅先生轉回頭瞧瞧我。

「我知道你需要什麼，」他說，「待會等我把這裡檢查完，我和瑞利醫生要到哈沙尼去，我們帶你一起去。你會請護士小姐喝頓茶，對吧，醫生？」

「榮幸之至。」

「不，不，醫生。」我抗議道，「絕對不可以。」

白羅先生友善的在我肩上輕輕一拍，這一拍是英國式的，不是外國式的。

「護士小姐，你就照我的意思做吧。」他說，「而且這樣算是幫我的忙。我還有很多事情想討論，但是不能在這裡，因為這裡大家都要保持客氣。連納博士，他崇拜他的太太，他相信……啊，非常相信，別人也和他一樣。但是依我看來，那是不合人情的！對了，我們要……該怎麼說呢？毫不寬容地討論連納太太的所有一切。那麼就這樣說定了，等我們這裡的事辦完，我們就帶你一起去哈沙尼。」

「我想，」我猶豫地說，「我也該離開這裡了。再留在這裡很尷尬。」

「在一兩天之內最好不要，」瑞利醫生說，「在葬禮以前，你總不好走吧。」

「你倒說得輕鬆，」我說，「假若我也讓人害死了呢，醫生？」

我那樣說，是半開玩笑的，我想瑞利醫生應該了解，或許也會用同樣的方式回答。

但是，我感到很驚奇，白羅先生忽然一動不動地站在室中央，兩手抱著頭。

「啊，不知道那是否可能，」他喃喃地說，「這很危險，非常危險。那麼我們能怎麼辦呢？我們要如何防備呢？」

「怎麼了，白羅先生，」我說，「我不過是說笑罷了！我倒想知道誰要害死我呢！」

「呀，或者害死另外一個人。」他說。

我一點也不喜歡他那種說法，太令人毛骨悚然。

「可是為什麼呢？」我追問。

他非常直接地望著我。

「小姐，我常說笑話，」他說，「我自己也很愛笑。但是，有些事是開不得玩笑的。由於我的職業，我學會一些事情。其中最可怕的就是：謀殺會成為一種習慣……」

18 瑞利醫生請喝茶

白羅離開之前，在考古團的營地和四周繞了一圈。他也經由間接的方式向僕人們問了幾句話……那就是說，瑞利醫生把他們的問答由英語譯成阿拉伯語，再由阿拉伯語譯成英語。這些問題主要是，那個被我和連納太太看到向窗內窺探、以及第二天賴維尼神父和他交談的陌生人，是長什麼樣子。

「你真的認為那個人與那件事有關嗎？」當我們的車子在駛往哈沙尼的路上一跳一跳的開過去時，瑞利醫生問。

「我需要一切的資料。」這就是白羅的回答。

這就可以充分說明他的方法。後來我發現，事情無分巨細，即使雞毛蒜皮的閒話，他都感到興趣。男人通常不會這樣愛聽閒話。

我們到達瑞利醫生家的時候，我得承認，我很高興，我喝到很棒的茶。我注意到，白羅在他的茶裡放了五塊方糖。

他用小茶匙很仔細地攪和他的茶，同時說：「現在我們可以想談什麼就談什麼了，對吧？我們可以決定誰可能是凶手。」

「賴維尼、麥加多或是芮德？」瑞利醫生問。

「不，不，那是第三種看法。現在我想專談第二種看法。多年不見的前夫突然神祕地現身，還有小叔子那個問題，全部擱在一邊。現在我們很簡單的討論一下，考古團裡哪個人有辦法也有機會害死連納太太，誰可能這樣做。」

「我還以為你不重視這個看法呢。」

「才不是呢。我生來就具有同情心。」白羅表示責備地說，「我能當著連納博士的面，討論某團員謀害他妻子的動機是什麼嗎？如果那樣，就不夠體諒了。我不得不支持他的想像，說他的太太值得敬重，而且每個人都敬重她。

「然而，事實根本不是這樣。現在我們可以毫不留情、非常客觀地說出我們心中所想的事。我們不必再顧及別人的感受。這就是雷休蘭護士可以協助我們的地方。我相信，她是個很有洞察力的人。」

「啊，這個我就不知道能不能幫忙了。」

瑞利醫生遞給我一盤熱的烤麥餅。

「給你提提神，」他說，「這些麥餅很好吃。」

「現在，說吧，」白羅先生以親切的閒聊方式說，「護士小姐，你要告訴我，每個團員對連納太太確實的感覺如何。」

「白羅先生，我到這裡才一個星期呀！」我說。

「像你這樣聰明的人，一個星期足夠了。護士可以很快地判斷出實際情況。她一旦有所判斷，就會堅持己見。說吧，我們開始吧。譬如說，賴維尼神父？」

「啊，這個，我實在不知道。他和連納太太似乎很喜歡一塊談話。但是他們通常用法語交談。我自己的法語不怎麼好，不過，我小時候在學校學了一點。我想他們的談話主要是關於書籍方面。」

「他們，可以說，相處很友善吧，是嗎？」

「啊，是的。可以這麼說。但是，我仍然認為賴維尼神父覺得她這個人難以了解。這個……由於她難以了解，他甚至感到煩惱。不知道你是否知道我的意思。」

於是，我便告訴他，我到那裡的第一天在挖掘場和他談話時，他把連納太太稱為一個「危險的女人」。

「這很有趣，」白羅說，「那麼，她……你以為她對他如何想法？」

「那也有些難說。我們很難知道連納太太對別人的看法。有時候，我想，她也認為他難以了解。我記得她曾經對賴維尼神父說，他不像她認識的任何一個神父。」

「給賴維尼神父訂購一段大麻繩[10]。」瑞利醫生開玩笑地說。

「我的好朋友，」白羅說，「你不是有病人要照顧嗎？我不想留你，害你耽誤工作。」

「我有一醫院的病人呢。」瑞利醫生說。

於是他站起身，雖然白羅的話說得很含混，但是他明白他的意思，大家還是心照不宣吧。然後，他就哈哈大笑地離開了。

「這樣比較好，」白羅說，「現在我們要舉行一個有趣的兩人密談。但是，你不要忘記吃茶點呀。」

他遞給我一盤三明治，並且建議我再喝一杯茶。他實在是很親切、很殷勤。

「現在，」他說，「我們繼續談你的印象吧。照你想來，那裡有誰不喜歡連納太太？」

「不過，」我說，「這只是我的意見，你可不能說是我說的。」

「當然不會。」

「我覺得麥加多那個小女人相當恨她！」

「啊，那麥加多先生呢？」

「他對她有點愛慕之情，」我說，「我想，除了他的妻子之外，女人都不會注意他。但是連納太太對人很親切，她對一般人和他們所說的話都表現得很感興趣。我想，這個可憐人

10 絞刑繩就是用大麻纖維編的，此處即指絞刑繩。

就把這件事放在心上了。」

「那麼，麥加多太太……她不高興嗎？」

「她很嫉妒，這很明顯。真的，當你的身邊有一對夫婦的時候，你就得非常當心。這是真的。我可以告訴你一些令人驚奇的事。你想像不到，女人若遇到與丈夫有關的問題，她們會如何想入非非。」

「我毫不懷疑你所說的道理。所以，麥加多太太吃醋了？她恨連納太太？」

「我見過她瞧她的那副神情，彷彿要殺死她……啊，天哪！」我急忙止住。「真是的，白羅先生，我並不是說……我的意思是，我絕對不是……」

「是，是，我很了解。你那句話是無意中說出來的，只是很順口就說了。那麼，連納太太呢？她對麥加多太太的心懷敵意很感擔憂嗎？」

「這個……」我考慮一下說，「我想她一點也不擔憂。其實，我甚至不知道她是否注意到麥加多太太對她懷恨在心。我曾想暗示她……但沒那樣做。言多必失，這是我的想法。」

「毫無疑問，你很聰明。你能給我舉些例子，說明麥加多太太怎樣表示她的妒意嗎？」

我就把我們在屋頂上的談話告訴他。

「那麼，她提到了連納太太的第一次婚姻，」白羅思索著說，「你記得，當她提到那回事的時候，她望著你的神情，是不是彷彿不知道你聽過不同的說法？」

「你認為她也許知道實情嗎？」

「這只是一種可能。她也許寫了那些信，並且裝神弄鬼地伸出一隻手在窗上輕敲，還有其他那些事。」

「我自己也懷疑過。那種卑鄙的報復行為，滿像是她會做的事。」

「是的，我認為，那是一種殘酷的癖性。但那不是一個冷酷無情的凶手具有的氣質。除非……」他停頓一下，然後說：「很奇怪，她對你說了那句奇怪的話：『我知道你為什麼會在這裡。』她說這話是什麼意思？」

「我想不出來。」我坦白說。

「她以為你到那裡除了那個公開的目的之外，另有祕而不宣的目的。為什麼呢？而且，她怎麼會對這件事如此關心呢？你告訴我，你到達的第一天在吃下午茶時，她始終用那種態度盯著你。這也很奇怪。」

「不過，她本就不是一個有教養的女人哪，白羅先生。」我一本正經地說。

「護士小姐，那是一個藉口，但不是一個充分的解釋。」

我一時不十分確定他是什麼意思。但是，他很快就繼續說下去。

「那麼，其他團員呢？」

我考慮一下。

「我認為詹森小姐也不喜歡連納太太。但是她很坦率、很光明磊落。她承認她是有偏見的。你知道，她對連納博士忠心耿耿，追隨他好幾年了。不過當然啦，一結婚，情形就不同了，這是不可否認的。」

「是的，」白羅說，「而且按照詹森小姐的想法，連納夫婦的婚姻並不適合，假若連納博士和她結婚會更圓滿。」

「沒錯，」我同意說，「但那是男人的特性。一百個男人當中，沒一個會考慮到適合與否的問題。所以我們實在不能怪連納博士。詹森小姐呢，可憐，她的長相沒什麼可看性。而連納太太真的很美麗──當然，並不年輕了──但是，我想你要是認識她就能了解。她有一種力量。我記得克爾曼先生說她像一個不知名的妖女，專把人誘到沼澤。那並不是一個很好的說法……啊，我想你會笑我，不過，她的確有一種力量，是超自然的。」

「她有一種魔力，是的，我了解。」白羅說。

「我認為她和蓋瑞先生相處得也不好，」我繼續說，「我有一個想法，他像詹森小姐一樣的嫉妒。他對她老是板著面孔，她對他也是如此。你要知道，她在餐桌上遞東西給他的時候，相當客氣的稱他蓋瑞先生。當然啦，他是她丈夫的老朋友。有些女人對丈夫的朋友無法忍受，但她們不想讓人知道她受不了他們……這是說明這種情形的一個笨法子。」

「我很了解。那麼，那三個年輕人呢？你說，克爾曼對她有種羅曼蒂克的想法。」

「說來好笑，白羅先生，」我說，「他是那麼一個乏味的年輕人。」

「其他那兩個呢？」

「關於奧莫特先生，我不十分明白。他總是那麼沉靜，從來不多話。你知道，她對他始終很好、很友善，叫他大衛，而且常常談到瑞利小姐和類似的事來取笑他。」

「啊，真的？那麼，他喜歡那樣嗎？」

「我不大知道。」我猶豫地說，「他只是瞧著她，有點覺得好笑。你不知道他會怎麼想。」

「芮德先生呢？」

「她對他不是很客氣，」我慢慢地說，「我想她對他很不耐煩。她常常對他說一些諷刺的話。」

「他在乎嗎？」

「他常常臉紅，可憐。當然，她並不是有意對他不客氣。」

於是，突如其來的，我有些替他難過，忽然覺得他很可能是一個冷酷的凶手，而且這件事他從頭到尾仔細規畫過。

「啊，白羅先生，」我叫道，「你想究竟是發生了什麼事？」

他慢慢地、心事重重地搖搖頭。

「告訴我，」他說，「你今晚回到那裡去不害怕嗎？」

「啊，不會的，」我說，「當然啦，我記得你說過的話，但是，誰會要謀害我呢？」

「我想不會有人要害你，」他慢慢地說，「我之所以急著聽聽你的所知所聞，一部分原因就在此。不會的，我想……我相信你很安全。」

點。

「當初如果在巴格達有人告訴我……」我剛開始說，便又停下來。

「你到此地來之前，曾聽到有關連納夫婦和考古團的閒話嗎？」他問。

我告訴他，有人和我談到連納太太的綽號。而關於寇西太太提到的事，我只告訴他一點點。

正在談話時，門打開了，瑞利小姐走進來。她剛才在打網球，手裡還拿著球拍。

我想白羅先生到哈沙尼的時候已經見過她。

她像平常一樣隨隨便便對我說聲「你好」，然後就拿起一個三明治。

「啊，白羅先生，」她說，「對我們這件神祕命案，你的調查工作進行得怎麼樣了？」

「進展不很快，小姐。」

「原來你已經把護士小姐由亂糟糟的現場救出來了。」

「雷休蘭護士給我一些各團員的寶貴資料。順便我也知道了許多……關於死者的事。小姐，死者往往就是神祕命案的線索。」

瑞利小姐說：「你倒相當聰明啊，白羅先生。如果說一個女人本就該死，那連納太太就是那個女人！這是千真萬確的。」

「瑞利小姐！」我非常反感地叫了出來。

她笑了，那是短短的、含有惡意的笑聲。

「啊，」她說，「我認為你聽到的並不是實情。雷休蘭護士恐怕是像其他人一樣受騙了，白羅先生，你知道嗎，我倒希望你這個案子不會像你平常偵破的案子那樣成功。我反而希望謀害連納太太的凶手能夠逍遙法外。其實，如果要我本人將她除掉，我也不十分反對。」

對這個女孩子，我簡直厭惡極了。白羅先生呢，我不得不說，他鎮定得連一根汗毛都沒動。他只是對她一鞠躬，很和悅地說：「那麼，我希望你能提出昨天下午的不在場證明。」

接著是片刻的沉默，同時，瑞利小姐的球拍啪嗒一聲掉到地下。她不耐煩地撿起來。就是這種女孩，又馬虎，又懶散。她有些上氣不接下氣地說：「有的，我在俱樂部打網球。但是，認真說起來，白羅先生，我不知道你是否了解連納太太的任何情形。不知道你是否了解她是一個什麼樣的女人。」

他又很好笑地對她一鞠躬說：「小姐，請你告訴我吧。」

她猶豫一下，然後才說話。她說話時那種缺乏禮貌的無情態度，實在令我非常厭惡。

「我們有個傳統，談到死者，口不出惡言。我想，這是一種愚蠢的習慣。事實永遠是事實。一般而言，關於活人的事，才應該三緘其口。因為你可能傷害到他。死的人你就傷害不了。但是，他們對別人的傷害，有時候在死後還不能讓人遺忘。我這樣引用莎士比亞的名句[11]不十分正確，但是也差不多了！護士小姐有沒有告訴你，在雅瑞米亞遺址那種奇怪的氣

11 此處引用莎士比亞名劇《凱撒大帝》（*Julius Caesar*）中安東尼的話：「人之為惡，在死後不能讓人遺忘。」

氛？她有沒有告訴你他們多麼緊張？還有彼此像仇人似的怒目而視？那都是露易絲・連納的傑作。三年前我在那裡，那時候我還是個小孩子。當時要多快樂就多快樂，要多高興就多高興。即使是去年，他們也很好。但是今年，他們當中多了一個狐狸精……這都是她害的。她是那種不能讓別人快樂的女人！世上就有那樣的女人，她就是其中之一，她喜歡把事情搞砸，只是為了好玩……或者出自一種權威感，或者是因為她生來就是如此。她那種女人就是非得把每個抓到的男人都牢牢掌握住不可！」

「瑞利小姐，」我叫道，「我認為你說得不正確。事實上，我知道那是不正確的。」

她一點也不理會地繼續說下去。

「她覺得只有丈夫崇拜她還不夠，她還要愚弄那個長腿、走起路來一路蹣跚的傻瓜麥加多。然後她又找上比爾。比爾是個聰明的傢伙，但她把他弄得意亂情迷。卡爾・芮德呢，她只是折磨著好玩罷了。這很容易，他是一個很敏感的人。她還在大衛身上大試身手。

「大衛是她更理想的戲弄對象，因為他奮勇抵擋。他感覺到她的魔力……不過他不想讓她迷住。我想他有足夠的判斷力，他知道她不把他放在眼裡。這就是我討厭她的原因。她並不是追求肉欲享受；她並不需要和男人發生愛情關係。在這方面，她認為這只是一種冷酷無情的試驗，只是一種把男人刺激起來互相殘殺的遊戲。她在這方面也要小試身手。她是那種一輩子不會和人吵架的女人……但是，只要有她的地方，就要天下大亂！她會想法子使人爭吵。她是女性伊阿古[12]，總是要尋找刺激。但是她不想讓自己捲入漩渦。她總是置身局外觀望，引以為樂。啊，你能完全了解我的意思嗎？」

「小姐，我了解的也許比你知道的還多。」白羅說。

我聽不出他聲調中的含義。他的話聽起來不像是生氣……啊，我實在解釋不出。

雪拉．瑞利似乎了解他的意思，因為她滿臉通紅。

「你愛怎麼想就怎麼想吧，」她說，「但我說的話是對的。她是一個聰明的女人，覺得無聊時，就想拿別人做試驗，好像別人用化學藥品做試驗一樣。她故意刺激詹森，看她吃苦頭，看她勉強控制自己，把她當成最佳的戲弄對象。她喜歡逗得麥加多火冒三丈。她喜歡揭我的瘡疤……她也真能辦到，每次都成功。她喜歡探聽別人的祕密，然後恐嚇人家，啊，我並不是說以粗魯的手段勒索，我的意思只是，暗示別人她知道那個祕密，害得人家不敢確定她究竟打算怎麼辦。不過，哎呀，那女人是個藝術家，她用的方法一點兒也不粗魯！」

「那麼，她的丈夫呢？」白羅問。

「她從來不想傷害他，」瑞利小姐慢慢地說，「她對他非常體貼。我想她是喜歡他的，他是個很可愛的人，老是埋首在自己的小天地，孜孜不倦地從事發掘，研究他的學理。他崇拜她，以為她是個十全十美的女人。有的女人會不耐煩別人崇拜她，但是她不會。在某種意

12 伊阿古（Iago），莎士比亞名劇《奧賽羅》（*Othello*）中一個陰險狡猾的人物。

義上說，他是生活在一個愚人樂園裡……但是，對他而言那不是一個愚人樂園，因為他以為她就是他所想的那樣。不過，這又和另外一件事……」

她的話突然停住。

「繼續說下去呀，小姐。」白羅說。

她突然轉過身來對我說：「關於李察・蓋瑞，你說了些什麼？」

「關於蓋瑞先生嗎？」我吃驚地問。

「關於她和蓋瑞？」

「哦，」我說，「我曾經提到，他們相處得不很融洽……」

出乎意料之外，她突然哈哈大笑。

「相處不很融洽！他已經完全拜倒在她的石榴裙下了。而且這使他心力交瘁……因為他也崇拜連納。他和他的交情已經有好幾年了。當然，這樣一來她就很滿意了。她把介入他們的友誼當成一件重要大事。不過，我仍然認為……」

「啊？」

她皺著眉頭，陷入深思。

「我想這次她已經陷得太深了。我想她這次不但是害了人，也害到自己！蓋瑞是很英俊的，簡直是太英俊了。她是個冷酷的魔鬼，但是，我相信在他面前，她的冷酷可能已經化為烏有了。」

「我想你所說的話完全是惡意中傷，」我叫道，「他們彼此幾乎是不講話！」

「啊，是嗎？」她對我施以攻擊。「你知道得真多呀。他們在營地裡是以『蓋瑞先生』和『連納太太』相稱，但他們常常在外面約會。她常常順著那條小路走到河邊，而他則老是離開挖掘場一小時。他們常常在果樹林裡相會。

「有一次我看見他剛剛和她分手，邁著大步回到挖掘場。她則站在那裡由後面望著他走去。我不是個端莊的淑女。我身邊帶著望遠鏡，便掏出來，把她的面孔看得清清楚楚。你要問我看到什麼，我可以告訴你，我相信她非常喜歡李察・蓋瑞。」

她的話突然中斷，望著白羅。

「請原諒我干擾你的辦案。」她突然咧著嘴苦笑一下。「但是我認為，你或許需要深入了解本地的情形。」

然後，她就邁著整齊的步伐走出房間。

「白羅先生，」我叫道，「她說的話我一句也不信！」

他瞧瞧我，然後笑笑說（我想他的話很怪）：「護士小姐，你不能否認，瑞利小姐給了我們一點……啟示。」

19 新的嫌疑人選

後來我們沒再談什麼，因為瑞利醫生進來了。他開玩笑地說，他把他大部分的病人都消滅了。

他和白羅坐下來討論一個涉及醫學的問題。他們討論一個寫匿名信的人的心理狀況，那位醫師舉出他行醫以來所遇到的病例，白羅也告訴他自己經驗中遭遇到的各種例子。

「這種情形不像表面看來那麼簡單。」他結束了他們的討論。「他們有一種想要獲得權勢的欲望和一種強烈的自卑感。」

瑞利醫生點點頭。

「所以，你往往會發現寫匿名信的人常是那種最不可疑的人，一個沉靜、膽小如鼠、絲毫無害的人物，外表上看來非常溫順，充分表露出基督徒的謙恭，但是骨子裡卻燃燒著可怕的憤怒火焰。」

白羅思索著說：「你認為連納太太可能有自卑感嗎？」

瑞利醫生咯咯地笑，一面把菸斗裡的菸草挖掉。

「她是世界上最後一個讓我那樣形容的女人。她沒有一點情感受到壓抑的現象。活力，活力，再來一點活力，那就是她所要的，而且她也具備了！」

「你覺得以心理學的觀點來說，她可能寫那些匿名信嗎？」

「是的，我覺得可能。但假如她這樣做，那完全是出於想使自己戲劇化的本能。連納太太在私生活中有一點像電影明星！她一定要成為中心人物，一定要在聚光燈的照射之下。由於受到互補性格的支配，她終於和連納博士結婚……在我認識的人當中，連納博士大概是最羞怯、最謙和的人。他崇拜她……但是爐畔丈夫對她的崇拜不足以滿足她，她也要當那個受迫害的女主角。」

「其實，」白羅笑笑說，「你不相信他那種說法，說她寫過那些信後，都不記得了。」

「是的，我不相信。我沒有當他的面表示不相信。你總不好意思對一個剛剛喪失愛妻的人說，他妻子是個不怕害羞、愛出鋒頭的人，也不好意思對他說，她為了滿足自己愛好刺激的心理，害他幾乎發狂。事實上，對一個男人說出他妻子的實際情況是很冒險的。真奇怪，我會信任大多數的女人，放心地對她們談論她們的丈夫。你要是對她們說，她們的丈夫是個流氓、是個騙子、是個吸毒者、是個撒謊成癖的人，或是個下流胚子，她們會毫不眨眼地接受這個事實，而且對那混帳東西的感情也不會受到損害。女人是了不起的現實主義者。」

「瑞利醫生，坦白說，你對連納太太真實的看法究竟如何？」

瑞利醫生靠在椅背上，慢慢抽菸斗。

「坦白說……這很難說！我和她還不夠熟稔。她有種魔力，巨大的魔力。她有頭腦、有同情心……還有什麼？她沒有普通人那些討厭的缺點。她不淫蕩、不懶惰，甚至不特別虛榮。我一直覺得（但是我提不出證明）她是一個大撒謊家。我不知道的（也是我想知道的）就是：她究竟是對自己撒謊，或者只是對別人。我本人對撒謊的人有偏愛。一個不撒謊的女人是個沒想像力、沒同情心的女人，我以為她並不是一個愛追逐男人的女人，她只是喜歡『用我的弓箭射中男人』那種遊戲，假若你們讓我的女兒談談這個問題……」

「我們已經有這種榮幸了。」白羅微微一笑說。

「唔，」瑞利醫生說，「她沒有浪費很多時間。我想，她一定盡全力中傷她。年輕的這一代對死去的人毫無感情。現在的年輕人全都自命不凡，實在很令人惋惜。他們瞧不起老的道德觀念，遂立下自己那一套更嚴厲的法規。假若連納太太有半打戀愛事件，雪拉也許就認同她，說她『生活過得很豐富』，或者說她『順從她固有的天性』。她不明白的是，連納太太的所作所為完全符合某種型態……她那種型態。貓和老鼠捉迷藏的時候就是順從她自己固有的天性。她生來就是這樣，男人不是小孩子，他們不需要保護，他們一定得會會貓一樣狡猾的女人，會會像忠實小狗般至死聽候差遣、愛慕他們的女人，也得碰碰喜歡駕馭丈夫、終日嘰嘰喳喳、囉嗦得像小鳥似的女人，還有其他形形色色的女人！人生是個戰場，不是一頓野餐！我倒希望雪拉乖乖擺脫她的驕傲脾氣，承認她全然是由於個人緣故而怨恨連納太太。雪拉大約是這地方唯一的年輕女孩，所以她自然想擺布這裡的年輕小夥子。有個女人來到，在她自己的勢力範圍內把她打垮，她自然生氣了。因為在她看來，那女人已經徐娘半老，而且已經有過兩個丈夫。雪拉是個好孩子，健康而且相當漂亮，當然對異性很有吸引力。但是，連納太太在那方面是個不同凡響的人物。她就是具備那種足以顛倒眾生的魔力，她是一種『無情的妖女』。」

我不禁驚得一跳，他這樣說，真是和我不謀而合。

「你的女兒——我並不是輕率而言——也許喜歡那裡的某個年輕人吧？」

「啊，我想不會。她已經有奧莫特和克爾曼對她曲意奉承了。我不知道她比較喜歡他們哪一個，還有兩個空軍小夥子。我想目前她一視同仁。是的，我想她生氣的原因是，年紀大的人竟然擊敗年輕人。一個人必須到了我這個年紀，才會真正欣賞一個年輕女學生的面孔、亮亮的眼睛，以及結實的少女胴體。但是一個三十多歲的女人會在年輕男人談話時聽得出神，偶爾插進三言兩語，表示她認為說話的人是個多優秀的青年……這樣的魔力幾乎沒有一個小夥子能夠抗拒。雪拉是個好看的女孩……但連納太太很美，晶瑩的眼睛，金髮碧眼。是的，她是一個大美人。」

是的，我暗想，他說得對。美是一種了不起的特質。她的確是美麗的，她的美並不是那種令人嫉妒的美，你如果看到這樣美的女人，你只會靠在椅子上，暗暗讚賞。我初次見到連納太太的時候，我就感覺到，我願意為她做任何事！

那天晚上，我讓他們開車送我回到雅瑞米亞的時候（瑞利醫生要我留下來，提早共進晚餐），我突然想到一兩件事，覺得很不安。雪拉．瑞利向我們傾訴的話，我當時完全不信，我把那些話當作怨恨和惡毒的發洩。

但是現在我忽然想到那天下午連納太太堅持要單獨去散步的情形。我要陪她去，她無論如何都不肯。現在我不禁這樣想：不知道她是否常去和蓋瑞先生幽會。當然，她平常和他交談時總是那樣拘禮，那實在是有些奇怪，因為對其他人，她大都直接以名字呼之。

我記得他似乎從不瞧她一眼，也許是因為他不喜歡她，或者情形正好相反。

我的身子稍稍擺動一下。我覺得我完全是在這裡憑空想像，胡思亂想，而這都是由於聽到一個女孩子的怨恨發洩而引起的。這只是顯示，說那樣的話是一件多麼殘酷、多麼危險的事！

連納太太根本不是那樣。

當然，她並不喜歡雪拉．瑞利。那天午餐，她和奧莫特先生談到她的時候，幾乎是含著怨恨的。

奇怪的是他當時瞧著她的那副神情。他那樣望著她，你卻不知道他在想些什麼。你從來不會知道奧莫特先生在想些什麼。他是那樣沉默，但是很和善，他是一個和善、可靠的人。

現在我又想起克爾曼先生，他實在是世上僅見的蠢小子。

我正默想到此，便抵達營地了。剛剛九點，大門已經關閉並且上閂了。

愛布拉希姆拿著大鑰匙跑過來開門讓我進去。

在雅瑞米亞發掘場工作的人都很早就寢，客廳已經沒有燈光。繪圖室還亮著，連納博士的辦公室也是，但是幾乎所有其他的窗戶都是暗的，大家想必都比平時更早就寢。

我經過繪圖室回到我的房間時，向裡頭望望，蓋瑞先生正捲起袖子繪製著他那張大的平面圖。

看他那個樣子，像是生了大病。看他這麼勉強支撐、疲憊不堪的樣子，我覺得很難過。我不知道蓋瑞先生有什麼地方不對勁……不是由於他說的話，因為他幾乎不說什麼，連最普通的話都不大說；也不是由於他做的事，因為，那也看不出多少端倪……但你總是禁不住要注意他，他處處顯得比別人都重要。他這個人很有分量……不知道你是否明白我的意思。

他轉過頭來看到我，把嘴裡的菸斗拿掉說：「啊，護士小姐，由哈沙尼回來嗎？」

「是的，蓋瑞先生。你還沒睡，這麼晚了還在工作，別人似乎都睡了。」

「我想繼續做點事也好，」他說，「我的工作有點落後了。明天我得整天在挖掘場，我們又開始挖掘了。」

「已經開始了？」我問，吃了一驚。

他有些奇怪地望望我。

「我想，這樣最好。這是我向連納建議的，他明天大部分時間要在哈沙尼料理一切，但是我們這裡其餘的人都要繼續工作，你知道，像這種情形，大家光坐在那裡你望著我我望著你，也不很好受。」

當然，他這話說得對，尤其是人人都那麼緊張、那麼焦慮。

「啊，當然，你說得對，」我說，「假若有點事做，就可以分分心，不去多想。」

我知道葬禮是在後天。

他又伏案繪圖。不知道為什麼，我很替他難過。我相信他今天晚上一定睡不著。

「不知道你需不需要一些安眠藥，蓋瑞先生？」我猶豫地說。

他笑笑，搖搖頭。

「護士小姐，我撐得下去，護士小姐。吃安眠藥是壞習慣。」

「那麼，晚安，蓋瑞先生，」我說，「假若有什麼地方要我幫忙……」

「我想沒有，謝謝你，護士小姐，晚安。」

「我感到非常難過。」我說。

我想，我有點太衝動了。

「難過？」他露出吃驚的樣子。

「為……為每個人難過，這實在太可怕了，尤其是為你難過。」

「為我？為什麼尤其為我難過？」

「這個……你們兩個人是這樣好的老朋友。」

「我是連納的老朋友，但並不是她的好朋友。」

他彷彿真的很討厭她，我真希望瑞利小姐能聽到他說的話！

「那麼，晚安。」我說完便匆匆回房。

我在寬衣上床之前無事忙地東摸摸西弄弄，洗了一些手帕和一雙可以洗的皮手套，又寫了日記。然後，當我真的準備上床之前，再向門外瞧瞧，繪圖室的燈仍亮著，南邊房子的燈也亮著。

我想連納博士尚未入睡，還在辦公室工作。我考慮著是否該過去向他說聲晚安。對於這件事，我猶豫不決。因為我不想顯得過分殷勤。他可能很忙，不想受到干擾。雖然如此，到末了，一種不安的心情驅使著我走過去。這樣做畢竟無傷，我只要說聲晚安，問他是否要我幫忙，然後走開就好。

但是連納博士不在那裡，那個辦公室的本身是開著燈的，裡面除了詹森小姐之外，什麼人也沒有。她伏在桌上哭，彷彿已經肝腸寸斷。

那情形使我大吃一驚，她本來是那樣鎮定、那樣能控制自己的人，看到她這個樣子，真覺得可憐。

「究竟是怎麼啦，親愛的？」我叫道。我摟著她又拍拍她。「好了，好了。這樣無濟於事，千萬不要獨自坐在這裡哭。」

她沒回答，我感覺得出她痛苦萬分，抽噎得渾身發抖。

「別哭，親愛的，別哭，」我說，「忍一忍，我去給你泡杯熱茶。」

她抬起頭來說：「不，不必，沒有關係，護士小姐，我這樣真是太丟臉了。」

「親愛的，你有什麼煩惱？」我問。

她沒有馬上回答，後來她說：「這一切太駭人了。」

「現在不要想它，」我對她說，「木已成舟，無可挽救，煩惱是沒用的。」

她坐直些，然後開始輕拍自己的頭髮。

「我是在騙自己，」她用她那沙啞的聲音說，「我一直在打掃這個辦公室，順便整理一下，我想最好做點事情。後來，我突然想到……非常難過……」

「是的，是的，」我急忙說，「你現在所需要的是一杯熱茶和一個暖水壺，然後躺到床上休息。」

結果，她照我的意思做了，因為她怎樣抗議我都不理。

「謝謝你，護士小姐，」我送她上床後，她啜著熱茶，暖水壺也有了，這時候她說，「你實在是一個親切又聰明的人，我並不常這麼失態。」

「啊，在這種時期，任何人都可能這樣，」我說，「一件事令人煩惱，又加上另一件。緊張、驚駭，這裡有警察，那裡有警察，到處都有警察！啊，我自己也覺得神經緊繃。」

她有些奇怪地慢慢說：「你剛才說的話很有道理。木已成舟，無可挽救。」她沉默片刻，然後……我覺得很怪……她又說：「她並不是個好女人。」

但我沒爭論這一點，詹森小姐和連納太太合不來在我看來是很自然的事。

我想，不知道詹森小姐是不是暗地高興連納太太已經死了？還有，她是否會因為這樣想而感到難為情？

我說：「你現在去睡覺，不要擔心什麼。」

我撿起一點東西，把她的房間收拾整齊，像是搭在椅背上的襪子呀、掛在衣架上的套裝。地板上有一團揉皺的紙，想必是由衣袋裡掉出來的。

我把那張紙弄平，想看看是否該扔掉，她突然嚇我一大跳。

「把那個拿給我！」

我給她了，只是有些吃驚。她叫的聲音簡直是不容分說。她從我的手中拿過去——可以說是奪了過去——然後拿到蠟燭上面燒，直到燒成灰燼才罷休。

就像我所說的，我吃了一驚，所以只是睜大眼睛瞧著她。

她搶得那麼快，害我沒時間看那張紙的內容。但是奇怪得很，那張紙燃著以後，捲成一捲，朝我這方向吹過來，於是我看到紙上面有墨水寫就的字。

等到我上床睡覺的時候，我才想到，為什麼那些字看起來很熟悉。

那紙上的字和那些匿名信上的筆跡一樣。

這就是為什麼詹森小姐懊悔到受不了，然後有那一陣情緒的發作嗎？原來自始至終那些匿名信都是她寫的嗎？

20 造訪

我不妨承認，這個想法使我大吃一驚。我從未想到詹森小姐會與那些信有關。麥加多太太，也許可能。但是詹森小姐是一個很有教養的女子，非常能夠自制、非常通情達理。

但我還記得那天晚上白羅先生和瑞利醫生的談話，我想原因可能就在此。

假若寫那些信的人是詹森小姐，這就可以說明許多事。要知道，我絕對不曾想到詹森小姐會與這命案有關。但我確實可以看出，她對連納太太的憎惡可能會使她抵不住那種誘惑，她一定要……啊，用一句粗俗的話說，一定要嚇得她直叫媽！她可能希望把連納太太嚇離挖掘場。

但是後來，連納太太讓人害死了。詹森小姐十分懊悔，感到非常痛苦……首先是因為自己不該殘忍的做出那種惡作劇。同時，也許是因為她發現到那些信可能成為真凶的大好護身符，所以她崩潰得那麼快。我相信她的內心是善良的。而且這也可以說明，為什麼她緊抓住我安慰她的那句「木已成舟，無可挽救」來自我解嘲。

還有她那意味深長的評語，那句為自己辯白的話：「她並不是一個好女人！」

現在的問題是：我該怎麼辦？

我輾轉反側，許久不能成眠，最後我決定一有機會就讓白羅先生知道這件事。

第二天他出城到這裡來了，但是我找不到一個與他私下密談的機會。

我們在一起的時間只有一分鐘，我還來不及鎮定下來考慮如何開始，他已經走近我跟前，附耳悄悄吩咐我了。

「我，現在要和詹森小姐談話。其他人也許在客廳。你還有連納太太房間的鑰匙嗎？」

「還有。」

「很好，到那個房間去，隨手關上門，然後叫一聲……不需尖叫，只要喊叫。你知道我的意思吧？我要你發出聲音表示一驚，驚奇，而不是表示恐怖。至於你如果讓人找到了，到時候該找一個什麼樣的藉口，就全靠你自己了。你可以說踩了一跤，或者找其他的藉口。」

就在那個時候，詹森小姐走到院子裡來，於是我們就沒時間多談了。

我很了解白羅先生要做什麼。待他和詹森小姐一走進客廳，我就走到對面連納太太的房間，開了門，走進去，然後隨手帶上門。

站在一個空房裡無緣無故地突然大叫一聲，感覺有些傻。而且究竟叫的聲音要多高，也不容易確定。我發出一聲相當的叫喊：「呵！」然後聲音再高些，又低些。

最後，我再出來，準備搬出我那個藉口：「踩一腳。」（我想他的意思是「絆」。）

但是不久，我就發現似乎不需要藉口了。白羅和詹森小姐正在一起談得很認真，而且那裡沒人干擾他們。

啊，我想，這樣就一切都解決了……不是詹森小姐憑空想像聽到一聲叫喊，便是一種大不相同的情況。

我不想走進去打擾他們。門廊裡有一張摺疊躺椅，於是我就在那裡坐下。他們談話的聲音可以從風中飄到我的耳中。

「你了解嗎？這情況很微妙。」白羅先生說，「連納博士……顯然很敬重他妻子……」

「他崇拜她。」詹森小姐說。

「自然啦，他告訴我他的工作人員非常喜歡她。至於他們呢？他們能說什麼呢？他們自然是說同樣的話呀。這是客氣、這是禮貌，這也可能是實情，但也可能不是！而且我相信，小姐，這個謎的解答就在對連納太太的性格有充分了解。我如果能聽到每個工作人員的意見，真真實實的意見，那麼我也許可以據此構成一個想法。坦白說，這就是我今天來的原因。我知道連納博士會在哈沙尼，這樣我就可以輕鬆地和你們每個人輪流談談，並且懇求你們幫忙。」

「這樣做，感覺上很好。」詹森小姐說完便停下來。

「不要給我說英國式的陳腔濫調，」白羅懇求說，「不要說『這樣不公正』，不要說

『講死人壞話禮所不容』，還有『忠誠』。『忠誠』這兩個字對命案調查工作是個致命傷。我三番五次都因為這兩個字，結果弄得真相不能大白。」

「我對連納太太並不特別忠誠。」詹森小姐冷冷地說，話中含著嚴厲、尖酸刻薄。「連納博士就不同了。不過，她畢竟是他的妻子。」

「一點也沒錯……一點也沒錯，你不想說你團長太太的壞話。但這不是一件歌功頌德的事，這是一個神祕的死亡事件。相信被害死的是一個殉教的天使，並不能使我的工作變得容易些。」

「我絕對不會稱她為天使。」詹森小姐說，那尖酸刻薄的語調更強烈了。

「請你坦白告訴我，你對於連納太太有什麼意見……你覺得她這個女人如何？」

「唔，白羅先生，首先，我要警告你，我是有偏見的，的確是的。我……啊，我們都很喜歡連納博士。後來，連納太太來了，我想我們很嫉妒她。她一定要他抽出很多時間陪她、照顧她。對於這個我們大為反感。他對她表現出的熱愛使我們感到很不痛快。白羅先生，我說的都是實話。這情形我看了很不舒服。我討厭她在這裡……是的，我討厭她。然而，當然啦，我竭力不表現出來。你知道，她的來臨，使我們的互動產生了變化。」

「我們？你說我們？」

「我是指蓋瑞先生和我。你知道，我們兩個是老派的人。我們不很喜歡這些新變化。我想這也是自然的現象，不過，也許我們的心胸有些狹窄。但是這的確使改變了我們的氣氛。」

「有什麼不同呢？」

「啊，一切都不同。我們以前過得很快樂。你知道，我們有許多好玩的事，有時還相當天真的互相開開玩笑，這是在一起工作的人常有的樂趣。連納博士總是無憂無慮，簡直像個孩子。」

「那麼，連納太太一來，就改變了一切嗎？」

「唔，我想這也不是她的錯。去年的情形還好。白羅先生，請相信我，並不是因為她做了什麼事。她對我很好，非常好。這就是我有時候感到慚愧的緣故。只是她做過的一些小事情和說過的話，都使我很不愉快。但這並不是她的錯。其實，誰也沒她那樣和善。」

「但是，這一季情形就改變了嗎？產生了一種不同的氣氛嗎？」

「啊，完全不同了。我不知道是為了什麼。樣樣事似乎都不對勁……並不是工作方面，我是指我們本身，我們的脾氣和精神狀態。每個人都覺得緊張不安，幾乎有一種風雨欲來的感覺。」

「那麼，你認為是連納太太的影響嗎？」

「啊，她來以前，這裡的情形不是這樣。」詹森小姐冷冷地說，「啊，我是一個偏執、愛抱怨的人。很守舊，喜歡樣樣事物都不變。白羅先生，你實在不必理睬我。」

「那麼，連納太太的品行和性情，你覺得怎麼樣呢？」

詹森小姐猶豫片刻，然後慢慢說：「啊，當然，她很喜怒無常。有很多情緒的猛烈變化。今天對人很和藹，明天就不跟人家講話。我覺得她很溫婉可親，而且對人很體貼。不過，她一輩子都讓人慣壞了。她認為連納博士就該把她伺候得無微不至。而且我想她根本沒有真正認清楚自己嫁給一個多麼傑出……多麼偉大的人。這點就使我很不痛快。當然，她總是非常緊張，而且神經過敏。她常常想像一些非常可怕的事，也常常陷入十分慌亂的狀態！連納博士把雷休蘭護士請來，我覺得很感激。他需要應付工作，又要應付驚恐萬分的妻子，實在夠受的了。」

「你自己對於她收到的那些信有什麼看法？」

我必須坐在椅子上，將身子向前探出，以便詹森小姐轉身回答白羅的時候，可以看到她的側面。

她的樣子很冷漠，非常鎮定。

「我想，在美國有個人對她懷恨在心，想要恐嚇她，或者傷害她。」

「那不是很嚴重嗎？」

「那只是我個人的想法。她是個很漂亮的女人，你知道，所以很可能有仇敵。我認為那些信是一個恨她的女人寫的。連納太太是個神經過敏的人，所以把那些信看得很嚴重。」

「她必然會那樣，」白羅說，「但是要記住，最後的那封信是有人送來的。」

「這個……我想假若有人存心要那樣做，總是會想出辦法。白羅先生，女人為了要洩恨，是不怕任何麻煩的。」

我心中暗想，她們的確是的。

「也許你說得對，小姐。就像你說的，連納太太很漂亮。我順便問一問，你認識瑞利醫生的女兒，雪拉小姐吧？」

「雪拉．瑞利嗎？當然，我認識。」

白羅用一種閒聊機密的語調說：「我聽到一個謠言（我當然不想去問瑞利醫生呀），聽說她和連納博士的一個團員在談戀愛。是這樣嗎？」

詹森小姐似乎感覺很有趣。

「啊，年輕的克爾曼和大衛．奧莫特兩個人都在追她，我相信他們在競爭，看看俱樂部有大型聚會時誰可以陪她去。年輕人星期六晚上照例都到俱樂部去玩。但是我不知道她那方面如何。她是這地方唯一的年輕女孩，自然是這裡的美女了。也有空軍的小夥子在追求她。」

「那麼，你認為他們其實沒有什麼？」

「這個……我不知道。」詹森小姐變得很小心。「不過，她來這裡的次數的確相當多。常常到挖掘場。前幾天連納太太還向大衛．奧莫特開玩笑談到這件事……她說那個女孩子在追他。我想她那樣說非常狡猾。我想他聽了不會高興。是的，她到這裡來的次數很多。那個可怕的下午，我看見她騎馬到挖掘場去。」她對著那個敞開的窗戶點點頭。「但是那個下午大衛．奧莫特和克爾曼都不值班。當時是由李察．蓋瑞主持。是的，她也許對其中一個有好感……但她是這麼時髦、毫不感情用事，因此我們不知道對於她的事該有多認真的想法。比爾是個很好的年輕人，不像他裝得那樣傻。大衛．奧莫特是個很可愛的人，他有許多優點，屬於深沉、冷靜一類的人。」

然後，她表示疑問地瞧瞧白羅說：「這個與命案有什麼關係嗎，白羅先生？」

白羅用一種非常法國味的方式兩手向上一攤。

「你讓我難為情得臉紅了，小姐。」他說，「你這樣說，顯得我好像是一個愛說閒話的人。我對年輕人的戀愛事件始終很感興趣。」

「是的，」詹森小姐咯咯咯地笑說，「兩人真心相愛，一帆風順，那很好。」

白羅發出一聲嘆息作為回答。不知道詹森小姐是否想到她自己年輕時的男歡女愛。同時，我也想，不知道白羅先生是否有妻子，也不知道他是不是那種有情婦的人。他的樣子那麼滑稽，我無法想像他有。

「雪拉．瑞利很有個性，」詹森小姐說，「她很年輕，十分無禮。然而，她正是一個典型的現代女孩。」

「我想是的，小姐。」白羅說著站起來。「還有其他工作人員在營地裡嗎？」

「瑪麗．麥加多就在近處。今天男生都到挖掘場了。我想他們是想走出營地。這也難免。你要想到挖掘場……」

她走出來到走廊裡，然後笑著對我說：「我想，雷休蘭護士會帶你去。」

「啊，當然可以，詹森小姐。」我說。

「那麼，你會回來吃午飯，對吧，白羅先生？」

「很樂意奉陪，小姐！」

詹森小姐回到客廳去從事編目工作。

「麥加多太太在屋頂上，」我說，「你要先去見她嗎？」

「我想，這樣也好。我們上去吧。」

當我們走上樓梯時，我說：「我照你的吩咐做了。你有聽到什麼聲音嗎？」

「一點聲音也沒有。」

「無論如何，這樣總算可以免除詹森小姐的心理負擔。」我說，「她一直在內疚，認為她當時如果聽到聲音就趕去，也許連納太太會有救呢。」

麥加多太太正在那個矮牆上坐著，她低著頭，陷入深思。等到白羅在她對面停下來向她說早安，她才聽到我們的聲音。

她吃了一驚，抬頭瞧瞧。

她今天早上面帶病容，小臉蛋顯得萎縮不堪，而且有黑眼圈。

「我又來了，」白羅說，「我今天來有特別的目的。」

接著，他就像問詹森小姐一樣問她，同時解釋說，他必須明瞭連納太太的真實狀況。

雖然如此，麥加多太太不像詹森小姐那樣誠實。她突然過甚其辭的讚美連納太太。她的話，我很確定，與她真正的想法相去甚遠。

「親愛的，親愛的露易絲！對一個不認識她的人描述她的為人，很難。她是一個特別的人！和別人迥然不同。護士小姐，我相信你也有同感，對吧？她是一個長期受精神折磨的人，一腦子的空想。我們不能忍受的事，如果是她做的，我們都能忍受。而且她對我們大家非常親切，對吧，護士小姐？她對自己非常謙虛……我是說，她對考古學一竅不通，但是她非常熱心學習。她老是問我先生關於處理金屬物品的化學方法，並且幫助詹森小姐修補陶器。啊，我們都很愛她。」

「那麼，太太，我聽說這裡有相當緊張的情形，一種不安的氣氛。但照你說來，那都不確實了？」

麥加多那雙失去光彩的眼睛睜得大大的。

「啊，誰告訴你這些的？護士小姐嗎？連納博士嗎？我相信，他不會注意到什麼，啊，可憐！」

她露出相當不友善的態度瞧瞧我。

白羅從容地笑笑。

「太太，我有我的偵探呢。」他很愉快地說。

在一剎那間，我看到她的眼皮顫動一下，同時間眨了眨眼。

「你不覺得，」麥加多太太露出非常溫和的神情問，「發生那樣的事之後，總會有捕風捉影的事嗎？你知道我的意思吧，像是緊張啦，什麼氣氛啦，『一種有什麼事要發生的感覺』啦。我想，這不過是大家在事後編出來的話。」

「你說的話很有道理，太太。」白羅說。

「真實的情形並不是這樣！我們是一個非常快樂的大家庭。」

「那個女人是我生平僅見數一數二的撒謊家！」當我和白羅走出那所房子，走向通往挖掘場的小路時，我氣憤地說。「我相信她十分憎恨連納太太！」

「可以說，她不是我們可以問出實情的那種人。」白羅表示同意地說。

「和她談話簡直是浪費時間。」我怒氣沖沖地大聲說。

「那也不十分正確，不十分對。一個人口裡對你說謊，有時候，她的眼睛會告訴你實話。麥加多太太，這個小婦人，她怕些什麼呀？我看出她的眼睛裡有恐懼。是的，的的確確，她在害怕一件事。這倒是很有趣。」

「白羅先生，我有件事要告訴你。」

我告訴他我昨天晚上回去之後的事，又說我很相信詹森小姐就是寫匿名信的人。

「所以，她也是在說謊！」我說，「今天上午她回答你那些匿名信的問題時，那副態度多麼冷靜！」

「是的，」白羅說，「這很有趣，因為她洩漏出一件事：她知道有關匿名信的情形。到現在為止，匿名信的事尚未在工作人員在場時提起過。當然，連納博士很可能在昨天告訴她那些信的事。但是若他告訴她了，那麼……那麼，這表示很奇怪，而且很有趣，對吧？」

我對他的尊敬直線上升。他騙她提到匿名信的方法真夠聰明。

「你準備找她問清楚那些信的事嗎？」

白羅先生聽到我的話，有些吃驚。

「不，不，當然不會！把自己知道的事向人誇耀是不智之舉。我不到最後一刻絕不透露。一切都保存在這裡。」他輕輕的敲敲他的腦門。「等到適當的時刻，我會縱身一躍，像豹子一樣……然後，哎呀！看看對方狼狽的樣子！」

想到白羅先生這個小老頭扮演豹子的樣子，我不禁覺得好笑！

我們剛剛到達挖掘場，第一眼看到的就是芮德先生。他正忙著給一個牆壁照相。

我覺得那些挖掘工人好像只要掘出牆壁來就能交代了。反正，看起來就是那麼一回事。蓋瑞先生對我說明，當你挖掘出一件東西時，立刻就會感覺到有什麼不同。然後他指給我看。但是，我根本看不出個究竟。當工人說「利本」（泥磚）的時候，就我能看出的來說，那只是泥和土而已。

芮德先生照完相，把照相機和底片遞給他的僕人，叫他送回營地去。

白羅問他一兩個關於曝光和軟片等等的問題。他應答如流，似乎很喜歡他問他工作方面的事。

他剛想表示要離開我們，白羅馬上又問起他那一套固定的內容。其實，那並不是完全固定不變，因為他每次都把他問的話略加變更，以便適合他要問的人。但是我不打算把每次問的話都記下來。對一個像詹森小姐那樣明理的人，他就開門見山的問。對於其他幾個人，他就不得不拐彎抹角一點。但是最後都是換湯不換藥。

「是的，是的，我知道你的意思，」芮德先生說，「但是，真的，我不知道我能幫你多少忙，我是今年這一季新來的。我和連納太太不大講話。我很抱歉，但是我沒有什麼話可以告訴你。」

他的說話態度死板板，有外國人的味道，不過，當然啦，他並沒有什麼特別的腔調……我是說除了美國腔之外。

「你至少可以告訴我，你喜歡她或是不喜歡她。」白羅微笑地說。

芮德先生的臉變得很紅，結結巴巴地說：「她是一個很迷人的女人，很迷人。而且聰明。她有很聰明的頭腦……是的。」

「很好！你喜歡她。那麼，她也喜歡你？」

芮德先生的臉更紅了。

「啊，我……我不知道，因為她不太注意我。有一兩次我的運氣很不好。當我想替她做點事的時候，我的運氣都不好。恐怕是因為我太笨拙，使她很生氣。那完全不是故意的，她只要吩咐，我會為她做任何事……」

白羅對他那種著慌的樣子覺得很同情。

「我完全明白，完全明白。我們轉到另外一件事吧。營地裡的氣氛快樂嗎？」

「請再說一遍？」

「你們在一起快樂嗎？你們平常都有說有笑嗎？」

「不，不，不完全是那樣。我們有一點……不自然。」他停下來，竭力想找出適當的話來解釋，然後說：「你知道嗎？我不是一個很會與人相處的人。我很笨拙，我怕羞。連納博士對我始終很好。但是……我好蠢，我不能克服我那種容易難為情的缺點。我總是說錯話，還常常打翻水罐，我的運氣總是不好。」

他的樣子活像一個拙笨的大孩子。

「我們年輕的時候都是這樣，」白羅說，同時笑笑。「年紀大了以後才會沉著一點，才能有自信。」

於是我們說了再見，就離去了。

他說：「那個人哪，護士小姐，如果不是一個頭腦極其簡單的年輕人，就是一個極為傑出的演員。」

我沒回答。我又讓那個奇怪的想法難倒了：這些人當中，有一個是危險、冷酷且殘忍的凶手。不知道為什麼，我總覺得在這個寧靜、美麗、陽光普照的早上，這似乎是不可能的。

21 個別突擊

「他們原來是分開在兩個地方工作，我知道了。」白羅停下來說。

芮德先生是在大挖掘場靠外邊那一部分照相。離我們不遠的地方，另外有一堆人背著籃子走來走去。

「那是他們稱為深坑的地方，」我對他說明。「他們在那裡的發現不多，除了一些垃圾般的碎陶片。但是連納博士說那些東西很有趣，所以我想一定是有趣。」

「我們到那邊去吧。」

我們一同走過去，走得很慢，因為正是烈日炎炎的時候。

麥加多先生在那裡指揮。我們看見他在下面，正和工頭談話。那工頭是個老頭子，看起來像隻烏龜，他那長條紋的布袍上面罩著一件蘇格蘭粗呢外套。

要走下去到他們那裡有點困難，因為只有一條很狹窄的路……也可以說是梯子。那些搬運籃子的工人不斷的走上走下。他們瞎得像是蝙蝠似的，從不會想到給你讓路。

我跟著白羅走下去的時候，他突然轉回頭來說：「麥加多先生寫字是用右手還是左手？」竟然問這個！這實在是個特別的問題。

我思索片刻，然後確定地說：「右手。」

白羅不肯詳細解釋，只是繼續往下走。我跟在後面。

麥加多那拉長的、憂鬱的面孔上露出笑容。

白羅先生假裝對考古很感興趣（我相信他事實上應該不會感興趣），麥加多先生立刻有了反應。

他對我們說，他們已經在遺址所在的地方挖下十二個模坑。

「我們現在一定是挖到第四個千年期了。」他很熱切地說。

我始終以為「千年之福」[13]是未來的事……那是指天下太平的時候。

麥加多先生指出有骨骸的地區（他的手抖得多厲害！不知道他是不是有瘧疾）。然後他又說明陶器的性質會有什麼變化，以及墳墓的事……還有，他們挖到一個模坑，裡面完全是嬰兒墳墓……可憐的小嬰兒；又談到那些彎曲的地形和方位，似乎可以顯示出骨骸的位置。

13　千年之福（millennium），基督復臨人間的一千年。

正當我們彎下身，要撿起角落裡一個和一些陶罐放在一起的火石刀時，他突然狂叫一聲跳起來。

他猛一轉回頭，發現我和白羅正驚愕的注視他。

他用手輕輕的拍拍他的左臂。

「有什麼東西刺傷了我，好像一個灼熱的針刺了一下。」

這件事馬上激得白羅活動起來。

「快，護士小姐，我們來看看，雷休蘭護士！」

我趕到前面。他抓住麥加多先生的手臂，非常熟練的把他的卡其布襯衫袖子捲到肩部。

「在那裡。」麥加多先生指說。

在肩下面大約三吋的地方有一個微小的洞，裡面滲出血來。

「奇怪，」白羅說，他向捲起的衣袖裡面仔細看看。「我看不見什麼東西呀。也許是螞蟻咬的吧？」

「搽點碘酒比較好。」我說。

我總是隨身帶一個裝碘酒的小藥管，所以趕快取出來給他搽搽。但我這樣做的時候，有些心不在焉，因為一件迥然不同的事情引起我的注意。麥加多先生的手臂，由腕至肘，有一串小孔。我很明白那是什麼……皮下注射的疤痕。

麥加多先生把捲起的衣袖又放下來，重新開始解釋。白羅先生專心聽著他的說明，並沒將話題轉到連納夫婦身上。事實上他根本沒問麥加多先生什麼話。

不久，我們就向麥加多先生說再見，然後爬到小路上。

「很乾淨俐落，你覺得呢？」我的同伴問。

「乾淨俐落？」我問。

白羅先生由他的上衣翻領裡面取出一樣東西，很認真地查看一下。我看到那是一根長長的縫衣針。那根針的一頭滴上火漆，成為一個大針頭。我不勝驚奇。

「白羅先生，」我叫道，「你做了些什麼呀？」

「我就是那螫人的蟲子，是的。我幹得乾淨俐落，你覺得呢？你沒看見我的動作吧。」

那是真的，我沒看見，而且我相信麥加多先生也沒察覺。他想必是像閃電一樣的快速。

「但是，白羅先生，這是為什麼？」

他用另外一個問題回答我。

「護士小姐，你有注意到什麼嗎？」

我慢慢點頭。

「皮下注射的疤痕。」我說。

「所以，現在我們知道一件關於麥加多先生的事了。」白羅說，「我曾經懷疑過，但是我不確定。知道真相是非常必要的。」

然而，用什麼手段得知，你卻不在乎！我這樣想，但沒說出口。

白羅突然用手拍拍他的衣袋。

「哎呀！我把手帕掉到下面了。那是用來藏針的。」

「我去替你找回來。」我說，然後匆匆回去。

你知道，到這個時候，我有個感覺。我覺得白羅和我有如一個醫生和護士在治療病患；更像是一個手術，而他就是那個外科醫師。也許我不該這樣說……但是很奇怪，我開始感到很有樂趣。

我記得剛剛受完護士訓練之後，我到一戶私人住家去照顧一個病人。當時發現病人必須立即動手術。可是病人的丈夫性情古怪，對療養院印象不好，怎麼樣都不肯把太太送去那裡。他說一定要在家裡動手術。

那麼，當然啦，對我來說，那是個很好的機會，不會有別人來監管。我負責準備一切事物。當然，我很緊張，醫師需要的每件東西，只要是想得到的，我都準備好。但即使如此，我仍然怕忘記準備什麼東西。醫師的情形很難說，有時候他們會要你準備得樣樣齊全。但後來一切都很好。他所要求的東西我都有準備。等到手術結束後，他還告訴我，我的服務是第一流的……這是大多數醫師吝惜說出口的話。那個普通科醫生也很好。我獨力完成一切。

那個病人也復元了，於是，皆大歡喜。

啊，我現在的感覺就是那樣。從某個觀點看，白羅先生會讓我想到那個外科醫生。他也是矮個子。一個醜陋的小老頭，面孔像個猴子，但他是個醫術高超的外科醫生。他本能地知道該由什麼地方下手。我見過不少外科醫生，我知道他們的差別有多大。

我漸漸對白羅先生產生了信心。我感覺到他也確切知道該怎麼做。我慢慢明白我的責任是幫助他……就像我們常說的，把鑷子和藥棉都放在手邊，讓他隨時需要什麼就有什麼。所以，對我而言，跑去替他找手帕和撿起一位醫師扔到地上的毛巾一樣自然。

我找到手帕回來的時候，一時看不到他。但是，最後我看到了。他坐在離挖掘場不遠的一個地方，正在和蓋瑞先生講話。蓋瑞先生的工人站在附近，拿著一個上面刻有度數像大桿子的東西。然而就在那個時候，他對那工人說了些什麼話，那人就把它拿走了。看情形他已經用完，現在暫時不用了。

現在我想把下面一點弄清楚。你知道，我不十分確定白羅先生到底要我做什麼，或者不要我做什麼。我的意思是，他方才也許是故意派我回去找那塊手帕，想把我支開。

這又像是一個手術。你必須遞給醫師他現在需要的東西，而不是他不需要的東西……譬如說，把動脈鑷子遞給他的時機不對或是太遲。謝天謝地，我很熟悉在手術室的工作，我不大可能在那裡犯錯。但是辦這種事情，我就成為最缺乏經驗的小見習生。因此我不得不特別當心，絕對不可出錯。

當然，我不認為白羅先生不想讓我聽到他和蓋瑞先生談話。因為假若我不在那裡，他可以使蓋瑞先生更好講話。

我不希望讓人以為我是那種喜歡偷聽私人談話的女人。我不會做那樣的事，一分鐘也不會，無論怎麼想聽都不會！

我的意思是，假若那是私人的談話，我絕對不會聽。但事實上，我的確去聽了。

我的意思是，我是處於一個有特權的地位。當一個病人在麻醉後醒來時，你常會聽到他說出一堆話。那個病人並不想讓你聽見——而且通常不知道你已經聽見了——但事實上，你還是聽進去了。我認為蓋瑞先生就是那個病人。他對這件事毫不知情，所以不受任何影響。假若你認為我是好奇，那麼我承認，我的確很好奇，不想錯過可以聽到的任何一件事。

我提及這一切就是要說明這個事實：我一轉身，便繞路往那一大堆垃圾後面走，一直走到離他們談話一呎之遙的地方，藏在垃圾堆的角上。假若有人說這是一種卑鄙的行為，那我就要說，對不起，我可不以為然。對病人負有照顧之責的護士，什麼都不該被隱瞞。不過，當然啦，究竟應該怎麼做，只有醫師有權說話。

當然，我不知道白羅先生用什麼方式進行探詢，但是等我到了那裡，可以說他正對準靶心射擊。

「連納博士對他太太的愛，沒人比我認識得更清楚了。」他說，「但我們對一個人的了解，由他敵人那方知道的，往往比從他朋友那裡得到的多。」

「你是暗示說，他們的缺點比他們的優點更重要嗎？」蓋瑞先生說。他的語調冷淡，含有諷刺的意味。

「毫無疑問，凶殺案就是這樣。這似乎是很奇怪。就我知道的情形來說，還沒有一個人會因為品格太完美而受害。可是，品格完美的人毫無疑問是會令人嫉妒。」

「你要找我幫助你，恐怕找錯人了。」蓋瑞先生說，「老實告訴你。我和連納處得並不特別融洽。我並不是說我們是仇敵，但我們也不完全是朋友。也許連納太太因為我和她的丈夫有交情，非常妒忌。在我而言，我很欣賞她，並且認為她是一個很動人的女人。但因為她對連納的影響力很大，我有一點點憤慨。因此我們彼此非常客氣，但是並不親近。」

「很會解釋。」白羅說。

我可以看清楚他們的頭。我看見蓋瑞先生的頭猛然一轉，彷彿白羅先生那種超然的語調中有什麼地方使他不高興。

白羅先生繼續說下去。

「連納博士是不是由於你和他太太處不來而感到煩惱？」

蓋瑞猶豫片刻說：「說真的，我不能肯定。他沒提過什麼。我希望他沒注意到。你知道，他終日埋首在他的工作上。」

「那麼照你的說法，實際的情形就是，你並不喜歡連納太太囉？」

蓋瑞先生聳聳肩膀。

「她如果不是連納的妻子，也許我會很喜歡她。」

他哈哈大笑，彷彿覺得自己的話很有趣。

白羅把一小堆陶器碎片擺好，然後用一種漫不經心的夢幻語調說：「我今天早上和詹森小姐談過。他承認她對連納太太有偏見，不是很喜歡她。不過她急忙補充了一句：她覺得連納太太很可愛。」

「我想，她說得都沒錯。」蓋瑞說。

「所以，我相信她。後來我和麥加多太太談過。她滔滔不絕地告訴我她很喜歡連納太太，並且很佩服她。」

對於這個，蓋瑞沒反應。白羅等了一兩分鐘才又繼續說下去。

「那個說法……我不相信。於是我來和你談。你告訴我的那些話，唔，我也不相信。」

蓋瑞忽然強硬起來。我可以感覺出他很生氣，他的聲音裡含有受到壓抑的憤怒。

「不管你相信什麼，不相信什麼，我實在不能對你有什麼幫助。我已經告訴你實話了，信不信由你。」

白羅沒生氣，甚至回覆的話還特別的溫和又謙虛。

「我是錯在我所做的事，還是我不相信？你知道，我有一對敏感的耳朵。而且，總是會有些傳言散布出去，謠言會不脛而走。我們會聽，也許可以從中探知一些！是的，的確有些流言。」

蓋瑞一躍而起。我可以看得清清楚楚，他太陽穴上的青筋直跳。他那副樣子帥極了！那麼修長，皮膚深褐……還有那個迷人的下頷，結實、方正。難怪女人都迷上他。

「什麼流言？」他來勢洶洶地問。

白羅斜著眼望望他。

「也許你可以猜得出。常有的流言……關於你和連納太太。」

「人心是多麼險惡呀！」

「不是嗎？人就像狗一樣，一件令人不快的祕密不管你埋得多深，狗總會把它重新挖出來。」

「那麼你相信這些流言嗎？」

「我喜歡相信……實話。」白羅嚴肅地說。

「我懷疑就算你聽到實話，你是否會相信。」蓋瑞毫不客氣地哈哈大笑。

「試試看就知道了。」白羅說，同時注意他的反應。

「那麼我倒要試試看！我可以告訴你實話！我恨露易絲‧連納……這就是我給你的實話！我恨她入骨！」

22 一個新發現

蓋瑞突然轉開身，怒氣沖沖地邁著大步走開了。

白羅坐在那裡瞧著他走開。不久，他就低聲喃喃地說：「是……我明白了。」然後他並未回頭，而是用稍高的聲音說：「暫時別到這裡來，免得他轉回頭來看見你。現在沒問題了。你找到我的手帕了嗎？多謝！你真是親切周到。」

關於我偷聽他們談話的事，他絲毫未提……我想不出，他怎麼知道我在聽他們談話？他沒有往我站的那個方向望過一眼。他沒說什麼，令我頗覺安心。我的意思是，我自己認為那樣做沒什麼錯。但是如果向他解釋，就會很尷尬。看樣子他似乎不會要我解釋。這倒好。

「你想他真的不喜歡她嗎，白羅先生？」我說。

「是的，我想是的。」

之後，他很快地站起來，開始走到遺址頂上那些工人正在工作的地方。我在後面跟著。

起初除了阿拉伯人以外，我們沒看見別人。但是最後，我們看見奧莫特先生正趴下去把剛出土的一個骷髏上面的塵土吹掉。

他看見我們，便露出他一向和悅又嚴肅的笑容。

「你們來各處看看嗎？」他問。「再過一分鐘我就好了。」

他坐起來，掏出小刀，開始把骨頭上的泥土刮掉，偶爾停下來用手提吹風器或者用嘴巴吹。我想，這是很不衛生的辦法……我是指用嘴吹而言。

「奧莫特先生，你這樣會把各種有害的細菌弄到嘴巴裡。」我表示反對。

「有害病菌是我的家常便飯，護士小姐。」他嚴肅地說，「細菌拿做考古的人沒輒……無論用什麼方法，它們自然會望風而逃。」

他把股骨上面的泥土再刮掉一點，然後對身旁的工頭確切指示該怎麼做才合他的意。

「好了，」他站起來說，「這就夠芮德午飯後照相了。她的墓裡頗有一些好東西呢。」

他給我們看一個有綠鏽的小銅碗，還有一些飾針，和許多金色和藍色的東西，那是她的珠子項鍊。

那些骨頭和物件都刷過，並且用刀子刮乾淨，整齊的擺好，準備拍照。

「她是誰？」白羅問。

「第一千年期一個也許相當重要的貴婦人。她的頭蓋骨看起來有些怪。我得找麥加多來瞧瞧。看起來好像是凶殺致死的。」

「一個兩千多年前的連納太太嗎？」白羅說。

「也許。」奧莫特先生說。

比爾．克爾曼正在用鑿子挖牆面上的什麼東西。

大衛．奧莫特對他喊了一句話，我聽不懂是什麼，然後奧莫特就開始帶白羅四處看看。

他一路在旁說明，我們簡略的巡視一周以後，奧莫特看看他的錶。

「我們十分鐘以後休息，」他說，「我們走回去好嗎？」

「正中下懷。」白羅說。

我們順著那條破爛不堪的小路慢慢走回來。

「我想，你們一定很高興又開始工作。」白羅說。

奧莫特面色凝重地回答：「是的，這是滿好的辦法。在屋子裡閒著沒事，光找話說，也不好過。」

「而且，心裡還知道你們當中有一個人是凶手。」

奧莫特沒回答，但也沒有表示異議。我現在知道，事發初始當他盤問那些僕人時，他就起疑心了。

過了幾分鐘，他鎮定地問：「白羅先生，你的調查工作有進展嗎？」

白羅嚴肅地說：「請你幫助我，使我的工作有點進展，好嗎？」

「啊，當然可以。」

白羅密切地注視他說：「這個案子的中心是連納太太。我想知道關於連納太太的事。」

大衛．奧莫特慢慢地說：「你說要知道連納太太的事是什麼意思？」

「我不是指她是什麼地方的人，她未婚時叫什麼名字，她的眼睛是什麼顏色。我指的是她……她本人。」

「那對案情有參考的價值嗎？」

「保證有。」

奧莫特沉默片刻後說：「也許你說得對。」

「那就是你能幫助我的地方。你可以告訴我，她是一個什麼樣的人。」

「我能嗎？我自己有時也不知道能不能。」

「關於這個問題，你有過結論嗎？」

「到最後總會有的。」

「啊？」

奧莫特沉默片刻後說：「護士小姐以為她如何呢？據說女人能夠很快地判斷其他女人的人品，而且護士一定見過各種類型的女人。」

即使我想說話，白羅也不給我機會。他馬上說：「我要知道的是男人對她的想法。」

奧莫特面露微笑。

「我想大部分都一樣吧。」他停了一下又說：「她已經不年輕了。但是，我想她大概是我生平遇到最美麗的女人。」

「那不算是一個答覆，奧莫特先生。」

「這和我的想法差不太遠了，白羅先生。」

他沉默了一兩分鐘後繼續說：「我小時候讀過一個童話故事。那是一個北歐的故事，內容是關於雪后和加伊。我想連納太太有些像那個雪后，總是帶加伊去騎馬。」

「啊，是的，那是安徒生的一個故事，對吧？裡面還有一個女孩子，叫格爾達，是不是叫這個名字？」

「也許是，我記得不多。」

「你能再多說一點嗎，奧莫特先生？」

「我甚至於不知道我對她的評估是不是對的。她不是一個很容易了解的人。她往往某天做了一件很可惡的事，第二天她又做一件非常善良的事。你說她是這案子的中心人物，那大概是對的。她最想要做的事……就是要成為一切事物的中心。而且她喜歡捉弄別人……我是說，只是把吐司麵包和花生醬遞給她，她不會滿足。她要你全心全意地侍候她。」

「那麼，假如她得不到滿足呢？」白羅說。

「那麼，她就會變得非常陰險。」

我看到他非常果決的把嘴唇綳起來，一動不動。

「我想，奧莫特先生，對於是誰謀害她這個問題，你大概不介意提出一個簡單而非正式的意見吧？」

「我不知道，」奧莫特先生說，「我真的一點也不知道，我倒是想，如果我是卡爾，也許我會想謀害她。在她眼裡，他是一個徹頭徹尾的壞東西。不過，他也是咎由自取，他簡直是逗你給他釘子碰。」

「那麼，連納太太……給他釘子碰了嗎？」白羅問。

奧莫特突然咧著嘴笑笑。

「沒有，只有用繡花針好好地戳他兩下……那是她的法子。當然，他是很惹人生氣，像一個愛哭愛鬧、懦弱的孩子。但是，繡花針仍是一個會戳痛人的武器呢。」

我偷偷瞧了白羅一眼，我想我發覺到他的嘴唇微微顫動一下。

「但是，你不會真的相信他害死了她吧？」他問。

「對，我不相信一個人會只因為一個女人在飯桌上老是捉弄他就害死她。」

白羅思索著搖搖頭。

當然，奧莫特先生的話聽起來，讓人覺得連納太太很殘酷。但是，對方的情形也得說一說。

芮德先生有些地方非常惹人生氣，每當她說話的時候他就跳起來，而且做出一些傻動作，明知道她不吃果醬，卻三番兩次遞給她，我也曾想罵他一兩句。

男人不了解，他們的特別習性可能會使女人非常煩躁，逼得她們不得不罵他們。

我想，我要找時間給白羅先生提提這一點。

現在我們已經回來了，奧莫特先生邀白羅去洗洗臉，便帶他到自己的房間。

我匆匆穿過院子回到自己的房間。

再出來的時候大約和他們是同時，當我們往飯廳走的時候，賴維尼神父出現在他門口，他邀白羅進去。

奧莫特先生走過來，於是我和他一同往飯廳走。詹森小姐和麥加多太太已經在那兒了。過了幾分鐘，麥加多先生、芮德先生、比爾·克爾曼也來了。

我們坐下後，麥加多叫那個阿拉伯僕人去通知賴維尼神父午餐已經準備好了，這時候我們聽到一聲不大清楚的、受到壓抑的叫聲，大家都吃了一驚。

我想，大概我們的精神還不大穩定，因為我們不約而同都跳了起來。詹森小姐面無血色地說：「那是什麼聲音？出了什麼事？」

麥加多太太目不轉睛地瞧著她說：「親愛的，你怎麼啦？那是野地傳來的一個聲音。」

但是就在那個時候，白羅和賴維尼神父走了進來。

「敬請原諒，小姐們。」白羅叫道，「是我的錯，賴維尼神父對我解釋一些碑片上的字。我把一個石片拿到窗口想看清楚些。於是……我踏了自己的腳趾頭，當時很痛，所以就叫了出來……」

「我們還以為又是一個命案呢。」麥加多太太說，一面哈哈大笑。

「瑪麗……」她的丈夫叫道。

他的聲音裡含有責備的意味，害得她臉紅了，直咬嘴唇。

詹森小姐連忙將話題轉到挖掘的事，並且告訴我們今天上午掘出什麼有趣的東西，從頭至尾，大家的談話都是嚴格的限制在考古上。

我想，我們都覺得談這個話題最安全。

我們喝過咖啡之後便去客廳。然後除了賴維尼神父之外，男人們都到挖掘場去。

賴維尼神父帶白羅到古物室，我也和他們一起去，到了現在，我已經漸漸對那些古物很熟悉了，因此，心裡非常得意，感到有些興奮……彷彿覺得那都是我自己的財產。賴維尼神父把那個金杯取下來。然後我聽到白羅非常讚賞也非常高興地叫道：「多美呀！多麼寶貴的藝術品！」

賴維尼神父很熱切地表示同意，然後開始指出它的美麗之處。他的話充滿熱情和淵博的知識。

「今天上面沒有蠟。」

「蠟？」白羅目不轉睛的望著我。

我解釋我說的話。

「啊，我明白了，」賴維尼神父說，「是的，是的，蠟。」

從這個就引到那個午夜訪客的問題，他們一時忘記有我在場，便都不知不覺改用法語交談。於是，我把他們兩個撇在那裡，自己回到客廳。

麥加多太太正在補她丈夫的襪子。詹森小姐在看書。這在她是頗不尋常的事，她似乎通常都有工作要做。

過了一會兒，賴維尼神父和白羅由古物室走出來，神父告辭，說他有工作要忙，白羅便和我們坐在一起。

「一個很有趣的人。」他說。

然後他問起，到現在為止賴維尼神父做了多少事。

詹森小姐對他說明，出土的石片很少，而且刻有銘文的磚瓦和圓筒石印才只有幾個。雖然如此，賴維尼神父也到挖掘場參加工作，藉此很快學到不少阿拉伯俗語。

由此而轉到圓筒石印。於是，詹森小姐馬上從櫥子裡拿出一個圓筒石印在黏土板上印下的圖樣。

我們彎下身欣賞那些很活潑的圖樣，這時候我才發現，這大概就是命案發生那個下午她正在做的事。

當我們談話的時候，我注意到白羅正用手指頭又滾又搓的，揑著一團黏土。

「你使用很多黏土吧，小姐？」他問。

「相當多，我們今年似乎已經用了不少黏土……不過我也想不出用了多少。但是，我們的器材有一半已經用完了。」

「都貯存在什麼地方，小姐？」

「這裡，放在這個櫥子裡。」

當她把圓筒石印的黏土板放回去時，她指給他看裡面架子上有一團一團的黏土，還有定影液、攝影材料和其他文具。

「還有這個……這是什麼，小姐？」

他順手由那些器材後面，取出一個揉得皺皺而且很奇怪的東西。

等到他把那東西展開時，我們可以看清楚那是一種假面具，上面有墨水粗略畫出的眼睛和嘴巴，還整個塗著黏土。

「完全意想不到，」詹森小姐叫道，「我以前從未看過這東西。它怎麼弄到這裡來的？這是什麼？」

「要說怎麼會弄到這裡來嘛，這是一個藏東西的好處所。我想這櫥子裡的東西要到發掘期終了才會清理出來。至於這是什麼嘛……我想這個不難猜。我想它就是連納太太所形容的那個面孔，也就是她在半昏暗的房裡看到、出現在窗戶外那個像鬼似的面孔，那個不連身的面孔。」

麥加多太太嚇得發出一聲尖叫。

詹森小姐的嘴唇都變白了，她喃喃地說：「那就不是空想了，而是惡作劇……非常狠毒的惡作劇！不過是誰幹的？」

「對了，」麥加多太太叫道，「誰會做出這樣狠毒的事？」

白羅沒打算回答，他走到隔壁房間時，面色十分凝重，回來時手裡拿著一個空的馬糞紙盒，他把那弄皺的假面具放進盒裡，然後說：「一定要讓警方看看這個。」

「這真可怕！」詹森小姐低聲說，「太可怕了！」

「你想是不是每樣東西都藏在這裡？」麥加多太太尖叫道，「你是不是認為那個武器，那個打死她的棍子……上面還染滿血……啊，我害怕……我好害怕！」

詹森小姐一把抓住她的肩膀。

「安靜些，」她狠狠地說，「連納博士來了，我們可不要害他心情沮喪。」

的確，就在這個時候，車子開進院裡，連納博士下了車，徑直穿過院子，來到客廳。他累得臉上露出一條一條的皺紋，看起來比他三天前的樣子老了一倍。

他沉著地說：「葬禮明天十一點舉行，由狄恩少校讀葬禮祈禱辭。」

麥加多太太結結巴巴地說了些什麼話，然後溜了出去。

連納博士對詹森小姐說：「你會來嗎，安娜？」

她答道：「當然啦，親愛的，我們都會來，當然。」

她沒說別的話，但是她的臉上一定表示了她口中無力表達的意思，因為他的臉上已露出笑容，充分流露出憐愛和短暫的輕鬆心情。

「親愛的安娜，」他說，「我親愛的老朋友，你對我的安慰和幫忙太大了。」

他將手放在她的肩膀上。我看到她臉上泛起紅暈，同時喃喃地說：「這不算什麼。」聲音像往常一樣沙啞。

然而我一看到她那表情就知道，在這短短的一剎那，安娜．詹森是個十分快樂的女人。

而且，我的心裡又掠過另一個念頭，也許不久，當他轉向他的老友尋求同情時，隨著自然的演變，可能有一種新的、快樂的結局因此產生。

並不是我喜歡當月下老人，而且顯然在葬禮之前想到這樣的事並不適當，但這畢竟是個快樂的解決辦法。他很喜歡她，她也毫無疑問的對他敬愛，必定非常樂於把她的餘生完全奉獻給他。那就是，假如她能忍受聽他終日歌頌露易絲是如何完美的女人。但女人在得到她們所需要的一切時，往往能夠忍受許多事情。

連納博士接著向白羅打招呼，問他是否有什麼進展。

詹森小姐站在連納博士背後，拚命瞧著白羅手中的那個盒子，同時連連搖頭。於是，我知道她是在懇求白羅不要將那假面具的事告訴他。我相信，她覺得他忙了一天已經夠受了。

白羅順從她的心意。

「這種事一向進行得很緩慢，先生。」他說。

接著隨便說了幾句話就告辭了。

我陪他出去，送他上車。

我有五、六件事要問他，但是不知道為什麼，當他轉過身來望著我的時候，我竟然沒問，通常一個外科醫師若是手術成功，我都會急著詢問結果，總之，我只是乖乖站在那裡聽候吩咐。

結果使我頗為驚奇，他說：「孩子，自己當心。」然後又加了一句：「不知道你留在這裡是否安全。」

「我得和連納博士談談我離開的事，」我說，「不過，我想還是等到葬禮之後再說。」

他點頭表示贊成。

「同時，」他說，「別查問太多，你要了解，我不希望你顯得太聰明！」然後，他笑著加了一句：「拿藥棉是你的事，動手術是我的事。」

他竟然真的這樣說，不是很有趣嗎？

之後，他又說了一句毫不相干的話：「那個賴維尼神父是個有趣的人。」

「一個修道士從事考古，我覺得似乎很奇怪。」我說。

「啊，對了，你是基督教徒。我呢是個虔誠的天主教徒，我知道一些有關神父和修道士的事。」

他皺著眉頭，似乎在猶豫，接著說：「記住，他聰明得很，如果有必要，他會把你的底細整個掀開。」

假若他這是警告我不要講閒話，我可不需要！

他這話讓我很不痛快。雖然我不想問他那些先前想問他的話，不過有件事一定要說。

「白羅先生，你得原諒我，」我說，「但是，你應該說『絆』一跤，不是『踩』或者『踏』一跤。」

「啊？謝謝你，護士小姐。」

「不客氣。但是把一個用詞校正了對你比較好。」

「我會記住。」他說。

他那樣的人竟會如此逆來順受，倒很奇怪。

於是，他上了車走了。我慢慢穿過庭院，想到許多事，覺得疑點重重。

我想到麥加多先生手臂上的皮下注射疤痕，不知道他打的是什麼麻醉劑。還有那個塗滿黃黏土的恐怖面具。又想，多奇怪，白羅和詹森小姐那天上午沒聽見我在客廳的那一聲喊叫，但是今天午餐後，我們在飯廳都聽見白羅的叫聲……賴維尼神父的房間和連納太太的房間離客廳和飯廳都一樣遠哪。

還有，我感到相當高興，因為我已經糾正了白羅「醫師」一個英文詞語了。

即使他是一位大偵探，也會發現自己並不是樣樣都通。

23 我去通靈

我想，那天的葬禮很令人感傷，除了我們自己，僑居哈沙尼的英國人全都參加了。甚至一身黑色套裝的雪拉．瑞利，也露出安靜而收斂的樣子，希望她是因為自己說過那些刻薄話而感到懊悔。

我們回到營地時，我跟著連納博士走進辦公室，並向他提出我要離開的問題，他很客氣，謝謝我的辛勞（辛勞！我簡直毫無用處），他堅持要我接受多一週的薪水。

我堅決表示不能接受，因為我覺得我什麼事也沒做，不配接受。

「連納博士，真的，我寧願不拿薪水，若你把我的旅費還給我，我就滿足了，因為我需要的就是這麼多。」

但是，他無論如何都不肯。

「你要明白，」我說，「我覺得我不配接受你的報酬，連納博士。我是說，我……我失敗了。她……我來到這裡並沒有解救她。」

「護士小姐，不要這麼想。」他真摯地說，「我不是雇你來做女偵探，我從未想到我的太太會有危險。我起初覺得那完全是她神經質的關係，認為她由於想入非非，而陷入一種很奇怪的心理狀態，你已經盡力了，她喜歡你，也信任你，因為有你在這裡，我認為她最後的一些日子過得很快樂，也很安全。你不必責備自己。」

他的聲音有些發抖，我知道他在想些什麼……應該怪的人是他，因為他沒把連納太太的恐懼當回事。

「連納博士，」我好奇地說，「關於那些匿名信，你研究出什麼結果了嗎？」

他嘆口氣說：「我不知道該相信什麼，白羅先生研究出確定的結果了嗎？」

「昨天還沒有。」

我說，相當機靈的掌握住虛與實的差別。事實上，我想得等到我告訴他關於詹森小姐的事，他才會有結論。

我本來有意給連納博士一個暗示，看看他的反應。前一天看到他和詹森小姐在一起，並且注意到他對她那樣關注、信賴，我感到很高興。結果我把那些信的事統統忘了。即使到現在，我也覺得要提起那件事有些不好意思。那些信即使是她寫的，她在連納太太死後已經很難過了。不過，我的確想看看他是否曾經聯想過。

「匿名信通常都是女人寫的。」我要看看他聽到以後反應如何。

「我想大概是的，」他嘆口氣說，「但是，護士小姐，你似乎忘記了，這些信也許是真的，實際上也許就是佛瑞克．巴斯納寫的。」

「不，我沒忘記。」我說，「但不知道為什麼，我不相信這樣就可以確切說明一切。」

「我卻相信。」他說，「要說是團裡的人幹的，那簡直是胡說，那不過是白羅先生一個聰明的推論罷了。我相信事實其實比較簡單，當然那個人一定是個瘋子。他一直都逗留在附近……也許化裝成什麼樣子。那個命案發生的午後，他設法溜了進來。那幾個僕人也許是說謊，他們也許收了賄賂。」

「我想那有可能。」我懷疑地說。

連納博士露出一點點不快，繼續說下去。

「白羅先生要懷疑是我的一個團員下的手，也沒關係，反正我絕對相信我的團員沒有一個人和這件事有關，我和他們在一起工作，我了解他們！」

他突然停下來，才又說：「護士小姐，你碰過這種事嗎？你說匿名信通常是女人寫的？」

「並不總是那樣，」我說，「但是女人有某種怨恨心理時，是會用那種方式發洩出來。」

「我想你是想到麥加多太太吧？」他說，然後搖搖頭。「即使她狠毒到想傷害露易絲，她對她的事也缺乏必要的了解。」

我想起那公事包裡的幾封信。

假若連納太太沒把那個公事包鎖上，有一天營地只有麥加多太太一個人，她慢慢地在那裡晃來晃去。也許會發現那些信，並且看過。男人似乎聯想不到這樣簡單的可能性。

「除了她，還有詹森小姐。」我說，同時觀察他的反應。

「這種想法非常可笑！」

他說那句話時所露出的笑容，表示他是非常肯定，他從未想到詹森小姐會寫那些信。我只猶豫了一分鐘……但是沒說什麼，女人不喜歡洩漏同性的祕密。況且，我已經親眼看到詹森小姐那樣動人、真心懊喪的樣子。往事已矣，連納博士的麻煩已經夠多了，為什麼還要給他增加一個新的痛苦，讓他發現到自己的幻象破滅呢？

一切都安排好，我第二天就要離開這個營地，我已經藉由連納博士的幫忙，確定暫時在醫院裡的護士長那裡住一兩天。同時安排回英國的事。不是經過巴格達，就是乘汽車或火車經過尼西賓，直接回去。

連納博士很懇切地說，他希望我從他太太的遺物中挑一件紀念品。

「啊，不，真的，連納博士，」我說，「我不能接受，你太客氣了。」

他堅持要送我。

「但是我想送你一樣東西。而且我相信，露易絲活著的時候也會想送你。」

然後，他建議我選她那套龜甲製的化妝用具。

「啊，不行，連納博士！啊，那是一套很貴的東西。真的，我不能接受。」

「你知道，她沒有姐妹……沒人需要這些東西，我沒有其他人可以送。」

我可以想像到，他不想讓那些東西流入貪婪的麥加多太太手中，而且我猜他也不想送給詹森小姐。

他懇切地繼續說：「你考慮考慮吧。啊，我想起來了，這是露易絲的珠寶箱鑰匙，也許你可以找到一件你更喜歡的東西。還有，你如果能把她的東西——她全部衣服——裝到箱子裡，我會感激不盡。瑞利可以想辦法送給哈沙尼城裡那些窮苦的基督徒家庭。」

我很高興能夠替他做那件事，所以我表示很樂意遵從。

我馬上著手。

連納太太只有很簡單的一些衣服，我不久就把它們分門別類整理好，並且裝到兩個衣箱裡。她的全部文件都在那個公事包，那個珠寶箱裡有些簡單的首飾……一只珍珠戒指、一枚鑽石胸針、一小串珍珠、一兩個別針型沒有花樣的金胸針，另外還有一個大琥珀珠子串成的鍊子。

我自然不會挑那些珍珠和鑽石胸針，但我在琥珀珠子和龜甲化妝用具之間猶豫了一下。不過，到末了，我想，為什麼不挑那套化妝用品呢？連納博士完全是出自好意，而且我覺得並沒有施恩的意味。我不要假裝自重，還是照他原來的意思接受，畢竟她生前是喜歡我的。

好啦，一切都妥當了。衣箱裝好，珠寶箱重新鎖好，另外放好，我準備將它們連同連納太太父親的相片和一兩件其他零碎物品，交給連納博士。

我整理完之後，那個房間裡的衣物都沒了，顯得空空洞洞，非常孤寂。我沒有什麼好做……但不知道為什麼，我就是不想離開那個房間，似乎那裡仍然有什麼事要做……有什麼東西我必須看看，或者什麼必須知道。

我是不迷信的。但我的腦子裡忽然掠過一個念頭：連納太太的靈魂也許還逗留在這個房間裡，想要和我取得聯繫。

我記得在醫院的時候，我們幾個女孩子有一個扶乩板，上面真的出現過一些文字。雖然我從未想到這樣的事情，但我想我也許能通靈。

我已經說過，一個人精神緊張到了極點，就會想像出各種各樣的事。

我悄悄地在房裡晃來晃去，東摸摸西弄弄。可是，當然啦，這房裡除了家具以外什麼也沒有。沒有東西漏在抽屜後面，或者塞在什麼祕密地方，我不可能找到那一類的東西。

到最後（這件事聽起來有些古怪，但就像我所說的，人有時難免會驚惶不安），我做了一件古怪的事。

我過去躺在露易絲的床上，閉上眼睛。

我故意竭力忘掉我是誰、我是幹什麼的。我竭力回想在命案發生的那個下午，我是什麼情形，假裝我就是連納太太躺在這裡休息，安安靜靜，毫不猜疑什麼。

一個人到了驚魂未定時會如何想入非非，實在是很驚人。

我是一個很正常、很實際的人……一點也不怪異。但是我可以告訴你，當我在那裡躺了大約五分鐘，我慢慢感到怪怪的了。

我沒有想辦法抵抗，我故意讓這種怪異的感覺發展下去。

我對自己說：「我是連納太太，我是連納太太，我正躺在這裡，快睡著了。不久……很快了，那扇門就要打開了。」

我繼續不斷地這樣說，彷彿是自我催眠。

「現在大約一點半……現在大約是那個時候……那個門就要開了……那個門就要開了……我要看是誰進來……」

我的眼睛盯著那個門，不久門就要開啟，我要看著它打開，我就要看到開門的那個人……

那個下午我必定是有點神志不清，以致會想用那種方式解答那個神祕的問題。

但是，我的確相信這種方法。我感到背脊骨有一陣冷寒，一直延伸到腿部，我的腿感到麻木……麻痺了。

「你將陷入恍惚狀態，在那種恍惚狀態中你會看見……」

我一再反覆單調地說：「門就要開了……門就要開了……」

那種冷冷的、麻木的感覺變得更加強烈。

於是，慢慢地，我看見門打開了。

實在很可怕。

在這一剎那，我看到的恐怖現象可以說是空前絕後。

我嚇呆了……渾身冰冷，我不能動，想動也動彈不得。
我很害怕，怕得什麼也看不見，什麼也聽不見，難過極了。
那扇門慢慢打開。
那麼無聲無息。
再過一分鐘我就可以看見……
門慢慢、慢慢地開得愈來愈大。
比爾．克爾曼悄悄走進來。
他必定嚇了一跳！
我嚇得尖叫，由床上一躍而起，急忙奔向房子的另一邊。
他呆若木雞站在那裡，老實的紅面孔變得更紅，非常吃驚，嘴張得很大。
「哈囉，哈囉，哈囉！」他說，「護士小姐，你怎麼啦？」
我突然墜落到現實世界。
「天哪，克爾曼先生，你把我嚇壞了！」
「對不起。」他咧著嘴笑了，但是時間很短暫。
於是，我才看到他的手裡握著一束小小的毛莨花。那是一種很好看的小野花，遺址邊上遍地皆是，連納太太生前很喜歡這種花。
他很難為情，說話的時候臉都紅了。

「我們在哈沙尼買不到花和其他東西。墳墓上如果沒花，似乎太寒磣。她生前總是在桌上那個小瓶子裡插些花，我只是想過來把一束小花插進去，向她表示我們沒有忘掉她……對吧？啊，是有點愚蠢，我知道，不過，這個……我是說……」

我想他這樣做很貼心，因為難為情，他滿臉通紅，就像英國人常有的表現，他們如果表露感情，往往就會那樣。我認為那是一個很貼心的想法。

「啊，克爾曼先生，我覺得這是一個很好的主意。」我說。

於是我就拿起那個瓶子去灌些水，再把花插進去。

克爾曼先生能有這番心意，讓我對他更加讚賞。

他沒有再問我因為什麼事那樣大叫，謝天謝地，幸虧他沒問，如果問了，我一解釋，便會覺得自己有多麼愚蠢。

當我整理好袖口，並且把罩裙弄平時，我對自己說，你這個人哪，往後一定要按照自己的判斷力行事。你不適合做這種通靈的事。

我忙著整理自己的行李，讓那天其餘的時間都在忙碌中度過，不讓自己有片刻閒暇。

賴維尼神父很親切的表示，他對於我的離開非常難過。他說我的好興致與判斷力，對每個人都有很大幫助。判斷力！幸而他不知道我在連納太太房裡那個愚蠢的舉動。

「你今天沒看到白羅先生？」他說。

我對他說，白羅說他今天都會很忙，要發一些電報。

賴維尼神父的眉毛往上一揚。

「電報？打到美國嗎？」

「我想是吧。他說：『打電報到全世界各地！』但我想，那只是外國人的誇張說法。」

說完，我倒是有些臉紅了，因為我忽然想起賴維尼神父也是外國人。不過他似乎並不見怪，只是很愉快地哈哈大笑，然後問我有沒有那個斜眼人的什麼消息。

我說我不知道，因為我沒聽到什麼。

賴維尼神父又問我，連納太太和我注意到那個人是在什麼時候，他怎麼會躡著腳想向窗裡窺探。

「他特別注意連納太太，這似乎是很明顯。」他思索著說，「自從命案發生後，我一直在想，那個人是否有可能是個歐洲人，只是扮得好像是伊拉克人。」

我覺得那是一個新的思考，所以我仔細地思索著。我認為那個人當然是本地人。但是，當然，我是根據他衣服的剪裁式樣和黃皮膚才會那樣想。

賴維尼神父表示他打算到營地外面走走，並且到我和連納太太看到那個人站立的地方去瞧瞧。

「說不定他掉下了什麼東西。偵探小說裡的凶手總是會這樣。」

「我想在現實生活中，凶手會更加小心。」我說。

我去拿一些我剛剛補完的襪子，放到客廳的桌子上，好讓男人們回來時自己撿自己的。

然後因為沒有很多的事要做，我就走到屋頂上。

詹森小姐站在那裡，但是她沒聽見我走過來，我一直走到她面前，她才注意到我。

但是，我早已看出有什麼非常驚人的事發生了。

她正站在屋頂中央，目不轉睛的望著前面，臉上露出非常驚恐的模樣，彷彿看見了一件不敢相信的事。

那個樣子使我嚇了一大跳，你要知道，我在前幾天晚上已經看見她煩惱的樣子，但那與目前的表現迥然不同。

「親愛的，」我說，連忙走到她跟前。「究竟有什麼不對了？」

她聽到我的話轉過頭來，站在那裡望著我，但彷彿並未看見我。

「什麼事？」我繼續問。

她露出一種很奇怪的樣子，彷彿想嚥下什麼東西，但因為喉嚨太乾，嚥不下去。她聲音嘶啞地說：「我剛剛看到一件東西。」

「你看見什麼？告訴我。究竟是什麼？你的樣子看來很疲累。」

她竭力想鎮定下來，但仍然顯得很難受。

她依舊用那種彷彿噎到說不出的聲音說：「我看出一個人可以如何由外面進來……這誰都不可能猜想得到啊。」

我順著她看的方向望去，但是沒看到什麼。

芮德先生正在攝影室門口站著，賴維尼神父正穿過庭院。除此之外，什麼也沒有。

我非常困惑地轉回頭，發現她正目不轉睛地望著我，眼睛裡露出一種古怪至極的神色。

「真的，」我說，「我不懂你的意思。你說明白些好嗎？」

但是，她搖搖頭。

「現在不能說，晚一點再說。我們早就該看出來，啊，我們早就該看出來！」

「你只要告訴我……」

但是，她搖搖頭。

「我得先好好思考一番。」

然後，她由我身邊走過，踉蹌地下樓去了。

我沒和她下去，因為她顯然不希望我跟著她。我坐在矮牆上想要思索出一個究竟，但是毫無結論。這裡只有一條路可以走進院子……就是經過那個大拱門。就在拱門外面，我看見那個送水的孩子和他的馬，還有那個印度廚子正在和他講話。沒人能逃過他們的視線走過他們身邊，來到院子裡。

我百思不得其解地搖搖頭，再走下來。

24
謀殺會成為一種習慣

那天晚上，我們都很早休息。詹森小姐在晚餐時露面了。她的舉止大致和往常一樣，雖然如此，她有一種呆呆的神情，有一兩次別人對她講話，她都沒聽見。

不知為什麼，那並不是一頓吃得很舒服的晚餐。我想，你會說，在一個當天舉行過葬禮的地方，這個現象很自然。但是，我知道自己的意思。

最近我們吃飯時，大家都很安靜，並且壓抑住個人的情緒。雖然如此，彼此已經產生一種友誼之情。連納博士有喪妻之痛，大家都深表同情，同時也有一種互相扶持的團結氣氛。

但是今天晚上，我又想起我在那裡吃第一頓飯時的情景。那時候麥加多太太老是盯著我，而且當場有一種奇怪的感覺，彷彿有一根弦隨時會繃斷似的。

那次我們圍著餐桌坐著，白羅坐在桌子一頭時，我也有同樣的感覺……只是強烈得多。

今天晚上，那種感覺更加強烈。每個人都心神不寧，心驚肉跳，如坐針氈，假若有人將什麼東西掉到地下，我相信會有人大叫出來。

就像我所說的，飯後我們都很早撤離。我幾乎立刻就上床睡覺了，正要睡著的時候，聽到的最後一個聲音，是麥加多太太在我門口向詹森小姐說晚安。

我馬上就睡著了，那是由於收拾行李太累了，加上在連納太太房裡做了那件傻事，更加疲憊不堪。我酣睡好幾小時，連半個夢也沒做。

我是突然驚醒的，同時有一種大禍臨頭的感覺。因為有一種聲音把我驚醒了，等我在床上坐起來傾聽時，我又聽到那個聲音。

那是一種痛苦、梗塞的呻吟聲。

轉瞬之間，我已點上蠟燭起床了，我抓起一支火把，以防萬一蠟燭滅了。我走出房間，站在那裡傾聽。我知道那聲音不是遠處傳來的。那聲音再次傳過來，從我隔壁的房間發出的，那是詹森小姐的房間。

我連忙跑進去，詹森小姐躺在床上，她痛苦得整個身體扭作一團，我把燭台放下，彎下身查看，只見她的嘴唇動了一下，她想要說話……但只聽到一聲沙啞的低語，我看到她的嘴角和下巴的皮膚已經燒成一種灰白色。

她的眼睛望望我，又望望地上的一個玻璃杯，那顯然是從她手中掉到那裡的。杯子掉落的淺色地毯上已經染成鮮紅色。我把杯子撿起來，用手指伸進杯裡試試，突然尖叫一聲，將手指縮回來。然後，我又檢查那可憐女人的嘴巴。

究竟出了什麼事？毫無疑問，為了某種不明的原因（有意的或是其他緣故），她吞下一些腐蝕酸……草酸或是鹽酸，這是我的想法。

我跑出去叫醒連納博士，他就把其他人叫醒，我們用盡全力救她。但是，我始終有一種可怕的感覺……這沒用。我們試著用高濃度的碳酸鈉溶液灌她，然後用橄欖油再灌。為了減輕她的痛苦，我給她注射一針硫酸嗎啡。

大衛．奧莫特到哈沙尼去找瑞利醫生來，但是在他來到之前，一切都結束了。

當我彎下身給她注射嗎啡時，她痛苦地掙扎著想說話，我聽到的只是一串緊揪、悚然的低語。

「那個窗子……」她說，「護士……那個窗子……」

但是只有這些話。她說不下去，完全癱倒了。

那一夜的事，我永遠忘不了，瑞利醫生來了，梅特藍上尉來了。最後，破曉時分，赫丘勒．白羅來了。

還是他輕輕地拉著我的手臂，帶我到飯廳。在那裡，他讓我坐下，給我一杯濃茶。

「好了，護士小姐，」他說，「這就好多了，你太累了。」

聽他這麼一說，我突然放聲大哭。

「這太恐怖了，」我哭著說，「好像是一場噩夢，她那麼痛苦，還有她的眼睛……啊，白羅先生，她的眼睛……」

他輕輕拍著我的肩膀，就算是個女人也沒這樣溫柔。

「是的，是的，不要去想它，你已經盡力了。」

「是一種腐蝕酸致死的。」

「那是很強的鹽酸溶液。」

「就是他們用來洗陶罐的東西嗎？」

「是的，詹森小姐也許是在尚未完全醒過來的時候把它喝下去……除非她是故意喝的。」

「啊，白羅先生，這是多麼可怕的想法！」

「這畢竟是一種可能。你認為呢？」

我想了一會兒，然後肯定地搖搖頭。

「我不相信是這樣。不，我不相信。」我猶豫一下，然後說：「我想她昨天下午發現什麼了。」

「你說什麼？她發現了什麼？」

我把我們在一起的談話對他重說一遍。

白羅輕輕、低聲地吹了一個口哨。

「可憐的女人！她說她要好好思考嗎，啊？她就是因此送了命。假若她說出來，那麼立刻……」他說，「再把她的話一字不差地對我說一遍，好嗎？」

我再說一遍。

「她看出一個人怎樣能夠由外面進來，而不會讓你們任何一個人看見嗎？來吧，護士小姐，我們到屋頂上看看，你告訴我她站在什麼地方。」

我們一起來到屋頂，我把詹森小姐昨天站的地方確切地指給他看。

「像這樣嗎？」白羅說，「那麼我由這裡看到些什麼呢？我看到半個庭院，那個拱門，還有繪圖室、攝影室，還有研究室的門，昨天院子裡有人嗎？」

「賴維尼神父正往拱門方向走，芮德先生正在攝影室門口站著。」

「我還是看不出一個人怎能從外面進來，而不讓你們任何人看到。但是她看出來了。」

「哎呀，傷腦筋！她究竟看出什麼呢？」

現在旭日冉冉東升，東方整個的天空上，玫瑰紅、橘黃、灰白和珍珠灰的色彩構成一個美輪美奐的畫面。

「多美的日出啊！」白羅輕輕地說。

河水由我們的左邊蜿蜒而上，遺址矗立在那裡，周圍勾勒出金黃色的輪廓。南邊是正在綻放花朵的果樹和寧靜的耕地。遠方傳來水車輪低吟似的聲音，那是一種微弱、不屬於塵世的聲音。

那景色美得讓人難以置信。

然後，就在我身邊，我聽到白羅發出一聲深長的嘆息。

「我真愚蠢，」他喃喃地說，「事實非常明白……非常明白。」

25 自殺？謀殺？

我沒工夫問白羅這話是什麼意思，因為這時候梅特藍上尉正往上面喊，叫我們下去。

我們連忙走下樓梯。

「白羅，你看，」他說，「又有另外一件麻煩事了。那個修道士不見了。」

「賴維尼神父嗎？」

「是的，剛剛才注意到這回事，剛才有人忽然想到他是唯一不在場的人，於是我們就到他房裡找，他的床昨天夜裡沒人睡過的樣子，而且找不到他的蹤影。」

這一切都好像是一場噩夢。

先是詹森小姐的死，然後又是賴維尼神父失蹤了。

僕人都叫來問過，但是，他們的話都不能幫助我們了解這個不可思議的事。

他們最後看見他，是在昨天晚上大約八點的時候，當時他說要在睡覺以前出去走走。

沒人看見他散步以後回來。

大門照例在九點關好，並且閂上。不過，沒人記得曾經在早上開過門，那兩個僕人都以為是另外一個人開門的。

昨天夜裡賴維尼神父究竟回來沒有？

他在頭一次散步的時候，是否發現一些可疑的事情？

他是否後來再去查個究竟，結果成為另一個受害人？

梅特藍上尉猛一轉身，只見瑞利醫生來了，後面跟著麥加多先生。

「哈囉，瑞利，發現什麼了嗎？」

「是的，那東西是研究室裡的。我剛剛才和麥加多檢查過藥品的數量，那是研究室的鹽酸。」

「研究室……啊，門鎖上了嗎？」

麥加多先生搖搖頭，他的手發抖，臉抽搐著，氣色壞得不像樣。

「我們沒有這種習慣，」他囁嚅著說，「你知道，剛才我們一直在用那個房間。我……誰也想不到……」

「那地方晚上上鎖嗎？」

「是的，晚上所有的房間都上鎖，鑰匙就掛在客廳裡面。」

「那麼，拿到那房間的鑰匙就可以拿到那種藥品了。」

「是的。」

「我想，那是一種普通的鑰匙吧？」

「有跡象可以看出是她自己從研究室拿出來的嗎？」梅特藍上尉問。

「啊，是的。」

「她沒有。」我肯定地大聲說。

我感覺到有人在後面碰碰我，表示警告。原來白羅就在我背後。

後來有件相當糟糕的事發生了。

那件事的本身不糟糕……是那種不調和的情形使事情變得其糟無比。

一輛汽車開到院子裡來，一個身材矮小的人由車上跳下來。他戴一頂硬殼太陽帽，穿一件厚的軍用防水短上衣。

連納博士在瑞利旁邊站著，那人一直走到他跟前和他熱烈握手。

「啊，老兄，你在這兒！」他說，「真高興看到你，我星期六下午曾路過這裡……到福吉瑪去和那些義大利人在一起。我有到挖掘場去找你，但是那裡沒有半個歐洲人，哎呀，我又不會說阿拉伯話，而且我沒時間到營地裡來。不過今天上午，我五點離開福吉瑪……可以在這裡和你混兩個小時，然後要去趕護航艦。啊，你們這季的工作如何？」

這下真慘！

那種興致勃勃的聲音、實際的態度、尋常生活的清晰條理，現在已離我們好遙遠。他急急忙忙地闖進來，什麼都不知道，什麼都沒注意到，只是全然的興高采烈。
難怪連納博士發出一聲幾乎聽不見的喘息，默默的望著瑞利，表示求援。
瑞利醫生馬上挺身出來應付這個場面。
他把那個身材矮小的人拉到一邊（他叫維利耶，是個法國考古專家，曾經在希臘群島挖掘，這是我後來聽他們說的），把這裡出了什麼事告訴他。
維利耶嚇了一跳，他自己最近幾天都在一個偏僻的挖掘場，並未聽到什麼。
他連連的表示慰問與歉意，最後走到連納博士的前面，熱烈、用力地握住他的兩隻手。
「太慘了，啊，太慘了。我找不出適當的話安慰你，可憐的朋友！」
他搖搖頭，最後再度表示他無法表達他的遺憾，爬上車，告辭而去。
就像我所說的，在這個悲劇當中穿插一段滑稽的插曲，更令人覺得恐怖難當。
「下一件事，」瑞利醫生堅決地說，「就是吃早餐。對，我堅持。來，連納，你必須吃點東西。」
可憐的連納博士幾乎完全垮下來了，他和我們一起來到飯廳，我們吃了一頓很難過的早餐。雖然熱咖啡和煎蛋很美味，可是沒有一個人有食欲。連納博士喝了些咖啡，然後坐在那裡撥弄著他的麵包。由於痛苦與困惑，他的臉色灰白，而且拉得長長的。
早餐之後，梅特藍上尉就著手調查了。
我對他說明我醒來時聽到奇怪的聲音，以及到詹森小姐房裡的經過。

「你說地板上有一只玻璃杯？」

「是的，想必是她喝過之後掉到地上的。」

「杯子破了嗎？」

「沒有。它掉到地毯上（順便提一提，鹽酸恐怕已經把地毯燒壞了），我把杯子撿起來，再把它放回桌上。」

「很高興你告訴我這個情形。杯子上有兩組指紋，一組一定是詹森小姐自己的，另一組必定是你的。」

他沉默片刻後說：「請繼續說下去。」

我仔細說明我做了些什麼，和我試用什麼辦法急救，同時，頗為擔心地瞧著瑞利醫生，希望他表示認可。他點點頭。

「每一種可能的辦法你都試過了。」他說。

我確信我是，只是我的信念由他證實會覺得更安心。

「你是否確切知道她服用的是什麼？」梅特藍上尉問。

「不能確定……但是，當然，我可以看出是一種腐蝕酸。」

梅特藍上尉嚴肅地問：「護士小姐，你認為詹森小姐是故意喝下那種東西嗎？」

「啊，不，」我叫了出來。「我不認為。」

我不知道為什麼我這樣確定，我想一部分原因是白羅先生的暗示。他那句「謀殺會成為一種習慣」深深烙印在我的心裡，另一個原因是，你不太容易相信一個人會用那種痛苦的方式自殺。

我這麼說著，梅特藍上尉思索著點點頭。

「我同意那不是一個普通人會選擇的方法，」他說，「但如果一個人痛苦到了極點，而這種藥也容易拿到，也許就因此吃下了。」

「她真的痛苦到了極點嗎？」

「麥加多太太是這樣說，她說昨天晚上吃飯時，詹森小姐的舉止相當失常，別人和她講話，她幾乎都沒聽見。麥加多太太可以確定詹森小姐為了某件事極端痛苦，因此她已經有自殺的念頭。」

「啊，我絕對不相信這個說法。」我直率地說。

哼，麥加多太太！那個討厭、鬼鬼祟祟、惡毒的女人！

「那麼，你認為是怎麼樣呢？」

「我認為她是遭人謀殺。」我直率地說。

他厲聲發出下一個問題，我覺得彷彿是在一個軍醫院的護理室。

「有什麼理由嗎？」

「我想那似乎是最可能的解答。」

「那只是你個人的意見。但我認為，凶手沒有理由要害死這位小姐。」

「對不起，有個理由。」我說，「因為她發現了一件事。」

「發現了一件事？什麼事？」

我把我們在屋頂上的談話一字一句重說一遍。

「她不肯告訴你她的發現是什麼嗎？」

「是的，她說她得好好思考。」

「但是，她因此很激動嗎？」

「對。」

「一個由外面進來的辦法，」梅特藍上尉思索著這句話，皺著眉頭。「你一點也不知道她指的是什麼嗎？」

「一點兒也不知道，我思索再三，但是一點都想不透。」

梅特藍上尉說：「白羅先生，你以為如何？」

白羅說：「我以為那是個可能的動機。」

「謀殺的動機嗎？」

「謀殺的動機。」

梅特藍上尉皺著眉頭。

「她在臨死之前已不能講話了嗎？」

「是的，她只能勉強說出四個字。」

「什麼字？」

「『那個窗子』。」

「那個窗子？」梅特藍上尉重複說，「你知道她指的是什麼嗎？」

我搖搖頭。

「她的臥室有幾個窗子？」

「只有一個。」

「對著院子嗎？」

「對。」

「是開著或是關著？開著，我似乎記得是這樣。但是，也許你們當中有個人打開過？」

「沒有，那窗子一直是敞開的。不知道……」

我忽然停下來。

「說下去吧，護士小姐。」

「當然，我檢查過窗戶，但是沒有不尋常的現象。我猜，不知道是否有人把玻璃杯換過了。」

「換玻璃杯？」

「是的。你知道，詹森小姐上床睡覺的時候總是帶著一杯水。我想那杯水必定是被人換過，有人把一杯腐蝕酸放到那個地方。」

「你覺得怎樣，瑞利？」

「假若是謀殺，也許就是這樣。」瑞利醫生馬上說，「一個正常、細心的人不會把一杯腐蝕酸誤認為水喝下去……我是說，假如頭腦完全清醒。但如果一個人習慣在半夜喝點水，他也許就自然地伸手到老地方拿杯子，仍是半睡半醒地把那東西喝下去，根本不知道已經喝下足以致命的分量。」

梅特藍上尉思索片刻。

「我得回到那個房間看看那個窗子，看它離床頭有多遠。」

我想了一下。

「一個人的手如果伸得很長，就能搆到床頭的那個小桌子。」

「就是放那杯水的小桌子嗎？」

「對。」

「門上鎖了嗎？」

「沒有。」

「那麼，不管是誰，只要由門那裡進來，都可以把它換掉嗎？」

「啊，是的。」

「那樣做危險性很高，」瑞利醫生說，「一個睡得很酣的人往往聽到一個腳步聲就會驚醒。假若由窗口伸手可以搆到那個小桌子，就比較安全。」

「我不是在想那個杯子。」梅特藍上尉心不在焉地說。

他忽然驚醒起來，又對我說：「你覺得那個可憐的女人快死之前，急於讓你知道有人從窗口伸手進來，把那杯水換成腐蝕酸，對吧？那麼，她要是說出那人的名字不是更有用？」

「她也許不知道那人的名字。」我指出這一點。

「更可能她是在暗示前一天她發現到什麼，對吧？」

瑞利醫生說：「梅特藍，一個人垂死之時，他的心智不會均衡，他的心裡有一件特別的事，總是擺脫不掉。在那一剎那間，她仍然忘不了那窗口伸過來的手。也許她覺得讓人知道那個事實很重要。我認為她也沒有錯到哪裡去，那的確是重要。她也許霍然想起你認為她自殺了。假若她能講話，她也許就會說：『不是自殺，我不是自己故意喝的，有人從窗口把那東西放到我床邊的小桌上。』」

梅特藍上尉沒回答，只是用手指敲著桌子，過了一兩分鐘，他說：「對於這件事必然有兩個看法，不是自殺，就是謀殺。連納博士，你以為是哪一個？」

連納博士沉默了一兩分鐘才說：「是謀殺，安娜．詹森不是那種會自殺的女人。」

「是的，」梅特藍上尉承認。「在正常的情況下是不會。但是遇到某些情況，那是一個很自然的解決辦法。」

「像是什麼情況？」

梅特藍上尉彎下身拿到一包東西，這是方才我看到他放在他椅子旁邊的，他相當用力地將那包東西拿到桌子上。

「這裡有一件你們沒人曉得的東西。」他說，「他們在她的床底下發現這個。」

他解開那個包包，一打開，原來是一個沉重的大手磨，或者是磨石。

那個東西的本身並不奇怪，因為挖掘工作進行期間，已經發現到十幾個。引起我們注意的是上面有個暗沉的、褐黑的汙跡，還有一些像毛髮一樣的東西。

「那就是你的工作了，瑞利，」梅特藍上尉說，「但是，我以為這一點沒多大疑問：連納太太就是被這個東西打死的。」

26 下一個就輪到我！

這是相當可怕。連納博士彷彿要暈倒似的，我自己也覺得有點不舒服。

瑞利醫生露出醫師檢查病人時的興趣檢查那個東西。

「我想，沒有指紋吧？」他表示意見。

「沒有指紋。」

瑞利醫生掏出一把小鑷子，很精細地檢查。

「嗯，有一點人身上的組織……還有頭髮，金黃色的頭髮，這只是非正式的判斷。當然，我必須做個正式的化驗，驗驗血型之類。但是，這沒多大疑問。這是在詹森小姐床底下找到的嗎？哦，哦……原來她居心不良。可能是她謀殺的。事後──啊，願主賜她安寧──她感到後悔，結果就自殺了。這是一個推論，一個合理的推論。」

連納博士只能可憐的搖搖頭。

「不會是安娜……不會是安娜……」他喃喃地說。

「首先，我不知道她以前把這東西藏在什麼地方，」梅特藍上尉說，「第一個命案之後，每個房間都搜查過。」

我忽然靈機一動。藏在那個文具櫥裡吧？但是，我沒說什麼。

「不管是哪裡，她對藏放的地方不滿意，便把它帶回自己房間。不過那個房間和其餘房間都搜查過。或者，是她決定自殺以後才這樣做。」

「我不相信這個說法。」我大聲說。

不知道為什麼，我總不能相信那個真摯善良的詹森小姐會砸破連納太太的腦袋。我簡直不能想像會有那樣的事發生。但是，這種想法和一件事符合……譬如說，她那天晚上突然哭起來。而且，我畢竟自己也說過「懊惱」那兩個字……但是我以為她懊惱的原因，除了那個比較微不足道的罪惡感外，不會有其他了。

「我不知道該相信什麼，」梅特藍上尉說，「那個法國神父的失蹤也要查清楚。我的部下正在各處搜尋，怕他會被人迎頭一擊，屍首被人順手推到水溝裡。」

「啊，我想起來了……」我開始說。

於是，每個人都向我投射疑問的眼光。

「那是昨天下午的事，」我說，「他一再盤問我那天那個斜眼人向窗裡窺探的情形。他問那人站在什麼地方，又說他要出去看看。他說在偵探小說裡總會看到凶手留下些線索。」

「我遇到的那些凶手要是那樣才怪呢。」梅特藍上尉說，「原來他就是出去查這個，對吧？天哪！不知道他是否真的發現了什麼。如果他和詹森小姐同時發現到可以認出凶手的線索，那才是有點巧合呢。」

他又煩躁地繼續說：「一個斜眼的人？一個斜眼的人？這個事件有太多那位斜眼人的傳言，也許實際上根本不是那樣。我不明白我的部下為什麼找不到他。」

「也許是因為他並沒有斜眼。」白羅冷靜地說。

「你是說，他是假裝斜眼嗎？我還不知道斜眼也可以假裝。」

白羅只是說：「斜眼可能很有用處呢。」

「要這樣，真是該殺！不管他斜不斜眼，我不惜任何代價都要查出那傢伙在哪裡！」

「我猜，」白羅說，「他已經逃出敘利亞邊界了。」

「我們已經向克其克古丘和阿布．克瑪爾發出警告。事實上，所有邊界上的警衛哨都通知了。」

「我想他是採取穿過山區那個路線，也就是走私貨車常走的那條。」

梅特藍上尉哼了一聲。

「那麼，我們最好通知代爾祖爾[14]了。」

「我昨天已經通知他們了……我警告他們當心一輛汽車，車上有兩個人持有毫無瑕疵的護照。」

梅特藍上尉對他注視一下。

「你通知了，是嗎？兩個人，啊？」

白羅點點頭。

「兩個人。」

「白羅先生，我覺得你的袖中乾坤不少呀。」

白羅搖搖頭。

「不，」他說，「其實不然。真相是我今天早晨觀賞日出的時候才發現的。好美的日出景象！」

我想，我們當中沒有人注意到麥加多太太已經進來了。梅特藍上尉方才拿出那個有血跡的可怕大手磨時，大家都大吃一驚，她一定是在那個時候溜進來的。

但是現在，她出人意料的發出一聲像殺豬似的聲音。

「啊，主啊，」她叫道，「我明白了，現在我都明白了。那是賴維尼神父幹的。他瘋了，那個宗教狂。他以為女人是有罪的，他要把她們都害死。先是連納太太，然後是詹森小姐……下一個就輪到我了！」

14 代爾祖爾（Deir ez Zor），位於敘利亞東北部的一個城市，在幼發拉底河右岸，有法國警備隊駐守。

她這樣狂叫一聲，便跑到房子那一邊抓住瑞利醫生的上衣。

「我不要留在這裡。我告訴你，我再也無法在這裡多停留一天！有危險！到處都有危險。他現在藏在一個地方，正在等待機會。他會突然跳出來要我的命！」

她張開口，又大叫起來。

瑞利醫生抓住她的手腕；我趕快跑過去，左右開弓，猛打她兩個耳光。然後他就幫我把她扶到一把椅子上坐下。

「沒人會害死你，」我說，「我們保證！坐下來休息吧。」

她不再狂叫，嘴也閉上了，她坐在那裡驚詫、傻傻地望著我。

這時，又有人打斷了我們的談話。

門開處進來了雪拉．瑞利。

她的面色蒼白、凝重。她一直走到白羅面前。

「白羅先生，我今天很早就到郵局，」她說，「那裡有你一封電報，我把它帶回來了。」

「謝謝你，小姐。」

他由她手中接過電報，拆開看。這時候她注意著他臉上的表情。

他的臉上毫無變化。他看完電報，把紙弄平，整整齊齊的摺好，放進衣袋。

麥加多太太望著他，用好不容易才發出的聲音問：「那是……美國發來的嗎？」

他搖搖頭。

「不是，太太，」他說，「是突尼斯發來的。」

她注視他片刻，彷彿不懂他的意思，然後嘆口氣，將身子靠在椅背上。

「賴維尼神父，」她說，「我猜對了。我始終覺得他有些地方很怪。他有一次對我說了一些事情，我想他是瘋了……」她停頓一下之後說：「我還是不說話好。但是，我必須離開這個地方。我和約瑟可以進城住到招待所。」

「忍耐些，太太，」白羅說，「我會說明一切。」

梅特藍上尉好奇地望著他。

「你認為你對案情已經確實了解了嗎？」

白羅向他深深一鞠躬。那是非常戲劇化的動作。

我想這一來，使梅特藍上尉很不痛快。

「那麼，」他怒吼道，「就有話快說，老兄！」

但那不是赫丘勒．白羅辦事的方式。我看得很清楚，他會娓娓道來，講得有聲有色。不知道他是否真的知道實情，或者只是在誇耀。

他轉身對瑞利醫生說：「瑞利醫生，勞駕您把其他人都召集在一起，好嗎？」

瑞利醫生馬上一躍而起，很聽話地走出去召集。一兩分鐘後，所有團員都魚貫而入。首先是芮德和奧莫特。然後是比爾．克爾曼。再來是李察．蓋瑞。最後是麥加多先生。

可憐的麥加多。他的樣子簡直像具死屍。我想他一定是非常害怕……怕自己因為將危險的化學藥品亂放而受到責罵。

每個人都圍著桌子坐下，很像白羅先生初來的那一天。比爾．克爾曼和大衛．奧莫特都朝雪拉．瑞利那邊瞧瞧，猶豫了片刻，才坐下。她背對他們，站在窗口向外張望。

「要椅子嗎，雪拉？」比爾說。

大衛．奧莫特用他那種低緩和悅、慢吞吞的聲音說：「請坐。」

於是她轉回身，站在那裡對他們瞧瞧。他們都指著一把椅子，並且推過去。不知道她會接受誰推過去的椅子。

最後，她誰的都沒接受。

「我要坐在這裡。」她毫無禮貌地說，然後就在桌子邊上離窗子很近的地方坐下。「這表示，」她加了一句：「如果梅特藍上尉不介意的話，我就留下來。可以嗎？」

我不敢確定梅特藍上尉會說什麼。白羅搶先說：「當然可以，留下來吧，小姐。事實上，你必須留下來。」

「必須？」

「那就是我用的字眼，小姐。有幾個問題我不得不問問你。」

她的眉毛又向上一揚，可是她沒再說話。她將面孔轉向窗口，彷彿決心不理會背後的這一切。

「那麼，現在，」梅特藍上尉說，「我們該談談真相了吧！」

他說話時好像很不耐煩似的。他這個人本質是個行動派，此時此刻，我相信他一定急於出去辦事……指揮部下搜尋賴維尼神父的屍體，或者派人去捉拿他。

他望著白羅的那副神情，像是非常厭惡。

「這傢伙如果有話要說，為什麼不一股腦說出來呢？」

我可以看出這種話已經到了他嘴邊。

白羅露出一種品評的神情慢慢瞧瞧我們大家，然後站起來。

我不知道他會說什麼……一定是富於戲劇性的話吧，他就是那樣的人。

但是，我萬萬沒料到他竟用一句阿拉伯話開場。

可是，事實就是如此。

他一個字一個字慢慢地說出來，而且語氣充滿著虔誠與敬畏……如果你明白我的意思。

「比斯米拉希．阿．拉曼．阿．拉希姆。」

然後，他用英語翻譯出來。

「祈求大慈大悲的阿拉保佑！」

27 旅程開始

「『祈求大慈大悲的阿拉保佑！』那是阿拉伯人開始遠遊之前說的話。好！我們現在也要開始一個旅程。這是一個回到過去的旅程，回到人類心靈中神祕的所在。」

在那個時刻以前，我想我並未感覺到所謂「東方的魅力」。坦白說，我所感覺到的是四處一片髒亂。但是聽到白羅先生的話，一種奇怪的景象突然呈現在我眼前。我想到像「撒馬爾罕」和「伊斯巴罕」那樣的字眼。我想到長鬍商人、跪在地下的駱駝，搬運工人背著用繩子繫在頭上的巨大包裹蹣跚而行，還有頭髮染成深橘紅色的黥面婦女跪在底格里斯河邊洗衣服。我也聽到她們那種好像慟哭似奇怪而單調的歌聲，以及遠處傳來水車輪發出的呻吟聲。

那都是我看到、聽到但毫不重視的事物。然而它們現在似乎迥然不同……好像是一塊發霉的舊衣料，當你拿到亮光處一看，忽然發現到古老刺繡的豐富色彩。

於是，我環顧一下這個飯廳。我有一種奇怪的感覺，認為白羅先生說得很對。我們大家的確都在開始一個旅程。我們今日相聚一堂，明朝便各奔東西。然後我瞧瞧每個人，彷彿是和他們初次見面一樣……而且也是最後一面。這話聽起來很愚蠢，但我還是有這樣的感覺。

麥加多先生正在緊張的搓手。他那奇怪而瞳孔放大的淡藍色眼睛正在注視著白羅。而麥加多太太正在瞧她的丈夫，她有一種莫名警覺的神情，像一隻母老虎靜候一躍而上的時機。連納博士非常奇妙地縮小了。受到最後這個打擊以後，他完全垮了。你或許可以說他根本不在這個房間裡。他是在一個屬於他自己的遙遠地方。克爾曼先生直接望著白羅。他的嘴巴微張，眼睛突出，那模樣幾乎可說是傻頭傻腦。奧莫特先生正在瞧下面自己的腳，我看不清楚他的樣子。芮德先生一臉困惑，他的嘴巴噘著，看來更像一隻豬了。瑞利小姐不住地望著窗外。我不知道她在想些什麼，或者有什麼感覺。於是，我又瞧瞧蓋瑞先生。不知為什麼，我看到他們的臉覺得很難過，於是我把眼光轉移到別處。現在，我們大家是在這裡，但不知道為什麼，我感覺等白羅先生的話一說完，我們都會在迴然不同的地方。

那是一個奇怪的感覺。

白羅靜靜地說下去，猶如河水在兩岸之間平穩的流淌，直到注入大海。

「從一開始我就感覺到，要了解案情，我們不可尋求外面的跡象或線索，而要找到一個更實在的線索……那就是人性衝突和內心隱祕的真實線索。

「我可以告訴諸位，雖然我已經得到我認為是這命案的真正解答，但我沒有實在的證據。我知道真相是如此，而且必然是如此，因為沒有其他辦法可以把每個事實都扣合得恰到好處。因此，這種解釋在我看來，是我們所能找到最令人滿意的解答。」

他停頓一下，才又繼續說下去。

「我打算由我應邀來調查本案那一刻起，開始我的旅程……也就是當我來了解整個案發情形時。我認為，每個案子都有其固定的類型和方式。這個案子的模式，以我看來，都是以連納太太為中心而轉移。我在尚未了解連納太太確實是哪一種人之前，不可能知道她為什麼給人害死，以及誰會害死她。

「那麼，那就是我的出發點……連納太太的為人如何？

「也有另外一個很有趣的心理觀察。那就是大家所說的，同仁之間存在著一種奇怪的緊張情形。這件事已經由好幾個不同的證人證明，其中有幾個是局外人。於是我記下來，雖然這幾乎不算是一個確實的出發點，但在我調查時還是要記在心裡。

「大家似乎公認，這個狀況是連納太太對考古團同仁施加影響力所產生的結果。但是由於某種理由——以後我會概略地告訴諸位——我認為這不是可以完全相信。

「就像我所說的，我一開始便集中精神去了解連納太太的為人。有各種各樣的辦法來評估她的性格。可以看看她在一些人身上產生什麼反應。這種反應因人而異，也由於各人性格與心性的不同，會有很大的差別。我也從自己的觀察中蒐集資料。後者的範圍極有限，但我確實知道了某些事實。

「連納太太的嗜好單純且樸實，是屬於質樸型的。她不是一個喜歡奢侈的女人。在另一方面，她的刺繡非常精緻、美麗。這就可以顯示出，在品味方面，她是個非常挑剔、非常熱愛藝術的人。從她臥室裡的那些書來觀察，我還對她有進一步的評價。她相當有頭腦。而且我也可以判斷出，她在本質上是個自我本位的人。

「有人向我暗示，連納太太是個全神貫注在引起異性注意的女人……其實，那就在暗示她是個縱欲的女人。這一點，我不相信是真的。

「在她的房裡，我注意到架子上有以下幾本書：《希臘人概論》、《相對論入門》、《斯坦侯普夫人傳》、《返回麥修撒拉》、《林達．康頓傳》、《克魯號》。

「首先，她對文化和現代科學有興趣，那是一種知識方面的興趣。從那些書當中，我們可以由《林達．康頓傳》與《克魯號》這兩本書看出，連納太太對獨立的婦女富有同情心與興趣。她同情那些不受男人阻礙、不陷入男人圈套的獨立女性。她也顯然對斯坦侯普夫人的品格很感興趣。《林達．康頓傳》那本小說對於崇拜自己美貌的女人有細膩的研究。《克魯號》是對一個熱情的個人主義者的研究。《返回麥修撒拉》則是對於以理智而非以感情來看人生的態度深表贊同。於是，我就感覺我對死者開始了解了。

「其次，我研究過連納太太周遭朋友的反應。因此，我對死者的認識就愈來愈清楚。

「由瑞利醫生及另外一些人的說法，我很明白連納太太不但天生麗質，而且生來就有一種足以惹禍的魅力。那種魅力有時與美貌合在一起會招致禍害，但是，也可以單獨產生這種結果。這種女人所經之處，通常都留下一連串的暴行。她們會惹禍……有時害到別人，有時害到自己。

「我相信連納太太是個生來就有自我崇拜心理的女人。這種女人對權力的愛好勝於其他嗜好。不論身在何處，她一定要成為宇宙的中心。在她周圍的人，不論男女，都得折服她的權威。對於有些人，這很容易。譬如雷休蘭護士，她生性慷慨，富有羅曼蒂克的想像力。她一見到連納太太就馬上成為她的俘虜，對於她這種特質充分欣賞，毫無怨妒。但是，連納太太還有另外一種運用權威的辦法。因為征服別人太容易了，她就要滿足自己本性的另一面……但我想再強調這一點，這並不是你們稱為『有自覺的殘暴行為』，而是像貓捉耗子一樣自然而然、不加思索的行為。當她有自覺的時候，她的本質上是仁慈的。她會特別賣力地為別人做出一些親切而周到的事。

「現在，首要的問題就是解答那個匿名信的事。那些信是誰寫的？為什麼？我問自己：是連納太太自己寫的嗎？

「要回答這個問題，我們必須回溯到很遠……事實上，就是要回溯到連納太太第一次結婚的時候。我們這個旅程的本身，出發點就在這裡……連納太太生活旅程的開始。

「首先，我們必須認清，多年前的那個露易絲．連納與現在的露易絲．連納在本質上是一樣的。

「當時她還年輕，美得出奇，那是一種牽動男人的靈肉、令人魂牽夢縈的美；那是純粹肉體上的美也不能產生的特質。而且，她在本質上是一個自我中心的人。

「這樣的女人自然對於結婚這種想法是反感的。她們也許會迷上男人，但她們仍然寧願單身，不願讓任何男人占有。她們真正是傳說中的『無情美女』。雖然如此，連納太太事實上還是結婚了。這一點，我想，我們可以假定，她的丈夫必定是一個有個性的男人。

「然後她就發現了他的叛國行為。於是，連納太太就採取了她告訴雷休蘭護士的那種行動。她把那個情報呈報給美國政府。

「現在，我認為她這種行動有個心理上的意義。她對雷休蘭護士說她是一個非常愛國、並且富於理想主義的人，還說那種心理就是她密告的原因，但是，我們對自己的行為動機很容易自欺欺人，這是眾所周知的事實。我們都會本能地選擇一個振振有詞的動機。連納太太也許自信是愛國心激發她採取那種行動，但我本人相信，她其實是受到想擺脫丈夫的那種願望所驅動，只是她不承認罷了。她不喜歡受人支配，不喜歡那種屬於別人的感覺……也就是說，她不喜歡被放在次要的位置。因此，她就以愛國的方式恢復了她的自由。

「但是，她下意識感到有種罪惡在折磨自己。這對她未來的命運也有關係。

「我們現在直接轉到那些信的問題。連納太太對男性具有很大的吸引力。有幾次，她也迷上了男人……但是每次都有一封信作祟，結果都告吹了。

「那些信是誰寫的？是佛瑞克．巴斯納？或是他的弟弟威廉？或是連納太太自己？

「這幾種推測都不無道理。我覺得有一點似乎是很明白，連納太太那種女人可以激發男人對她廢寢忘食的愛。那種愛可能成為永遠擺脫不掉的感情。我覺得我們可以確信，對佛瑞克・巴斯納來說，他的妻子露易絲比什麼都重要！她已經出賣他一次。所以他不敢公開去接近她。但是他下定決心，至少要做到這一點：她必須成為他的人，否則誰也別想占有她。他寧願讓她死，也不能讓她投入別人的懷抱。

「在另一方面，假若連納太太的內心深處不喜歡有婚姻的桎梏，她也可能用這個法子使自己擺脫困境。她是個女獵手，獵物一到手就再也沒有用處了。她因為渴望在生活中產生一些戲劇性的變化，於是編出一齣能滿足這種心理的好戲……一個死而復活的丈夫，不許她公開和別人結婚！這就滿足了她內心最深處的衝動，就可以使她成為一個羅曼蒂克的人物，一個悲劇的女主角，也使她能達到不再結婚的目的。

「這種情形維持了幾年。每到可能結婚的時候，就來上一封恐嚇信。

「但是現在，我們到了真正有趣的一點。連納博士上場……可是沒有接到可怕的信，沒有任何事物可以阻礙她成為連納太太。她是到了結婚之後才又收到一封信。

「我們立刻會問自己：為什麼？

「讓我把我的推測依次的加以檢討。

「那些信如果是連納太太自己寫的，這問題就容易解釋。連納太太真的想和連納博士結婚。所以，她真的和他結婚了。但要是這樣，為什麼她在婚後自己又寫了那種信呢？是不是她對於刺激性的事物渴望太強烈，以至於遏止不住？而且，為什麼只有那兩封？接到那兩封信之後，有一年半都沒接到其他來信。

「現在，我們再談談第二種推測：那些信是她的前夫佛瑞克．巴斯納寫的（或是他的弟弟）。但是，那恐嚇信為什麼在他們結婚後才寄到？如果佛瑞克不想讓她和連納結婚，那麼為何不在事前阻止呢？前幾次他不是都成功了嗎？婚禮都已經舉行了，他為什麼要恢復那種恐嚇行為呢？

「可能的答覆就是，由於某種緣故，他無法早一點提出抗議。也許他已經鋃鐺入獄，或者人在國外。但這種答覆不能令人滿意。

「其次要考慮企圖以瓦斯中毒方式害死他們的那件事。這看起來極不可能是個外面的人幹的。扮演那齣戲的人可能就是連納太太本人。我們想不出連納博士有何必要做出那樣的事。所以，我們的結論是：是連納太太計畫的，然後也依計行事。

「那是為什麼？增加刺激感嗎？

「這以後，連納夫婦出國十八個月，度過一段快樂、平靜的生活，沒有恐嚇信來打擾他們。他們說那是因為他們很成功地達到銷聲匿跡的目的，但這種解釋很可笑。在這個年代，光是出國還不足以達到這個目的。連納夫婦的情形尤其如此。他是一個博物館的考古團團長，佛瑞克．巴斯納只要到博物館詢問一下，就可以馬上查到他的正確地址。即使他的境況不好，不能親自到國外去追逐他們兩個人，但是繼續寫恐嚇信總不會有什麼困難呀。而且我覺得，像他那樣一個對她永遠不能忘懷的人，一定會這樣做。

「但是，直到兩年後那些恐嚇又恢復的時候，才又聽到他的消息。

「為什麼重新寫那些信呢？

「這是一個很難解答的問題……最容易解答的答案，就是連納太太感到無聊，想製造更富於戲劇性的事。但是那種解答，我不十分滿意。這樣的戲，我認為似乎太庸俗、太粗魯，與她那種愛挑剔的個性不符。

「唯一的辦法，就是對這個問題抱持一種容許爭論的態度。

「這裡有三個可能：一、那些信是連納太太自己寫的；二、那些信是佛瑞克．巴斯納或他弟弟威廉．巴斯納寫的；三、前面那些信也許是連納太太或者她的前夫寫的，但是後來那些是偽造的……也就是說，那是另外一個發覺了以前那些信的人寫的。

「現在，我該直接考慮考慮連納太太身邊的人了。

「我首先看看團員若要謀害她，實際上有什麼機會。

「表面上看來，就機會而言，任何一個人都可能害死她，不過有三個人除外。

「連納博士，有壓倒一切的證據可以證明他從未離開屋頂；蓋瑞先生在挖掘場值班；克爾曼先生在哈沙尼。

「但是，我的朋友們，這些不在場證明都不像表面看來的那樣好……連納博士的不在場證明除外，那絕對沒有疑問。他一直在屋頂，直到命案發生一小時又十五分鐘以後才下來。

「但是否可以十分確定蓋瑞先生一直都在挖掘場？

「而在命案發生時，克爾曼先生確實都在哈沙尼嗎？」

比爾・克爾曼的臉紅了。他張開嘴，然後又閉上，不安的四下望望。

蓋瑞先生的表情沒變。

白羅口齒伶俐地繼續說下去。

「我也考慮到另外一個人。我覺得這個人如果到了激動至極的時候，可能會殺人。瑞利小姐有勇氣、有頭腦，也有一種相當無情的性格。當瑞利小姐向我談起那位死去的女人時，我開玩笑地對她說，我希望她也有一個不在場證明。我想當時瑞利小姐已意識到她心中也曾有過那種欲望……謀殺的欲望。總之，她馬上說了一句很愚蠢、毫無意義的謊話。她說她那天下午在打網球。第二天我偶然和詹森小姐談話，才知道瑞利小姐在命案發生時根本不是在打網球。實際上，她就在這房子的附近。我想，瑞利小姐如果與這個命案無關，也許她能告訴我們一些有用的資料。」

他停下來，然後很鎮靜地說：「瑞利小姐，請你告訴我，那天下午你看到了什麼，好嗎？」

那女孩子沒有立刻回答，她仍望著窗外，並未回過頭來。當她終於說話的時候，口氣中有一種超然、慎重。

「我午飯後騎馬出去，到挖掘場去。我到達那裡的時候大約是一點四十五分。」

「你在挖掘場找到什麼朋友嗎？」

「那裡除了那個阿拉伯工頭以外，沒有別人。」

「你沒看見蓋瑞先生嗎？」

「沒有。」

「奇怪，」白羅說，「維利耶先生在同一天下午到那裡去的時候也沒看見。」

他瞧瞧蓋瑞，想讓他說點話，但是後者文風未動，也沒說半句話。

「你有什麼說法嗎，蓋瑞先生？」

「我去散步，沒有什麼有趣的事發生。」

「你是朝哪個方向去散步的？」

「下面河邊。」

「不是往回家的路上走嗎？」

「不是。」

「我想，」瑞利小姐說，「你是在等候一個人，但那個人沒來吧？」

他看看她，但是沒回答。

白羅沒有逼問下去。他再對那女孩子說：「你還看到其他什麼情況嗎，小姐？」

「是的，我在離考古團營地很遠的地方，注意到考古團的旅行車在那個乾涸的河道上停下來。我想那件事有點怪，然後我就看到克爾曼先生。他低著頭走，彷彿是在尋找什麼。」

「你聽好了，」克爾曼先生突然說，「我……」

白羅很有威嚴地比個手勢叫他停下來。

「等等。瑞利小姐，你和他講了話嗎？」

「沒有，我沒有。」

「為什麼？」

那女孩子慢慢地說：「因為他不時驚慌地四下望望，顯得鬼鬼祟祟。他那個樣子，我看了很不舒服，就馬上轉頭走開了。我想他沒有看到我。我離他不是很近，而且他一直專心做他的事。」

「你聽著，」克爾曼先生再也忍不住了。「那是……我承認，我看起來好像很可疑，但是我有很好的解釋。因為前一天，我無意中把一個很好玩的圓筒石印放到口袋裡，而沒有放回古物室，並且把那件事忘了。後來我發現那東西已經不在口袋裡……我不知道它掉到什麼地方。我不想因為這件事受到責罵，就決定悄悄地好好找一找，我想東西一定是在我到挖掘場途中掉到地上了。那天下午，我在城裡急忙把事情辦完，然後派個工人去採購，叫他早點回去，便回來找。我把那輛旅行車藏到不會有人看見的地方，仔細找了一個多小時。就是這樣，也沒找到那個該死的東西！然後我再跳上車子，開回營地。」

「你沒有對他們說明真相？」白羅輕快地問。

「這個……在那種情況下，我自然不會，你說是不是？」

「這我不敢苟同。」白羅說。

「啊，好了啦，不要找麻煩……那是我的座右銘！但是你不能拿這個當把柄，說我有嫌疑。我根本沒進院子，而且你也找不到人說我進來過。」

「那個，當然就是最困難的地方。」白羅說，「僕役們證明沒人由外面進來，但是我考慮之後忽然想到，那其實不是他們所說的意思。他們發誓說沒有陌生人進來，然而沒人問他們是否有團員進來過。」

「那麼，你去問他們好了，」克爾曼說，「他們如果說曾看到我或是蓋瑞進來，那我就是混蛋！」

「啊，這就引起一個相當有趣的問題了。毫無疑問，他們會注意到一個陌生人進來。但如果是一個團員進來，他們會注意嗎？同仁們整天進進出出。我想，蓋瑞先生或克爾曼先生可能進來過，但僕人們的心裡不會記得這樣的事。」

「你這不是廢話嗎！」克爾曼先生說。

白羅泰然自若地繼續說下去。

「在他們兩人之中，我以為蓋瑞先生出出進進最不可能引起注意。克爾曼先生那天早上開車到哈沙尼去了，那麼他們會認為他一定是開車回來的。所以，如果他是步行回來，就會讓人注意到。」

「就是嘛。」克爾曼說。

李察．蓋瑞抬起頭來，他那深藍色的眼睛直直望著白羅。

「你是說我殺人了嗎，白羅先生？」他問。

他的神態很鎮定，聲音裡卻隱隱含著凶惡的口氣。

白羅對他一鞠躬。

「到目前為止，我只是帶諸領位旅行，以便走向真相。我已經確定一件事，那就是所有的考古團同仁，包括雷休蘭護士在內，實際上都可能殺了人。他們當中有幾個人犯罪的可能性很小，不過那是次要的事。

「我檢討過『手段』和『機會』，後來我又考慮到『動機』，發現他們每個人都可說有殺人的動機！」

「哎呀，白羅先生，」我急得大叫，「別懷疑我！怎麼搞的，我是一個外人呀。我才剛剛來這裡呀。」

「好，護士小姐，那不正是連納太太害怕的人物嗎？她不就是害怕一個外面來的陌生人嗎？」

「可是……可是……啊，瑞利醫生知道我的一切情形！是他找我來的！」

「他對你真正了解多少？大都是你自己告訴他的，以前也有騙子冒充是醫院來的護士。」

「你可以寫信到聖克里斯多佛醫院去查查。」我開始說。

「請你先別講話好嗎？你要再這樣爭論不休，我就不可能進行下去，我並不是說我現在懷疑你，我那樣說的意思，只是要大家抱持開放性的思考。你可能根本就是別人，完全不用冒充。你知道，現在有許多男人喬裝改扮為女人，而且扮得很成功。年輕的威廉·巴斯納就可能是那種人。」

嗨，男人喬裝改扮為女人！我正要再搶白他一句，但見他抬高嗓門急忙繼續說下去，他的態度是那麼斷然，因此我想還是別說好了。

「我現在就要直言無諱了，因此會很不留情面。這是不得不然，因為我準備揭發這裡的祕密。

「我把這裡每個人的情形都檢討過、考慮過。首先是連納博士，我很快就認定他對妻子的愛是他生活的重心，他是一個受悲痛摧毀的人。雷休蘭護士小姐，我已經提過了，倘若她是假扮的女人，那麼她可以說是扮得唯妙唯肖，令人嘆為觀止。但是我想，我仍相信她確實是她所說的那種人……一個非常能幹的護士。」

「得了，別瞎捧了。」我插了一句話。

「於是，我的注意力就轉到麥加多夫婦。他們兩個處於極激動、極不安的情緒中，我先考慮麥加多太太，她有能力害死人嗎？如果是的，那麼是什麼理由？

「麥加多太太的體格很弱。乍看之下，她似乎不可能有那樣大的體力用一個沉重的石器將連納太太擊倒。不過，假若當時連納太太是跪在地上，那麼至少在體力上是有可能的。一個女人要想誘使另一個女人跪下，有的是辦法。啊，不是用感情的方式！譬如說，一個女人或許可以將裙邊撩起來，請另外一個女人替她把別針扣上，另外那個女人就會毫不懷疑地跪在地上這樣做。

「但是動機呢？雷休蘭護士曾經告訴我，她看到麥加多太太對連納太太怒目而視。麥加多顯然已經拜倒在連納太太的石榴裙下。可是我認為，我們不能只在妒意這方面找解答，我相信連納太太對麥加多先生不會感到一絲興趣……而且，毫無疑問，麥加多太太也了然於胸。她對她可能一時怒氣沖沖，但是談到謀殺，那得有更大的事端才能刺激她那麼做。然而麥加多太太本質上是個慈母型的女人，我從她望著丈夫的樣子可以看出來，她不僅愛他，而且可以為他赴湯蹈火。不但如此，她已經設想到那樣的可能性，她永遠在提防別人，永遠感到不安。那種不安是為了他，不是為自己。等到我研究麥加多先生的時候，我很快猜出他有什麼麻煩，也證明了我的猜想是對的：麥加多先生是個有毒癮的人，他的毒癮已經到了極深的程度。

「現在我也許不必告訴你們大家，麻醉劑注射很長一段時間之後，會使人的道德感減弱不少。

「一個人受到麻醉劑的影響會做出一些事情，在他開始有那個習慣以前，作夢也想不到自己會做那種事。有時候，一個人確犯了殺人罪，但很難說他對於自己做的事應該負全部的責任。關於這點，各國的法律規定略有不同。有毒癮的殺人犯，他們的主要特點就是對自己的聰明過於自負。

「我想麥加多先生在過去可能做過一件不名譽的事情，也許犯了罪。他的太太想辦法隱藏住了，雖然如此，他目前的事業已經到了千鈞一髮的地步。如果他過去的醜事傳播出去，麥加多就完了。他的妻子對這件事非常留心。但是，她還有連納太太要對付。連納太太的頭腦非常機靈，而且極愛操控。她可以設法引誘他推心置腹地把什麼祕密都告訴她，這正好投合她的某項特殊性格，那就是當她知道了一個祕密，她會隨時揭發，讓它立刻就產生不幸的後果。

「那麼，這就是麥加多夫婦可能具備的殺人動機。我相信，麥加多太太為了保護她的丈夫，會毫不遲疑地做任何事。她和她丈夫都有過機會……那就是院子裡沒有人的那十分鐘。」

麥加多太太大叫道：「那不是真實的情形！」

白羅不理會她。

「其次，我研究詹森小姐。她可能殺人嗎？」

「我覺得她可能，她這個人有堅強意志和鋼鐵般的自制力，這樣的人永遠在克制自己，但總有一天，這種自制的水閘會被沖破！然而如果詹森小姐犯下殺人罪，那一定是與連納博士有關。她或許感覺到連納太太會毀了他的一生，所以她內心深處那種深切、未曾公開的妒忌，便抓住了這個大好機會。這是一個看似有理的動機，可以把妒意盡情發洩出來。是的，詹森小姐顯然有殺人的可能。

「然後，就是那三個年輕人。

「先看看卡爾・芮德。假若說，考古團裡有個團員是威廉・巴斯納，那麼芮德就是那個最可能的人。但假若他的確是威廉．巴斯納，那麼他一定是個才藝出眾的演員！但假若他就是他自己，他有殺人的理由嗎？

「由連納太太看來，卡爾．芮德太容易征服，不是一個好獵物。他會立刻匍匐在地的崇拜她。連納太太輕視這種不加判斷的崇拜方式，而且這種逆來順受的可憐蟲，往往會使女人表現出她最惡劣的一面。連納太太對待卡爾．芮德的方式是故意用殘酷的手段，她老是忽而嘲笑他，忽而刺激他，她讓那個可憐蟲非常痛苦。」

白羅忽然停下來，用一種講知心話的態度，親切地對那名年輕人說：「我的朋友，把這話當作給你的一個教訓吧。你是個男子漢，所以你的行為就得像個男子漢！一個男子漢奴顏婢膝的討好女人是違反自然的，女人與自然幾乎有完全相同的反應！記住，拿起你能搆到的大碟子對著一個女人的頭扔過去，好過她望你一眼時你像女人似地搖尾乞憐。」

他不再用私人談話的態度，改用他那講演的方式。

「卡爾．芮德會不會讓她刺激到痛苦不堪，以至於反抗她，結果把她打死？痛苦會對人產生奇怪的影響。我不能說一定不可能！

「其次是比爾．克爾曼。依瑞利小姐的說法，他的行為的確是可疑的。假若他就是兇手，那只可能有一個原因：他那樂天的個性裡面隱藏著一個威廉．巴斯納的個性，我認為比爾．克爾曼本人不會有兇手的性格，他的毛病也許在另一方面。啊，也許雷休蘭護士猜出是什麼了吧？」

這男人到底是怎麼曉得的？我相信我當時並未露出在思考任何事的表情。

「其實我沒特別猜想什麼。」我說，有點猶豫。「但假若真是如此，克爾曼先生確實親口說過，他可能成為一流的偽造專家。」

「說得很中肯。」白羅說，「所以如果他仿造那些信，絲毫不會有困難。」

「哦，哦，哦！這就是所謂的『誣陷』！」克爾曼叫道。

白羅繼續說下去。

「至於他是不是威廉．巴斯納，這種事難以證明。但克爾曼先生談到過一個監護人……不是父親，所以，沒有確實的證據可以否決我的想法。」

「胡鬧！」克爾曼先生說，「你們大家為什麼任憑這傢伙這樣打擊我？」

「這三個年輕人，現在只剩下奧莫特先生了。」白羅繼續說，「他也可能是威廉．巴斯納假扮的。如果他要除掉連納太太，不管個人方面的原因是什麼，我不久就發現，我沒辦法從他的口中找出答案。他守密的能耐高人一等。我們絲毫未能刺激他或騙他暴露出本來的面目。在所有團員之中，唯有他對連納太太的個性判斷得最正確、最冷靜。我想，他很了解她是一個什麼樣的人……但是，她的個性給他什麼樣的感想，我沒辦法得知。我想，連納太太可能被他這種態度刺激得火冒三丈。

「我可以說，在所有團員之中，就個性與能力而言，奧莫特先生最適合圓滿的完成一個殺人任務，不但手法十分聰明，時間也能拿捏得非常準確。」

奧莫特先生這才把眼光由自己的靴尖上抬起來。

「謝謝你。」他說。

他的聲音只含著一點點興味。

「我的名單上最後兩個名字是李察．蓋瑞和賴維尼神父。

「按照雷休蘭護士和其他幾個人的證詞，蓋瑞先生和連納太太彼此懷有惡感。他們兩人都勉強裝得客客氣氣。另外一個人，瑞利小姐，卻有完全不同的看法。她認為他們兩人那種不自然的客氣態度，是基於迥然不同的原因。

「我不久就覺得，瑞利小姐的想法是正確的。我是利用一個簡便的辦法得到這個確切的結論：我想法子激怒得蓋瑞先生不顧一切、毫不防備地說出一番話。那並不難。因為我不久就看出他正處於一種極緊繃的狀態。其實，他以前——現在也是——幾乎完全崩潰了。一個人的痛苦已經到了不可再忍的程度時，他就沒有多大力量抵抗。

「蓋瑞先生的防線幾乎立刻就崩潰了。他對我說——態度很真摯，我絲毫不會懷疑——他憎恨連納太太。

「毫無疑問，他說的是實話。他確實恨她。但為什麼恨她呢？

「我已經說過，有一種女人具備足以惹禍的魔力。但男人也有那樣的魔力！有一種男人能夠毫不費力地使女人迷上他們。這就是現在大家稱為『性感』的力量。蓋瑞先生充分具備這個特點。一開始他對朋友兼雇主忠心耿耿，但對他的太太漠不關心。這很不合連納太太的脾氣。她必須支配一切。於是，她就著手使他成為她的俘虜。但是我相信，就在這個節骨眼上，一件預料不到的事發生了。她自己——也許是有生以來的第一次——被一種勢不可當的感情征服，成為一個犧牲品。她墜入情網……真正的墜入情網，愛上李察・蓋瑞。

「他呢也不能抗拒，這就是他強忍已久且煩擾不安的真正原因。他讓兩種敵對的情感折磨得不成人形。他愛露易絲・連納，是的，但是他也恨她。他恨她是因為她破壞了他對好友的忠誠。一個人被迫違反自己的意志愛上一個女人，他的恨意絕對是其他仇恨所無法比擬。

「我在這裡已經找到我所需要的動機。我相信，在某種時刻，對李察・蓋瑞而言，用盡他全身力量擊向迷住他的那個美麗面孔，將是一件最自然的事。

「我一直相信，露易絲・連納的命案是一起情殺案。我認為蓋瑞先生就是犯下這種罪行的理想凶手。

「現在就留下另外一個可以冠上凶手罪名的人——賴維尼神父。關於那個由窗外向內窺探的陌生人，賴維尼神父的說法和雷休蘭護士的說法有一些差別。這件事把我的注意力直接轉移到那位神父身上。不同證人提出的說明都會有一些差別。但是這次的差別太大。而且賴維尼神父堅稱那個人的特點——斜眼，應該讓我們更容易辨認那個人。

「然而不久，我就覺得雷休蘭護士把那個陌生人形容得相當確切，但賴維尼神父的說法顯然不是那樣。看來彷彿是賴維尼神父有意引導我們往錯誤的方向想……彷彿他不希望那個人讓我們捉住。

「不過若是如此，他必定知道一些這個奇怪人物的事。他已經讓人看到他和那個人談話。但是他們談些什麼，他的說法只是他的一面之辭。

「那個伊拉克人在雷休蘭護士和連納太太看到他的時候在做些什麼？想窺探窗裡的情形……連納太太的窗子，她們是這樣想的。但我曾經走去站在她們所說的地方看過，發現那也可能是古物室的窗戶。

「以後的某一天，出現一個警報：有人在古物室裡。雖然如此，現場並沒有發現丟了什麼東西。我覺得很有趣的一點，就是連納博士趕到時，他發現賴維尼神父已經先在那裡。賴維尼神父說他看見那裡有燈光，但那也只是他的一面之辭。

「我開始對賴維尼神父感到好奇了。前幾天，我曾經推測賴維尼神父也許是佛瑞克．巴斯納，那時候連納博士只是一笑置之，他說賴維尼神父是個著名人物。我就提出我的意見。據我揣測，佛瑞克．巴斯納有差不多二十年的時間可以開創一番事業。只要換個名字，到了這個時候，他可能已經成為一位名人。不過，我仍然認為他不會把那段歲月消磨在一間修道院。於是，一個比較簡單的答案出現了。

「賴維尼神父來以前，考古團裡有人看過他嗎？顯然沒有。那麼，為什麼不能有人扮作那位神父呢？我發現有一封電報拍到迦太基。本來拜德醫生打算和考古團一塊同來，可是他突然生病了。還有比偷看一封電報更容易的事嗎？至於工作，考古團裡沒有另一個銘文專家。一個聰明人只要對銘文一知半解，就可能冒充專家混進來。到現在為止，沒有多少碑文和銘文要翻譯。我的印象是，賴維尼神父的見解讓人覺得很特別。

「看情形，賴維尼很可能是個騙子。

「但他是佛瑞克嗎？

「不知為什麼，情形好像不是那樣。真正的答案似乎要往另一個不同的方向去找。

「我和賴維尼神父有過一次長談。我是個天主教徒，所以我認識許多神父和修道院的人。我發現賴維尼神父談起話來不像一個神父。但是在另一方面，我覺得在另外一個迥然不同的行業中，他就相當符合。我常常碰到這樣的人……不過他們不是宗教團體的人，絕對不是！

「於是，我開始打電報。

「後來，雷休蘭護士無意中給了我一個很有價值的線索。我們正在古物室裡檢查那些金飾品，她忽然提到一個金杯上面附著一些蠟的痕跡。我就說：『是蠟嗎？』賴維尼神父說：『蠟？』光聽到他那個腔調就足夠了。我忽然靈機一動，馬上曉得他方才在那裡做些什麼事了。」

白羅停頓下來，直接對連納博士說：「先生，我很遺憾，我必須告訴你，那古物室的金杯、金匕首、髮飾和一些其他東西，並不是你發掘出來的真品。那都是用蠟模電鑄術仿製得非常高明的銅器。我剛剛由收到的這封回電中知道，賴維尼神父不是別人，正是勞列．孟尼爾……法國警察熟悉的一個絕頂聰明的賊。他專門偷竊博物館的藝術品和其他這類寶物。和他串通的是阿里·尤塞夫，一個半土耳其人，此人是第一流的珠寶匠。過去，羅浮宮有些東西曾被人發現是贗品……後來他們查到，每一次案例中，都有一個著名的考古學家，都是館長沒見過的人……在訪問博物館時接觸過那些贗品，但是一問到這件事，這些有名的人物都否認在館方所說的那個時間來參觀過！我們首先知道孟尼爾的事，就是在那個時候。

「我發現，當你的電報到達的時候，孟尼爾正準備在突尼西亞的修道院下手偷竊。賴維尼神父當時生病，不得不拒絕你的邀請。但是孟尼爾想辦法弄到那個電報，偽造一封接受邀請的電報。他這樣做十分安全，即使修道士們在報紙上看到賴維尼神父在伊拉克的消息（那種事本身就不大可能），他們只會覺得報紙的消息不實，這也是常有的事。

「孟尼爾和他的同謀到了，他的同謀在外面偵查古物室的時候讓人看到。他們的計畫是，由賴維尼神父用蠟印出古物的模型，再由阿里以聰明的手法製造複製品。總是有一些收藏家會出高價購買真的古物，而不會問什麼令人難堪的問題。賴維尼神父會負責完成以贗品換真品的計畫……在夜晚做更好。

「當連納太太聽到他發出驚呼時他在做些什麼，這已經沒有疑問。他能怎麼辦呢？他連忙編了一些謊話，說他看到古物室有燈光。

「他的話，照你們的說法，頗能讓人『信以為真』。但連納太太不是傻瓜，她也許記得那個金杯上有蠟的痕跡，於是就由這些事實推測到正確的結論。假若她知道了，她會怎麼辦呢？她不會立刻表現出來，她要以後再向賴維尼神父透露一兩句話暗示，看看他的狼狽樣子，引以為樂。這樣做不是正符合她的脾氣嗎？她會讓他知道她已經懷疑他，但是不會讓他知道她曉得這回事。這也許是個危險的遊戲，但她喜歡危險的遊戲。

「也許她那個遊戲玩得太久。賴維尼神父看出實情，於是不等她測知他打算怎樣，便先下手為強。

「賴維尼神父是勞列．孟尼爾，一個賊。他也是……一個凶手嗎？」

白羅在屋子裡踱來踱去，他掏出手帕揩揩頭上的汗，然後繼續說下去。

「那就是我今天早上所面臨的問題。當時我看出有八個明顯的可能性，可是我不知道哪一個是對的。我仍然不知道誰是凶手。

「但是謀殺會成為一種習慣。哪個男人或女人殺了一次，便會再殺一次。

「在我的內心深處始終有一種感覺；這些人當中可能有人知情，卻守口如瓶，而他所看見的事會使凶手現出原形。

「假若如此，那個人就有生命危險。

「我擔心的主要是雷休蘭護士。她這個人精力旺盛、頭腦靈活，而且好奇心奇重。我很擔心她發現的事太多，恐怕會影響到她自身的安全。

「的確又發生了另一起命案，這是你們大家都知道的。但遇害者不是雷休蘭護士，卻是詹森小姐。

「我本來已經用純粹推理的方式得到了正確答案，但是很明顯的，由於詹森小姐的命案，我更快地得到了答案。

「首先，我們去掉了一個有嫌疑的人……詹森小姐本人，因為我絕對不相信她是自殺的看法。

「現在，讓我們檢討一下這第二起命案的種種事實。

「第一個事實：星期日晚上，雷休蘭護士發現詹森小姐在哭，同一個晚上，詹森小姐燒掉一封信的一個片斷。那上面的筆跡和匿名信上的一樣。

「第二個事實：詹森小姐遇害的前一天晚上，雷休蘭護士看到她站在屋頂上。雷休蘭護士形容她當時的情形是驚恐萬分。護士小姐問她怎麼了，她說：『我已經看出一個人可以如何從外面進來……這誰都不可能猜想得到啊。』除此之外，她不肯多說。當時賴維尼神父正穿過院子出去，還有芮德先生在攝影室的門口。

「第三個事實：詹森小姐死前奄奄一息，她唯一說出來的話就是：『那個窗子……那個窗子』。

「那些是事實本身。接下來我們需要面對這些問題：那些信的真實性如何？詹森小姐由屋頂上看到什麼？她說『那個窗子……那個窗子』是什麼意思？

「好吧，讓我們先談第二個看起來最容易解答的問題吧。我和雷休蘭護士到屋頂上詹森小姐站過的地方。她由那裡可以看見院子、那道拱門、這房子北面那一邊，和兩個團員。她說的話與芮德先生或賴維尼神父有關嗎？

「我幾乎立刻就想出一個解釋。假若一個陌生人由外面進來，那就只有喬裝改扮才能辦到。只有一個人的外表可能裝扮得起來。一個陌生人戴一頂硬殼太陽帽、太陽眼鏡，裝上黑鬍子，穿上修道士穿的棉質長袍，就可以長驅直入，不會使僕人發現有陌生人進來。

「那就是詹森小姐的意思嗎？或是她知道的還更多？她發現到賴維尼神父完全是喬裝改扮的嗎？她知道他並不是他冒充的那個人嗎？

「根據我對賴維尼神父的了解，我大有那個謎題已經解答的感覺。勞列・孟尼爾是凶手。他為了要滅口，使她不能揭發他，才把她害死。現在他發現到另外一個人看透了他的隱祕，所以她也得除掉。

「這樣一切都可以說明了。第二起命案發生後，賴維尼神父便逃之夭夭星期天去掉了長袍和鬍子（不用說，他和他的朋友帶著很好用的護照，以旅客身分穿過敘利亞，逃跑了）。還有，也是他把那個有血跡的石磨放到詹森小姐床下。

「就像我說的，我覺得幾乎滿意了……但是還不十分滿意，因為圓滿的解答必須可以說明每件事實，而這個解答卻不能。

「例如，這種解答不能說明詹森小姐臨死時為何說『那個窗子……那個窗子』，不能說明她為何為了那封信突然哭泣，不能說明她在屋頂上的心理狀況……她為什麼『驚恐萬分』？為什麼她不肯告訴雷休蘭護士，她現在懷疑或者知道什麼？

「我方才所說的那個解答符合表面上的事實，但不能符合心理方面的條件。

「於是，後來我站在屋頂上，心裡揣摩著這三點：信、屋頂、窗戶。我看出來了……那也正是詹森小姐看出來的！

「這次，我所看到的完全可以說明一切！」

28 旅程抵達終點

白羅環顧四周。現在每個人的眼睛都盯著他。方才大家感到相當輕鬆，因為緊張的心情已經放鬆。但現在，那種忐忑的心情又恢復了。

有重要的發現要宣布了，重要的發現……

白羅的聲音鎮定、冷靜。他繼續說：「那些信，那個屋頂，『那個窗子』。對了，每件事都說得通了，每件事情都可以配合得恰到好處。

「方才我說過，有三個人都有命案發生時的不在場證明。其中有兩個我已經說過不足採信。現在我看出我的一個大錯誤……一個令人驚奇的錯誤。那第三個不在場證明也是不能採信的。連納博士不但可能犯下殺人罪，而且我相信他確實謀害了自己的妻子。」

接著是一陣沉寂，一種困惑、莫名的沉寂。連納博士什麼話也沒說，他似乎沉迷在一個遙遠的世界。

不過，奧莫特先生不安地移動一下說：「白羅先生，我不知道你這話是什麼意思。我對你說過，連納博士至少在兩點四十五分之前都不曾離開屋頂。這絕對是事實，我可以鄭重發誓，我不是撒謊。他不可能這麼做，因為他要是離開屋頂，我不會不知道。」

白羅點點頭。

「啊，我相信你，連納博士是沒有離開屋頂，那是一個不爭的事實。但我所看到的，以及詹森小姐看到的，是連納博士不離開屋頂就可以殺死他的妻子。」

我們都目瞪口呆地瞧著他。

「那個窗子，」白羅大聲說，「就是她的窗子！那就是我的發現……和詹森小姐發現的完全一樣。她的窗戶就在下面，不是對著庭院，而是朝向另一邊。連納博士一個人在上面，沒人可以看到他做的事。那些沉重的手磨和磨石都在屋頂上，他隨時可以拿來用。非常簡單，非常、非常簡單……假使那個凶手有機會移動屍體而不讓人看見的話。啊，太漂亮了，簡單得叫人難以置信！

「聽著，事情的經過是這樣的：

「連納博士在屋頂上整理陶器。然後他叫你上去，奧莫特先生。當他留下你談話的時候，他注意到——那是常有的事——那個孩子趁你不在，離開他的工作崗位到院子外面去。他留你和他在一起十分鐘才放你走。等你一到下面去喊那孩子，他就按計行事。

「他由衣袋裡取出那個塗有黏土的假面具，那就是上一次他用來嚇唬他太太的東西。現在他用繩子把它由矮牆上面吊下去，一直垂到可以碰到他妻子的窗口為止。

「記住，那就是那個朝著農野、背對庭院方向的窗子。

「連納太太正躺在床上，快要睡著。她的心情很安寧、很愉快。突然之間，那個假面具輕輕碰到窗玻璃，引起她的注意。但現在不是黃昏時分……那是在光天化日之下，根本沒有什麼可怕之處。她現在才發現到那是怎麼回事……那是一種粗魯的把戲！她不害怕，但是很生氣。於是，她做了一件別的女人處在她的情況下都會做的事：她跳下床，打開窗戶，把頭鑽出鐵欄杆外面，抬頭看看是誰在捉弄她。

「連納博士正在等待。他手裡拿著一個沉重的手磨，準備得好好的。等到那個最適當的時刻，他就丟下來。

「連納太太微弱地叫了一聲（給詹森小姐聽到了），便倒在窗子下面的地毯上。

「那個手磨中間有個洞。連納博士事先由那洞裡穿上一條繩子。現在他只要一拉繩子，便可以把手磨拉上來。他把手磨有血跡的一面朝下，整整齊齊地和屋頂上其他同類東西放在一起。

「然後他繼續工作一個小時或者更久，直到他判斷該採取第二步行動的時刻來臨。他走下樓梯，和奧莫特先生和雷休蘭護士說說話，隨即越過院子，走進他妻子的房間。以下是他自己說他在那裡的情形。

「『我看見我太太的身體倒在床旁邊，縮成一團。有一兩分鐘我感到四肢麻痺，彷彿不能動彈。然後我過去跪在她旁邊，把她的頭抬起來一看，她已經死了……最後我站起來。我覺得恍恍惚惚，彷彿喝醉了，勉強走到門口叫了出來。』

「這是一個因悲傷而精神恍惚的人很可能產生的現象。現在聽我說我所想的實際情況。連納博士走進房裡，急忙衝到窗口，戴上一副手套後將窗戶關上，並且閂好門。接著，他把妻子的屍體移到床與門之間的那個位置，然後他注意到窗戶那邊的地毯上有血跡。他不能將那塊地毯和另外一塊調換，因為大小不同。但不得已而求其次，他把染有血跡的那塊地毯放到盥洗台前面，又將盥洗台前面的那一塊移到窗子下面。假若那血跡讓人注意到，我們會以為與盥洗台有關，而不會想到那個窗子……這是很重要的一點，千萬不可使人想到窗戶與這命案有關。然後他走到門口，扮演那個悲傷逾恆的博士角色。我想那是不難的，因為他確實深愛他的妻子。」

「老兄啊，」瑞利醫生不耐煩地叫道，「假如他愛她，為什麼要殺死她？動機在哪裡？你難道不能說句話嗎，連納？告訴他，他是瘋子。」

連納博士沒說話，仍舊一動也不動。

白羅說：「我不是一直強調這是情殺嗎？她的前夫佛瑞克為什麼恐嚇她、說要殺她？因為他愛她。你要知道，到末了，他誇下的海口兌現了。

「是的，正是。確定凶手是連納博士之後，我發現每件事都可以扣合得很妥貼了。

「我第二次重新開始，踏上我的旅程……就是從連納太太的第一次結婚，到接到那些恐嚇信，再到她的第二次結婚，那些信使她不敢和別的男人結婚……但並未阻止她和連納博士結婚。理由相當簡單，連納博士實際上就是佛瑞克．巴斯納。

「現在我們再重新開始，這一次是由年輕的佛瑞克．巴斯納的觀點來看。

「首先，他愛他的妻子露易絲。那種強烈的愛唯有像她那樣的女人才能激發出來，她把他出賣了，他被判了死刑，他逃了。有一次火車出事，他也在車內。但他其實是以另外一個人的身分出現……以年輕的瑞典考古學者艾瑞克．連納博士的姿態出現。真的連納博士的屍體已經毀得難以辨認，因此很輕易被當作佛瑞克．巴斯納埋葬了。

「那個新的艾里．連納對那個送他上刑場的女人是什麼態度呢？首先，也是最重要的，他仍舊深愛著她，於是他著手逐漸建立他的新生活。他是個很有才幹的人，他的職業與趣味相合，所以他在這方面很成功。但他始終忘不了支配他一生的那段情，他妻子的一切行動他都知道。有件事他已經非常冷酷地下定決心（記住，連納太太親口對雷休蘭護士這樣形容他……溫和、親切，但是無情），絕不容許她屬於任何其他男人。每當他判斷有必要的時候，他就發出一封信。他模仿她筆跡中的一些特色，以防她也許想到要把那些信送到警察局，有些女人是喜歡寫給自己一些聳人聽聞的匿名信，這是常有的現象。假若筆跡相似，警察人員就會不假思索地斷定她也是這回事。同時，他讓她不確定他是否仍活著。

「最後，許多年後，他判斷時機已經成熟，便在她的生活中重新登場，一切都很順利。他的妻子作夢也想不到他真正的身分，他如今是知名人士。那個挺拔、漂亮的年輕人，現在是一個有鬍子、肩膀下垂的中年人。於是，我們看到歷史重演。像以前一樣，佛瑞克仍能駕馭露易絲，她第二次答應和他結婚，這是第一次她沒收到任何阻攔的信。

「但是在婚後，一封信又寄來了。為什麼？

「我想，連納博士不想冒險，夫妻兩人在生活上那麼親近，很有可能喚起她的記憶。他希望使她永遠烙印在心中：艾里．連納和佛瑞克．巴斯納是兩個人。因此，前者就替後者寫一封恐嚇信來。那個瓦斯中毒的幼稚把戲，當然也是連納博士安排的，仍然是為了達到同一個目的。

「那以後，他心滿意足了，不需要再有信來了，他們可以安頓下來，夫妻倆快快樂樂地生活。

「後來，差不多兩年後，恐嚇信又開始寄來。

「為什麼，啊，我想我知道其中的緣故。恐嚇是構成那些信的基本因素，而且那種恐嚇是真的（連納太太心生害怕就是為此，她深知佛瑞克那種溫和但無情的個性）。假若她移情別戀，他就要殺死她。而她已經迷戀上李察．蓋瑞。

「連納博士發現這件事後，便殘酷、鎮定地準備那一場謀殺戲碼。

「你們現在知道雷休蘭護士在這齣戲裡扮演多麼重要的角色了嗎？連納博士請她來照顧太太，他那個相當奇怪的行為，如今得到圓滿地解釋了（起初我也覺得莫名其妙）。最重要的是，他必須有個受過護理訓練的可靠證人。這樣的人才能明確地證實連納太太的屍體被發現的時候，已經死去一個多小時……也就是說，每個人都可以證明她是丈夫在屋頂的時候遇害的。因為也許有人會懷疑，是他走進她房裡的時候把她打死的，但有個受過醫院訓練的護士確定她已死去一小時，這就不成問題了。

「另外一件很明顯的事就是，今年團裡的緊張氣氛。打一開始我就認為這不完全是受到連納太太的影響，因為這個考古團在過去幾年來，素以快快樂樂、和睦相處聞名。我以為一個團體中，同仁的心理狀態通常是直接受到領導人的影響。連納博士雖然很沉靜，卻很有個性。團裡的氣氛過去始終非常愉快，這完全是由於他的機智、他的判斷力，以及他對人的體諒態度。

「所以，假如團裡有了變化，那個變化一定來自上面那個人……換句話說，就是連納博士。團裡的緊張與不安，應該負責的是連納博士，而不是連納太太。難怪同仁們感覺得到那種變化，卻不了解是為什麼。那個和煦親切的連納博士外表上還是一樣，他仍是扮演他自己，但那個人其實是一個走火入魔、滿腹殺意的狂人。

「現在，我們要轉到第二起命案……詹森小姐的那起命案。她在連納博士辦公室整理文卷的時候（沒人要她那樣做，那是因為她極想做點事，完全出於自發），她必定是偶然看到一封未寫完的匿名信稿。

「她一定覺得那信稿既不可理解又令人煩惱，原來連納博士是有意恐嚇他太太！她不了解是怎麼回事……但這封信使她非常煩惱，雷休蘭護士發現她哭泣的時候，她想必就是處於這種心境。

「當時我並不認為她懷疑連納博士是凶手，但我在連納太太及賴維尼神父房間所做的聲音試驗，在她身上並不是沒有產生效應。她發現到，她聽到的叫喊如果是連納太太發出的，那麼當時她房裡的窗子必定是開著，而非關著。當時這件事她並沒感覺多重要，可是她記在心裡。

「她的心裡開始七上八下，想要探索實情。也許她偶然和連納博士提到那些信的事，於是他了解事態嚴重，接下來，他的態度就變了。

「但連納博士不可能害死他太太啊，他一直都在屋頂。

「於是，後來，一個晚上，當她獨自在屋頂苦苦思索這個問題時，忽然靈機一動，發現實情，連納太太是讓人從這裡害死的……透過那個敞開的窗子。

「雷休蘭護士發現她的時候，正是這個時候。

「於是，由於舊情仍然不可抗拒，她立刻很快地加以掩飾，絕對不讓雷休蘭護士猜出她剛剛發現的那個驚人事實。

「她故意望著相反方向（對著庭院），這時候，賴維尼神父出現了，他正穿過院子，她這才想起一句話。

「她只說她必須『好好思考』。

「連納博士呢？他一直戰戰兢兢地觀察她的動靜，現在他發現到她已經知道實情，她並不是那種會把恐懼與痛苦隱藏著不告訴他的女人。

「沒錯，到現在為止，她還沒有把他的事情洩漏出去。但他能信賴她多久？

「謀殺會成為一種習慣。那天夜裡，他把她那杯水換成鹽酸。或許別人會以為她是有意服毒，甚至更有可能會認為第一起命案是她犯下的，現在悔恨已經使她受不了。為了加強這種想法，他把那個手磨由屋頂上拿下來，放到她的床下。

「難怪那可憐的詹森小姐在臨死前痛苦掙扎時，拚命想要把那好不容易才得到的念頭告訴別人：經由『那個窗子』，就是連納太太遇害的方式，不是經由房門。

「那麼這樣一來，每件事都能說得通，每件事都能完全吻合。

「但是，我說的這些並沒有證據，一點證據也沒有。」

連納博士文風不動，也沒說話，他一直就那樣坐著，像個疲憊不堪的憔悴老人。

最後，他的身子輕輕移動一下，用溫和、疲憊的眼睛望著白羅。

「是的，」他說，「沒有證據，但那不重要。你知道我不會否認事實，我從來不否認事實，我想，其實我倒覺得高興，因為我很累……」

然後，他說：「我很對不起安娜，我那件事做得很不對、很糊塗……那不該是我會做出的事！她也很痛苦。可憐啊！是的，害死她的不是我，是恐懼的心理。」

他那痛苦得直抽動的嘴唇閃過一絲微笑。

「白羅先生，你如果從事考古，一定會成為非常成功的考古家，你有重新創造歷史的天賦。」

「你說得已經很夠了。」

「我愛露易絲，而我害死了她。假如你以前認識她，你就會了解……不，我想你已經了解了。」

29 祈求阿拉保佑

實在沒有什麼多餘的話好說了。

賴維尼「神父」和另外那個人在貝魯特正要上輪船的時候，遭到警方逮捕。

雪拉・瑞利嫁給年輕的奧莫特，我想那樣對她很合適，他不是一個奴顏婢膝的人，他可以駕馭她。她如果嫁給可憐的比爾・克爾曼，一定會欺負他。

順便提一下，一年前他罹患盲腸炎的時候，是我照顧他的，我很喜歡他，當時他的監護人準備送他到南非經營農場。

我沒再出國到東方去。很奇怪，有時候我希望能再去一次，我會想起那個水車輪的聲音和婦女洗衣裳的聲音，還有那些駱駝望著人的傲慢神情……我對那裡有一種非常懷念的感覺。我們從小就養成一種觀念，認為泥土是不衛生的，但我現在覺得，泥土其實不像我們所想的那樣不衛生。

瑞利醫生常常一到英國就來看我，我已經說過，這都是他給我找的麻煩。

「你如果要，就拿去，否則就拉倒。」我對他說，「我知道裡面的文法都錯了，而且寫得很不正統，但我只能寫成這樣了。」

他毫不猶豫地拿去了。假若這東西出版了，我會感到很不自在。

白羅先生回到敘利亞後，停留了大約一星期，後來就搭東方快車回國，又捲入另外一個命案的漩渦。他很聰明，這個我不否認，但他那樣開我的玩笑，我不會很快就忘記，他竟然假設我可能涉及那起命案，而且根本不是護士！

醫師們有時候就像那樣，他們會開玩笑，但根本不會顧及你的感受。

我一再地想到連納太太，以及她是個什麼樣的人。有時我覺得她簡直是一個可怕的女人，但有時我又回想起她對我有多好、她的聲音有多柔和……還有她那美麗的金髮等等……於是我覺得我們不該只是怪她，更應該同情她。

而且，我忍不住可憐起連納博士。我知道他是個雙料凶手，但這也沒什麼差別。他太愛她了，像那樣喜歡一個人是很痛苦的。

不知道什麼緣故，年紀愈大，愈了解一般人以及他們在憂愁和患病時的心情，我就愈替每個人難過。有時候，我想到我的姑母從前教導我一些良好的、嚴格的原則，不知道那些原則如今都到哪裡了。她是個有宗教信仰的人，而且非常特別，我們的鄰居有什麼錯失，她都瞭如指掌。

啊，瑞利醫生說的話很對。該怎麼停筆才好呢？啊，但願我能找到一個十分生動的辭句來做結束。

我得請瑞利醫生替我找到一個阿拉伯文的說法。

就像白羅先生用過的那一個。

「祈求大慈大悲的阿拉保佑……」

類似那樣的說法。

專文推薦

藏在日常細節中的冒險

楊照（作家）

一開始，就都在那裡了。

一九二〇年，阿嘉莎．克莉絲蒂出版了《史岱爾莊謀殺案》，神探白羅就已經退休了。而且在這個案子裡，藉由敘述者海斯汀的轉述，就鋪陳出克莉絲蒂小說最基本的偵探原則：

「那些看來或許無關緊要的小細節……它們才是重要的關鍵，它們才是偉大的線索！」

「豐富的想像力就像洪水一樣，既能載舟亦能覆舟，而且，最簡單直接的解釋，往往就是最可能的答案。」

「沒有任何謀殺行為是沒有動機的。」

還有，一個不討人喜歡的死者，一群各有理由不喜歡死者、因而也就都有殺人動機的人，這些人彼此之間構成複雜的關係，有的互相仇視，有的互相愛戀，麻煩的是，有些愛人其實貌合神離，有些仇人其實私下愛慕；更麻煩的是，不論是愛或是仇，都有可能是扮演出來的。

一個外來的偵探必須周旋在這些嫌疑者之間，從他們口中獲取對於案情的了解，換句話說，他必須在很短的時間內，搞清楚誰是誰、誰跟誰吵架、誰跟誰偷情，然後判斷誰說的哪一句是實話、哪一句是謊言。常常謊言比實話對於破案更有幫助。

再偷偷透露一下，如果要和小說裡的凶手及小說背後的作者鬥智，就像克莉絲蒂對英國社會的了解，祕訣就在於要去追究小說裡的人物背景，尤其是他們的階級地位。基本上，階級地位愈高、權力愈大、愈有錢者，說的話就愈不要相信。例如在《史岱爾莊謀殺案》中，僕人、園丁說的話遠比有頭有臉的人說的要可信多了。就算要說謊，他們的謊言也比較天真，而且往往出於善良動機。當你歸納線索時，就會知道他們並非故意說謊，那是因為他們的認知受到蒙蔽或誤導，而你慢慢就從這蒙蔽或誤導中被引導到真相。

《史岱爾莊謀殺案》出版那年，克莉絲蒂三十歲，但書稿其實早在五年前就寫好了，畢竟要找到有人願意出版一個看來再平凡不過的家庭主婦寫的小說，並不是那麼容易。

所有和克莉絲蒂接觸過的人，都對於她的「正常」留下深刻印象。她看起來就和她那個年紀的典型英國家庭主婦一樣，害羞、靦腆，只能在社交場合勉強跟人聊些瑣事話題，完全無法演講，甚至連只是站起來對眾賓客說幾句客套話，請大家一起舉杯，她都做不到。她不演講，也很少答應接受採訪，就算採訪到她也很難從她口中得到有趣的內容。她會講的，幾乎都是記者本來就知道、或者自己就可以想得出來的。

例如說白羅這個神探的來歷。克莉絲蒂回答：他應該是個外國人，這樣就能在英國日常生活中看出英國人自己看不出的線索。她自己碰過的外國人，只有第一次大戰剛爆發時到英國避難的比利時人。比利時警察怎麼能跑到英國來？那一定是因為他已經退休了。他有潔癖，所以對於現場會有特殊的直覺，馬上感受到不對勁的地方。一個有潔癖的人，好像應該長得矮小些才相稱，一個矮小有潔癖的人最適當的名字，就是希臘神話裡的大力士「赫丘勒斯（Hercules）」，製造出荒唐的對比趣味。那白羅這個姓是怎麼來的呢？克莉絲蒂很誠實地說：「我不記得了。」

一切都如此順理成章，一切都如此合邏輯，不是嗎？有記者問她怎麼看自己的舞台劇〈捕鼠器〉，創下了英國劇場、甚至全世界劇場連演最多場紀錄的名劇？克莉絲蒂的回答也還是中規中矩，合理合節：那是一齣小戲，在一個小劇院演出，成本很低，任何人想到了都可以帶家人或朋友去看，老少咸宜，並不恐怖，也不特別荒謬打鬧，可是又什麼都有一點，包括恐怖和荒謬打鬧的成分。

她的身上找不出一點傳奇、怪誕色彩，那她為什麼能在五十年間持續寫偵探小說，創造了那麼多謀殺，還創造了那麼多詭計？

首先因為她是女性，以及她的身世，包括她的階級身分，使得她在描寫故事場景時比一般男性作者來得敏感。因為在她之前的偵探推理小說男性作家的階級身分都是高高在上，基本上他們會從較高的角度看社會，比較看不到底層的感受。

而她的婚變以及婚變中遭逢的痛苦，都使她更能體會與觀察，將英國社會的複雜細節融入小說的核心情節，讓探案與線索分析結合在一起。

克莉絲蒂一生結過兩次婚，第一次在一九一四年，婚後不久，丈夫就參加了歐戰，是英國皇家空軍最早一批飛行員。一九二六年，這個丈夫有了外遇，直率地向克莉絲蒂要求離婚，在那之前，克莉絲蒂的媽媽才剛過世，雙重打擊之下，又遇到車子無法發動，克莉絲蒂崩潰了，她棄車而走，忘記了自己究竟是誰，躲進一家鄉間旅館，登記時寫了她心裡唯一有印象的名字——她丈夫情婦的名字。

離婚後，一次在晚宴中，有人提起近東烏爾考古的最新收穫，克莉絲蒂就取消了原定要去西印度群島的計畫，改訂了跨越歐洲到君士坦丁堡的「東方快車」，是的，就是這趟旅程給了她寫《東方快車謀殺案》的靈感。不過更重要的是，在烏爾，她認識了一位年輕的考古學家，比她小十四歲，這個人後來成了她的第二任丈夫。

這位考古學家陪她去參觀在沙漠中的烏克海迪爾城，卻在沙漠中迷路困陷了。幾小時中克莉絲蒂卻沒有一點驚慌不安，當下考古學家就決定要向她求婚。

原來，克莉絲蒂的內心是有這種冒險成分的。要不然她不會兩次選到的，都是喜愛冒險的丈夫，而她本身大概也不會吸引一個在各種危險情境下挖掘古代寶藏的人，讓他願意向一個大他十四歲的女人求婚。

這樣說吧，維多利亞時代後期的英國環境，壓抑限制了克莉絲蒂冒險、追求傳奇的內在衝動，她只好將這樣的衝動寄託在丈夫和寫作上。她一邊陪著第二任丈夫在近東漫走，一邊在小說中寫各式各樣的謀殺與探案。謀殺和探案都是冒險，還有，偵探偵查中做的事——蒐集線索，還原命案過程——其實和考古學家的考掘，如此相似！

克莉絲蒂寫得最好的，正是「藏在日常中的冒險」。她個性中的雙面成分，造就了特殊的偵探魅力。既嚮往非常傳奇，卻又有根深柢固的日常邏輯信念，兩者都在克莉絲蒂的小說中扮演了重要角色。她的謀殺案幾乎都和日常習慣緊密編織在一起，日常環境成了凶手最重要的掩護。有些日常規律明顯地被破壞了，讓我們很自然以為那會是謀殺的線索，沿著這些線索形成了閱讀中的推理猜測，然而白羅早就提醒了，真正重要的反而是那些「細節」，也就是看來像是依隨日常邏輯進行的事，或說藏在日常邏輯中因而不被看重的事，那裡要嘛藏著凶手的核心詭計、煙幕，要嘛藏著凶手致命的破綻。

凶案的構想，就是如何讓異常蓋上日常、正常的面貌，又如何故意將日常、正常予以扭曲，製造假象；那麼偵探要做的，就是如何準確地在日常中分辨出真正的異常，將假的、明顯的異常撥開來，找出細節堆疊起來的異常真相。

此外，克莉絲蒂的小說裡隱藏著極其曖昧的情感價值觀，最典型、最有名的就是《東方快車謀殺案》。透過追查過程，讓讀者知道為什麼凶手要訴諸於這種手段，其動機具有可同情之處，再加上克莉絲蒂對身分階級的觀察，她比較相信或讓讀者相信那些沒有權力、地位的人，隨著偵查節奏去認識可能或必須懷疑的人。克莉絲蒂最擅長營造「多重嫌疑犯」的小說特質，因為讀者在閱讀時必須被迫去認識很多不一樣的人。在她最受歡迎的作品，大概都具備這樣的特質。

當然，她的作品中還有兩個最突出的神探，即白羅和瑪波。白羅是比利時人，但為什麼必須是外國人？這是因為英國人具有高度階級意識，這種觀念一路滲透到所有互動細節，包括人與人之間如何說話。而白羅因為不是英國人，他會發現一般英國人不太看得出來的東西，以及兩個人互動的方法哪裡不正常。至於瑪波為什麼得是老太太？她一如那個年代的老人家，總是靜靜坐著打毛線，因為不起眼，自然讓人放鬆防備，所以瑪波探案的線索都是來自於這樣的互動模式。

然而，白羅有很明顯的優勢，瑪波的身分使她基本上只能進行「靜態」的辦案，案子的空間受到侷限，白羅卻可以跨越各種空間，恣意揮灑。而且白羅擁有警官身分，可以合理出現在各種犯罪現場，瑪波能出現的地方，相形之下就勉強、不自然多了。白羅是明白的outsider，在英國，只要他出現，就會覺得有外人在而感到緊張，於是很容易露出平常不會表現的行為；瑪波則看起來是insider，但實質上是outsider，因為總是沒人發現她、當她空氣人。這兩人的探案，是兩個極端。雖然讀者最愛白羅，但克莉絲蒂自己偏愛瑪波勝於白羅。

不管後來的偵探、推理小說發展了多少巧妙詭計，克莉絲蒂卻不會過時，因為她的推理如此密切地和日常纏繞在一起；活在日常中，我們就無可避免被克莉絲蒂的「日常細節推理」吸引，隨時讀來都充滿驚奇趣味。

名家盛讚克莉絲蒂（依推薦時間排序）

金庸（作家）

克莉絲蒂的寫作功力一流，內容寫實，邏輯性順暢，也很會運用語言的趣味。閱讀她的小說，在謎底沒有揭露之前，我會與作者鬥智，這種過程非常令人享受。其作品的高明之處在於：布局的巧妙完全意想不到，而謎底揭穿時又十分合理，讓人不得不信服。

詹宏志（作家、PChome網路家庭董事長）

推理小說在從先輩柯南．道爾等人的發明中出現力量時，誕生了一位《天方夜譚》故事中每天說故事說個不停的王妃薛斐拉．柴德，也就是「謀殺天后」克莉絲蒂，整個世界對聽這些故事才有如此的熱情。他們捨不得睡覺，每天問後來還有嗎、還有嗎，永遠不肯離去，這就是克莉絲蒂對推理小說的最大貢獻。

可樂王（藝術家）

所謂「克莉絲蒂式」的推理小說，就是一場和一個天才的寫作者或高明的恐怖份子在紙上捕掠捉殺的戰事。即便是一列火車、一處飯店或一間酒吧，在克莉絲蒂寫來皆充滿神祕和猜謎。在人生適合的下午裡，我總是一面嚼著口香糖，一面跟著矮子偵探白羅穿梭謀殺現場，克莉絲蒂的推理作品無疑是推理世界中最充滿「魔術性」的小說。

吳若權（作家、節目主持人）

我從小就對推理小說情有獨鍾，克莉絲蒂一系列的作品尤其令我愛不釋手。多年來，閱讀推理小說的經驗讓我覺悟：讀者在文字情節中推展開來的驚嘆，不只是因緣於故事的本身，而是自我性格的投射。從這個觀點來看克莉絲蒂一系列的作品，她簡直就是洞徹人性的算命師。而讀者，在她的文字中，發現了自己無可奉告的命運。

藍祖蔚（國家電影及視聽文化中心董事長）

做過藥劑師，難免懂得毒藥；嫁給考古學家，難免也就嫻熟文明的神祕；再加上曾經失蹤九天，一切不復記憶的離奇經驗，的確提供了寫作靈感，但若少了想像力，那些片羽靈光縱使辛辣如辣椒，卻不足以成菜。

推理小說重布局、重人物描寫，克莉絲蒂最厲害的卻是犀利的人性觀察，她一手創造的白羅探長，潔癖個性完全和她相反，更將她所憎厭的人格特質集於一身，殊不知，唯有不對著鏡子寫作，才能夠跳出框架與制式反應，開闢無限寬廣的新世界，建構多面向的詭異迷宮。

看完她的小說，你只會更加訝異，到底是什麼樣的心靈才能成就這般視野？

李家同（作家、前暨南大學校長）

克莉絲蒂的整體布局十分細膩，最後案情也都講解得非常詳細，回頭去看，在書中都找得到線索。故事的情節與內容也很好看，不是像一個流氓在街上被殺掉那麼單調。……看小說應該要花腦筋、要思考，從小就要養成思辨的能力，看她的小說，就是對邏輯思考能力極佳的訓練。

袁瓊瓊（作家）

雖然被公認是冷靜理性的謀殺天后，但是在理性之下，克莉絲蒂的底色依舊是感情。克莉絲蒂很明白，所有的慾望之後，都無非是某種愛情。在以性命相搏的犯罪世界裡，兇手以終結他人的性命來遂私欲，不過是為了成全自己的愛，或者是成全自己的恨。

鄧惠文（精神科醫師）

以推理小說作家而言，克莉絲蒂的風格相當獨樹一格。她的偵探在辦案時，靠的不光是科學證據的搜集，而是大量運用犯罪心理學，及對人性的深刻了解。例如在《五隻小豬之歌》中，白羅便是藉由聽取嫌疑犯訴說案情時所不自覺顯露的主觀意識及中心思想，而看出其中破綻，找出真凶。白羅是靠腦袋辦案，以心理層面去剖析案情，即使人們敘述的是同一件事，他可以聽出不同角色因出發點及看待角度不同所透露的情緒觀感，從而抽絲剝繭，還原事實真相。

克莉絲蒂所塑造的人物也生動且各具特色，不同個性所出現的情緒反應描寫，皆細膩而準確，讓讀者產生豐富的想像空間，一展卷便欲罷而不能。

吳曉樂（作家）

克莉絲蒂使用的語言平易近人，主要是以角色與情節的對應來斧鑿出故事的深度，堆疊出讓讀者回味的迂迴空間。而她筆下的角色往往性別、階級、性格、族群各異，塑造出多元又豐富的人物群像。

文學作品不問類型，若要流傳於世，最終仍得上溯至「人性」的理解與反思。而阿嘉莎．克莉絲蒂的作品中，我們可以看到人類屢屢得和自己的人生討價還價，或千方百計讓主觀意識與客觀條件達成某種程度的整合，讀者在重建人物的心理軌跡時，也見識到自身的是非成敗，我認為，這也是克莉絲蒂的作品能夠璀璨經年、暢銷不衰的主因。

許皓宜（心理學作家）

克莉絲蒂筆下的故事看似在談人性的醜惡，實則像一位披著小說家靈魂的心靈引導者，用她的文字訴說著人們得不到「愛」時的痛苦。於是在故事終了的剎那，你不得不對人生多了幾分「看透感」：原來，我們心裡的那些痛苦、報復與自我折磨的慾望，不是因為「憤恨」，而是起於對「愛的失落」。這或許是我們在情感世界中最珍貴且深刻的一種覺察了。

推理小說荒謬驚悚嗎？不，它其實很寫實。它幫我們說出心裡的苦、怨、醜陋的慾望，於是，我們可以重新學習愛了。

一頁華爾滋 Kristin（影評人）

從有記憶以來，閱讀克莉絲蒂最迷人之處往往不在真正的凶手是誰，而是在於「Why」（為什麼）與「How」（如何進行），在於人性與心理描摹的故事肌理。依循其書寫脈絡，會發覺不只是邏輯清晰、布局縝密、著重細節，她總能完美掌握敘事節奏，書中人物彷彿真實存在般鮮明躍然紙上，讀者情緒會隨精準文字保持流轉、跳動、收放，掩卷時並無太多真相水落石出的暢快，反倒淡淡的惆悵化為餘韻襲上心頭，原來還是種種意料之外，卻屬情理之中的人性盲目使然。私以為，那成就了克莉絲蒂的推理故事之所以無比迷人的主因之一。

冬陽（推理評論人）

雖然阿嘉莎．克莉絲蒂的作品並非我的推理閱讀啟蒙，卻是養成閱讀不輟的重要推手。首先，她無庸置疑是個說故事能手，打開我名為好奇的開關；其次是設計犯罪事件的巧妙多元，既日常又異常，凶手更是叫人意想不到。沒錯，我相信每個當讀者的都忍不住想破案，想早偵探一步識破詭計，或者像考試結束鈴響前一秒，瞎猜都要指著某個角色大喊「你就是犯人」！然後會忍不住作弊——不是翻到最後幾頁窺探真凶身分，而是往前翻查讓人起疑的段落、偵探顯然掌握重要線索的時刻，直到忍不住豎白旗投降，看神探（我知道啦，真正把我要得團團轉的聰明人是作者）頭頭是道地分析我遺漏錯置的片片拼圖，終於看清真相全貌。這，就是偵探推理，我因此熟悉遊戲規則、沉醉在每一場迷人故事裡，成為這個類型書寫的俘虜，享受至今不疲的美好滋味。

石芳瑜（作家、永樂座書店店主）

布局細膩、處處留下線索，破案解說詳細，說明了這位安靜、害羞的推理小說女王心思縝密，且充滿想像力。密室殺人，完美犯罪，《東方快車謀殺案》不愧為古典推理小說的經典。再加上神祕的東方色彩，隨著火車抵達的迫切時間感，連非推理小說迷都會神經拉緊，讀完大呼過癮。

家庭主婦缺少人生經驗？處女座的阿嘉莎．克莉絲蒂充分展現她過人的寫作天分，靠得是從小開始的閱讀，以及對偵探小說的著迷。三十歲寫下第一本偵探小說《史岱爾莊謀殺案》的克莉絲蒂，在那個時代並不能說是「早慧」，但寫作生涯五十五年中，共創作了八十部偵探小說，卻令人難以企及。這位害羞靦腆的小說女神，大概是相信只要有足夠的理由，每個人都有殺人的可能！

余小芳（暨南大學推理研究社指導老師、台灣推理作家協會常務理事）

學生時代加入推理社團，社課指定讀物便是經典作品《一個都不留》，成為我對克莉絲蒂的初步印象，自此沉浸於推理小說的世界。隔年寒假陪同學參與轉學考，在斜風細雨的走廊中，滿足讀完《東方快車謀殺案》。隨著歲月遠走，已昇華成趣味回憶。

踏入推理文學領域需要認識的作家，阿嘉莎．克莉絲蒂絕對名列其中，她的作品常有英國小鎮風光、莊園式的謀殺、設備豪華的交通工具等，還有特色鮮明的偵探活躍其中。書中少有血腥、暴力的橋段，布局巧妙且結構嚴密，手法純粹、知性，故事內容與人物性格融為一體，以高超的想像力結合說好故事的能耐，為推理小說開創新局面。克莉絲蒂推理全集重編改版，值得新舊讀者一起探索。

林怡辰（國小教師、教育部閱讀推手）

多年後，還是難忘第一次閱讀阿嘉莎．克莉絲蒂作品的感動和激動。

這套將近一世紀的作品，文筆流暢，邏輯縝密，過程中不斷與作者較量、猜出凶手，直到最後解答不禁佩服，蛛絲馬跡處處展現作者的精妙手法，於是又拿起另一部作品，再次沉溺在謀殺天后所編織的日常世界中的奇幻，無可自拔。犯罪動機和手法穿越時空限制，如今讀來合理且依舊令人感動，閱讀中趣味橫生，難怪成為後來諸多偵探小說的原型。

克莉絲蒂創作生涯中產出的八十部推理作品，至今多部躍上大銀幕，無怪乎被稱之為「經典」，喜愛推理偵探作品的人不可不讀，你會驚異於她在文字中施展的魔法！

張東君（推理評論家、科普作家）

我愛克莉絲蒂！這位在台灣有時會被稱為克奶奶的超級暢銷推理小說家，即使是自認沒讀過她的書的人，也都會在各種書籍或影視作品中看到對她致敬的片段。由於她喜歡旅行和冒險，那些經驗與體驗都成為書中的場景，因此閱讀她的作品時，不只是雀躍地跟著偵探推理，也有了虛擬的旅行體驗。或者當成旅遊導覽書，在出發去尼羅河、去英國鄉間、去搭船搭火車時，就塞一本克奶奶的作品到隨身背包中。

我還是大學新生時，就聽學姐說她哥哥經常看克奶奶的小說，而且邊看邊狂笑。於是我跟著效仿，在某次搭飛機之前買了第一本小說當旅伴，不只看得超開心，看完後還到處找尋書中出現的那種有兜帽的斗篷，當成出門時的必備用品。克奶奶的作品是跨越文字、國界的。只要看過一本，就會不停地追下去。還好，真的是還好只有八十本。何況這次是全新校訂的紀念珍藏版，當然不能錯過！

發光小魚（呂湘瑜）（文史作家、助理教授）

一部好的偵探小說，除了情節設計巧妙之外，還需要洞悉人性，如此方能合理地交代人物的言行舉止與動機。阿嘉莎．克莉絲蒂便是其中翹楚，她的作品不管是偵探、愛情小說或戲劇，必要元素都是謎題與人性。在寧靜無波的場景下暗潮洶湧，永遠都有意料之外，讀者的情緒也會隨著劇情的進行起伏糾結。克莉絲蒂觀察到時代的變化，將犯罪心理融入作品中，於是，看她的小說不只能得到解謎的快樂，同時對人性也能夠有所省思。

此外，克莉絲蒂豐富的人生歷練及旅行經歷，例如一九二二年的環球之旅、居住過也旅行過的巴黎和埃及，甚至是追隨考古學家丈夫前往的中東，都讓她的小說讀來更加充滿異國情調。如果你也愛旅行，不如就讓我們一同搭上那一班南法的藍色列車，或由伊斯坦堡出發的東方快車，跟著白羅鑽進一樁奇案，一嘗旅程中破解謎題的快感吧。

盧郁佳（作家）

國小時，家裡買了一套阿嘉莎．克莉絲蒂全集，從此成了我的毒品，在白癡課本將我的腦袋啃嚙成海綿般空洞時，撫慰受創的心靈，那時我仍對人心險惡一無所知。

數學課教你列算式，樂趣遠不如克莉絲蒂教你住宅平面圖、偷換時序的密室魔術，你從庭園長窗進房間，我從房門直通鄰房，他從走廊進房……從而學會故事是建構邏輯。她文風多變，時而《四大天王》中讓神探白羅向助手海斯汀大賣關子，眉頭緊皺，山雨欲來，預示天翻地覆，只能靠他拯救世界；時而用維吉尼亞．吳爾芙《自己的房間》中俏皮的語言，讓貧苦村姑安妮在《褐衣男子》中回憶南非出生入死的冒險，竟源於她耽讀村裡圖書館爛舊的冒險愛情小說，還有戲院每週末放映〈帕米拉歷險記〉，帕米拉每集從飛機跳落高空、搭潛艇、爬上摩天大樓，每次被黑幫老大抓到總不一刀斃命，卻老要用瓦斯毒死她，暗示續集又會逃出生天。

長大才發現，克莉絲蒂小說就是我的〈帕米拉歷險記〉：它以歌劇般輝煌龐大的天真陰謀、精細的人際觀察（一句話重音放在哪個字、從膝蓋鑑定女人的年齡等），召喚年輕讀者抱持浪漫精神投入未知的壯遊，瘋魔、衝撞、冒犯，傷痕累累毫無懼色。正如瓦斯在冒險片中太多、現實中卻太少；陰謀在現實中沒有克莉絲蒂寫得那麼複雜，但她刻畫的心理卻是現實中解謎的試金石。

賴以威（臺灣師範大學電機系副教授）

或許可以為經典下幾個定義：該領域的愛好者更都讀過；不是這個領域的愛好者，許多人也都聽過；影響後續的作品，在很多著作中都可以看到它的影子；值得反覆再三閱讀，每隔一陣子再讀都可以獲得閱讀的樂趣，有更多的體悟。我永遠記得第一次讀《東方快車謀殺案》時，被那宛如嚴謹設計數學謎題的鋪陳、推進給深深吸引、震撼。從這幾個角度來說，克莉絲蒂的推理小說被稱之為「經典」，可說是當之無愧。

謝哲青（作家、旅行家、知名節目主持人）

克莉絲蒂小說的魅力在於透過每個角色的對白，藉由不斷的說話來表現人物的個性，以彰顯其人格特質中一些無法被忽略的事實。我們從他們的言語、講話的過程和字裡行間，竟然就能知道誰是凶手。

我從克莉絲蒂的小說學到很多，除了推理小說有趣的事實之外，最重要的是，我在工作的職場跟人應對的時候，如何從語言和對話裡去捕捉某些隱而不顯的事實。許多人們欲蓋彌彰的東西，無論心事也好、祕密也好，克莉絲蒂都會用文學的手法，讓你理解語言的奧妙和魅力。

克莉絲蒂的書寫會讓你覺得彷彿自己也在現場，你可以從聽到的對話當中，學會如何理解人心的一些小技巧，這是小說家最出色、最偉大的地方。我們必須學習傾聽別人說話——這些人講話是真誠的嗎？他想要跟你分享什麼資訊？這些資訊可靠嗎？——這是我在閱讀推理小說時，最大的收穫和理解。

阿嘉莎・克莉絲蒂大事記

1890		• 九月十五日出生於英格蘭德文郡托基鎮。
1894	4 歲	• 開始在家自學，父母親、姐姐教導閱讀、寫作、算術和彈鋼琴。
1895	5 歲	• 家中經濟走下坡，舉家搬至法國，學會流利的法語。
1905	15 歲	• 在巴黎寄宿學校學鋼琴和聲樂，但生性極度害羞，未成為職業鋼琴家，最終回到英國。
1907	17 歲	• 陪同母親前往埃及調養身體，對社交活動充滿興趣，但尚未對日後感興趣的埃及古物點燃熱情。 • 回英國後繼續寫作、參與業餘戲劇表演。
1908	18 歲	• 寫出第一篇短篇小說〈麗人之屋〉，同時也寫出第一部愛情小說《白雪黃漠》，以筆名向出版社投稿，但屢遭退稿。
1912	22 歲	• 與英國皇家軍官亞契・克莉絲蒂（Archibald Christie）熱戀。 • 八月爆發第一次世界大戰，亞契奉派到法國作戰。
1914	24 歲	• 耶誕夜結婚，亞契隨即返回戰場。克莉絲蒂參與紅十字會工作，在醫院擔任護士和藥劑師，因此對藥理和毒物非常熟悉，造就後來多部推理小說情節都以毒藥殺人。
1916	26 歲	• 開始嘗試寫推理小說，寫出第一部小說《史岱爾莊謀殺案》，主角偵探赫丘勒・白羅的靈感，來自於大戰期間英國鄉間的比利時難民營。本書歷經數家出版社退稿後，終獲柏德雷・海德（The Bodley Head）圖書公司的出版機會，之後並簽下另五本小說的合約。
1919	29 歲	• 前一年亞契返回英國，八月生下女兒露莎琳。

1920	30 歲	• 出版《史岱爾莊謀殺案》。
1922	32 歲	• 出版第二部小說《隱身魔鬼》，主角是夫妻檔偵探湯米和陶品絲。 • 與亞契至南非、澳洲、紐西蘭、夏威夷和加拿大等國旅行十個月，在南非得到《褐衣男子》的靈感。
1923	33 歲	• 三月出版第三部小說《高爾夫球場命案》，白羅再度登場。
1926	36 歲	• 四月母親過世，克莉絲蒂陷入憂鬱。 • 六月在「威廉・柯林斯父子出版社」出版《羅傑艾克洛命案》。 • 八月亞契因外遇提出離婚，十二月初一次爭吵後，克莉絲蒂離家棄車失蹤，消息登上全國新聞。
1927	37 歲	• 一月在悲痛心情中寫出《藍色列車之謎》，第一次創造出聖瑪莉米德村，即後來瑪波小姐居住的村子。 • 分居期間在雜誌刊登以白羅為主角的短篇小說，後來集結出版《四大天王》。 • 十二月在雜誌刊登短篇小說〈週二夜間俱樂部〉，瑪波小姐初登場，後來收錄在一九三二年出版的短篇小說集《十三個難題》。
1928	38 歲	• 十月正式離婚，仍保留「克莉絲蒂」姓氏。 • 秋天搭乘「東方快車」前往土耳其的伊斯坦堡，再轉往伊拉克首都巴格達，參觀考古現場烏爾，認識考古學家伍利夫婦（Leonard and Katharine Woolley）。
1930	40 歲	• 二月應伍利夫婦之邀再訪烏爾，認識考古學家麥克斯・馬龍（Max Mallowan），九月於英國愛丁堡結婚。這段婚姻開啟克莉絲蒂旺盛的創作生涯，兩人到中東考古現場的旅行為許多作品帶來靈感。

- 婚後克莉絲蒂開始維持固定的寫作行程。十月出版《牧師公館謀殺案》，是第一部以瑪波小姐為主角的小說。
- 出版第一部以「瑪麗．魏斯麥珂特」（Mary Westmacott）為筆名的《撒旦的情歌》，並陸續發表了五部非犯罪小說。

1932　42歲
- 出版《危機四伏》。

1934　44歲
- 出版《東方快車謀殺案》，是白羅海外辦案三部曲之一，故事靈感來自中東的旅行經歷。一九七四年第一次改編成電影大獲好評。

1936　46歲
- 出版《美索不達米亞驚魂》，白羅海外辦案三部曲之二。

1937　47歲
- 出版《尼羅河謀殺案》，白羅海外辦案三部曲之三，故事背景是年輕時與母親同遊的埃及。一九七八年第一次改編成電影大受歡迎。

1939　49歲
- 二次大戰期間，克莉絲蒂在大學學院醫院擔任義務藥師，學習到最新的毒藥知識，對於推理小說寫作大有助益。
- 出版《一個都不留》，是克莉絲蒂最著名作品之一。

1941　51歲
- 出版《密碼》，呈現出克莉絲蒂對戰爭的看法。
- 出版《豔陽下的謀殺案》。

1942　52歲
- 出版《藏書室的陌生人》、《五隻小豬之歌》等名作。

1944　54歲
- 以「瑪麗．魏斯麥珂特」為筆名出版第三部作品《幸福假面》，被美國書評人發現是克莉絲蒂的作品，讓她從此失去匿名創作的自在樂趣。

1950	60 歲	• 獲選為皇家文學學會的會員。
1953	63 歲	• 出版《葬禮變奏曲》。
1956	66 歲	• 一月獲頒大英帝國爵級大十字勳章（GBE）。 • 十一月以「瑪麗．魏斯麥珂特」為筆名出版《愛的重量》，是這個筆名的最後一部作品。
1958	68 歲	• 成為「偵探作家俱樂部」主席。
1960	70 歲	• 馬龍獲頒大英帝國爵級大十字勳章。
1961	71 歲	• 獲得艾克塞特大學頒發榮譽文學博士學位。
1968	78 歲	• 馬龍獲封為爵士，克莉絲蒂亦被稱為馬龍爵士夫人。
1971	81 歲	• 獲頒大英帝國爵級司令勳章（DBE），獲封為女爵士。
1973	83 歲	• 出版最後一部創作《死亡暗道》，亦為湯米和陶品絲最後一次辦案。
1974	84 歲	• 最後一次公開露面，出席電影《東方快車謀殺案》首映會。
1975	85 歲	• 八月六日，白羅成為有史以來第一次在《紐約時報》頭版刊出訃聞的小說主角，宣傳九月即將出版的《謝幕》，這也是白羅最後一次辦案。
1976	86 歲	• 一月十二日去世。 • 十月出版《死亡不長眠》，瑪波小姐的最後一次辦案。

克莉絲蒂推理原著出版年表

1920 史岱爾莊謀殺案 The Mysterious Affair at Styles（神探白羅系列）
1922 隱身魔鬼 The Secret Adversary（神探湯米＆陶品絲系列）
1923 高爾夫球場命案 The Murder on the Links（神探白羅系列）
1924 白羅出擊 Poirot Investigates（神探白羅系列）
1924 褐衣男子 The Man in the Brown Suit（神探雷斯上校系列）
1925 煙囪的祕密 The Secret of Chimneys（神探巴鬥主任系列）
1926 羅傑艾克洛命案 The Murder of Roger Ackroyd（神探白羅系列）
1927 四大天王 The Big Four（神探白羅系列）
1928 藍色列車之謎 The Mystery of the Blue Train（神探白羅系列）
1929 七鐘面 The Seven Dials Mystery（神探巴鬥主任系列）
1929 鴛鴦神探 Partners in Crime（神探湯米＆陶品絲系列）
1930 牧師公館謀殺案 The Murder at the Vicarage（神探瑪波系列）
1930 謎樣的鬼豔先生 The Mysterious Mr. Quin（神探鬼豔先生系列）
1931 西塔佛祕案 The Sittaford Mystery
1932 十三個難題 The Thirteen Problems（神探瑪波系列）
1932 危機四伏 Peril at End House（神探白羅系列）
1933 十三人的晚宴 Lord Edgware Dies（神探白羅系列）
1933 死亡之犬 The Hound of Death
1934 三幕悲劇 Three Act Tragedy（神探白羅系列）
1934 李斯特岱奇案 The Listerdale Mystery
1934 帕克潘調查簿 Parker Pyne Investigates（神探帕克潘系列）
1934 東方快車謀殺案 Murder on the Orient Express（神探白羅系列）
1934 為什麼不找伊文斯？ Why Didn't They Ask Evans?
1935 謀殺在雲端 Death in the Clouds（神探白羅系列）
1936 ABC 謀殺案 The A.B.C. Murders（神探白羅系列）
1936 底牌 Cards on the Table（神探白羅系列）
1936 美索不達米亞驚魂 Murder in Mesopotamia（神探白羅系列）

1937 巴石立花園街謀殺案 Murder in the Mews（神探白羅系列）
1937 尼羅河謀殺案 Death on the Nile（神探白羅系列）
1937 死無對證 Dumb Witness（神探白羅系列）
1938 白羅的聖誕假期 Hercule Poirot's Christmas（神探白羅系列）
1938 死亡約會 Appointment with Death（神探白羅系列）
1939 一個都不留 And Then There Were None
1939 殺人不難 Murder Is Easy/Easy to Kill（神探巴鬥主任系列）
1940 一，二，縫好鞋釦 One, Two, Buckle My Shoe（神探白羅系列）
1940 絲柏的哀歌 Sad Cypress（神探白羅系列）
1941 密碼 N Or M?（神探湯米＆陶品絲系列）
1941 豔陽下的謀殺案 Evil Under the Sun（神探白羅系列）
1942 五隻小豬之歌 Five Little Pigs（神探白羅系列）
1942 藏書室的陌生人 The Body in the Library（神探瑪波系列）
1943 幕後黑手 The Moving Finger（神探瑪波系列）
1944 本末倒置 Towards Zero（神探巴鬥主任系列）
1945 死亡終有時 Death Comes as the End
1945 魂縈舊恨 Remembered Death（神探雷斯上校系列）
1946 池邊的幻影 The Hollow（神探白羅系列）
1947 赫丘勒的十二道任務 The Labours of Hercules（神探白羅系列）
1948 順水推舟 Taken at the Flood（神探白羅系列）
1949 畸屋 Crooked House
1950 謀殺啟事 A Murder Is Announced（神探瑪波系列）
1951 巴格達風雲 They Came to Baghdad
1952 殺手魔術 They Do It with Mirrors（神探瑪波系列）
1952 麥金堤太太之死 Mrs. McGinty's Dead（神探白羅系列）
1953 黑麥滿口袋 A Pocket Full of Rye（神探瑪波系列）
1953 葬禮變奏曲 After the Funeral（神探白羅系列）

1954 未知的旅途 Destination Unknown
1955 國際學舍謀殺案 Hickory, Dickory, Dock（神探白羅系列）
1956 弄假成真 Dead Man's Folly（神探白羅系列）
1957 殺人一瞬間 4:50 from Paddington（神探瑪波系列）
1958 無辜者的試煉 Ordeal by Innocence
1959 鴿群裡的貓 Cat Among the Pigeons（神探白羅系列）
1960 哪個聖誕布丁？ The Adventure of the Christmas Pudding（神探白羅系列）
1961 白馬酒館 The Pale Horse
1962 破鏡謀殺案 The Mirror Crack'd from Side to Side（神探瑪波系列）
1963 怪鐘 The Clocks（神探白羅系列）
1964 加勒比海疑雲 A Caribbean Mystery（神探瑪波系列）
1965 柏翠門旅館 At Bertram's Hotel（神探瑪波系列）
1966 第三個單身女郎 Third Girl（神探白羅系列）
1967 無盡的夜 Endless Night
1968 顫刺的預兆 By the Pricking of My Thumbs（神探湯米＆陶品絲系列）
1969 萬聖節派對 Hallowe'en Party（神探白羅系列）
1970 法蘭克福機場怪客 Passengers to Frankfurt
1971 復仇女神 Nemesis（神探瑪波系列）
1972 問大象去吧 Elephants Can Remember（神探白羅系列）
1973 死亡暗道 Postern of Fate（神探湯米＆陶品絲系列）
1974 白羅的初期探案 Poirot's Early Cases（神探白羅系列）
1975 謝幕 Curtain: Hercule Poirot's Last Case（神探白羅系列）
1976 死亡不長眠 Sleeping Murder（神探瑪波系列）
1979 瑪波小姐的完結篇 Miss Marple's Final Cases（神探瑪波系列）
1991 情牽波倫沙 Problem at Pollensa Bay
1997 殘光夜影 While the Light Lasts

國家圖書館出版品預行編目（CIP）資料

美索不達米亞驚魂 / 阿嘉莎．克莉絲蒂（Agatha Christie）著；陳紹鵬譯. -- 二版. -- 臺北市：遠流出版事業股份有限公司, 2023.04

面；　公分. -- (克莉絲蒂繁體中文版20週年紀念珍藏；36)

譯自：Murder in Mesopotamia

ISBN 978-626-361-015-6(平裝)

873.57　　　　　　　　　　　　　　　112002220

克莉絲蒂繁體中文版 20 週年紀念珍藏 36

美索不達米亞驚魂

作者 / 阿嘉莎．克莉絲蒂
譯者 / 陳紹鵬

主編 / 陳懿文、余式恕　校對 / 呂佳眞
封面、內頁設計 / 謝佳穎　排版 / 連紫吟、曹任華
行銷企劃 / 舒意雯　出版一部總編輯暨總監 / 王明雪

發行人 / 王榮文
出版發行 / 遠流出版事業股份有限公司
地址 / 104005臺北市中山北路一段11號13樓
電話 / (02)2571-0297　傳眞 / (02)2571-0197　郵撥 / 0189456-1
著作權顧問 / 蕭雄淋律師

2003年2月1日 初版一刷
2023年4月1日 二版一刷
定價 / 新臺幣380元 (缺頁或破損的書，請寄回更換)

ISBN 978-626-361-015-6

遠流博識網 http://www.ylib.com E-mail: ylib@ylib.com
遠流粉絲團 https://www.facebook.com/ylibfans